El llamado del desierto

Tercero de la serie Maktub

Kristel Ralston

El llamado del desierto.
Serie Maktub. Libro 3.
©Kristel Ralston 2017.
1era edición.
Amazon CreateSpace.

Diseño de portada: Karolina García R.
Imágenes ©Shutterstock

ISBN-13: 978-1546673613
ISBN-10: 154667361X

"No digas *nunca*, no digas *siempre*, deja que el tiempo decida"
Alejandro Jodorowsky.

Kristel Ralston

PRÓLOGO

Barcelona, España.

Recorrer las calles de Barcelona, sin ningún agente de seguridad al pendiente de cada paso, resultaba una utopía para el príncipe de Azhat, el jeque Amir Al-Muhabitti. A sus veintisiete años de edad había sido educado no solo para defender a su reino en el campo de batalla, sino también para lograr las mejores alianzas económicas bajo el tutelaje de su padre, el rey Zahír.

En su calidad de abogado titulado de Cambridge, para la verificación de la legitimidad de las sinergias comerciales que realizaban los asesores del rey, Amir viajaba con frecuencia y mantenía estrechos lazos con magnates de todo el mundo. Aunque siempre a la sombra de su indómito hermano mayor, Bashah, y el rebelde hermano intermedio, Tahír.

Amir había estado en España durante los meses en que sucedió la revuelta social en su país e ignoraba muchos detalles de lo ocurrido entre su hermano mayor y la guapa muchacha huérfana, Adara, junto a quien habían crecido como si ella hubiera sido parte de la familia. Nada más alejado de la realidad.

Por otra parte, el príncipe Amir solía llevar una relación más estrecha con Tahír, aunque su hermano actuaba de un modo algo extraño últimamente y viajaba con frecuencia largas distancias; aquellos recorridos tendrían mucho de temas personales más que de asuntos de Estado. De hecho, Amir estaba seguro que tenía que ver con algún lío de faldas, con frecuencia a Australia. Cada uno con sus agendas profesionales y personales, pero los lazos entre hermanos continuaban siendo sólidos, indistintamente de sus disímiles personalidades. Eso no implicaba que, cuando estaban en una misma habitación tratando de lograr un consenso, no fuese muy complicado que los temperamentos de los tres no amenazaran con chocar y hacer saltar por los aires los nervios de cualquier mortal que no los conociera.

Así como eran de feroces para defender sus ideales, lo eran para proteger a quienes amaban. Eran tres hombres unidos por la sangre y por la lealtad surgida bajo el apellido Al-Muhabitti.

Amir contempló el vaso de champán a medio beber. Estaba por negocios, como siempre, en Barcelona. Le gustaba la ciudad y disfrutaba de la maravillosa arquitectura que conformaba el legado de Gaudí. Él era un apasionado por el arte, y España era un país que tenía especial interés para su constante curiosidad intelectual. Le parecía una nación amplia, llena de matices, y con una gastronomía entrañable. Aunque, por supuesto, jamás antepondría las bondades que tenía Azhat. Amaba su país por sobre todo territorio en el que hubiera tenido posibilidad de deambular.

De pronto se sentía cansado de todo.

Se le daba con facilidad hablar con la gente, sí. No obstante, las mismas conversaciones constantes, lo aburrían. Se sabía de memoria los discursos, cómo tratar a cada persona y cómo obtener los mejores beneficios a su favor. Su vena diplomática era una cualidad que aprovechaba para los intereses comerciales de Azhat. El gran problema consistía en que, a pesar del último trato que habían cerrado con un empresario minero de Canadá y con el rey Hassam de Ushuath, todavía necesitaban productos agrícolas que solo producía una nación vecina. Phautaja.

Él no tenía idea de cómo iba a conseguir que ese pueblo, caracterizado por tratos hostiles hacia otras naciones vecinas en temas comerciales, decidiera forjar una alianza que tuviera como beneficiario con preferencias arancelarias a Azhat. Aquel asunto de la subida del costo de insumos básicos, importados desde Phautaja, para la comida típica en la mesa de los ciudadanos de Azhat era un tema recurrente en las reuniones con Bashah y su padre, el rey Zahír. Amir era consciente de que pronto su hermano mayor iba a asumir más responsabilidad, pues, a pesar de que su padre había abdicado a favor de él, el rey ya estaba muy enfermo.

Amir iba a pedirle al bar-tender que le cambiara el champán por otro recién servido. Quizá emborracharse un poco podría ayudar a descongestionar su agobiado cerebro. «Eres demasiado serio, Amir.» Podía recordar claramente las palabras de su última amante, cuatro meses atrás. ¿Acaso creían las mujeres que un hombre de su posición estaba para perder el tiempo en idioteces?

Quedarse sin madre a temprana edad, con sus hermanos mayores y su padre volcados en otros asuntos, lo hicieron madurar con más rapidez. Se convirtió en una persona independiente y muy responsable desde pequeño. Su meta había sido siempre sobresalir, y no en los titulares por juergas o boberías como sus hermanos.

De los tres hermanos Al-Muhabitti, su reputación era la más impecable. Nunca estaba metido en escándalos ni se relacionaba con mujeres problemáticas. Él prefería que fuesen mujeres de alta sociedad, educadas para ser anfitrionas y que supieran mantener sus emociones a raya ante el público. A cambio, ellas obtenían vínculos con la realeza, la gente más influyente del mundo y un trato de princesas, sin serlo. Ninguna relación duraba demasiado, no porque él no lo quisiera, si no porque sus parejas no toleraban ser menos importantes que el papel para el que había nacido: ser príncipe y jeque de Azhat.

Amir se dispuso a hacerle una seña al barman, cuando en su vista periférica observó las curvas de una mujer contoneándose hacia él. «Lo que me faltaba.»

—¿Me invitas algo para tomar? —le preguntó ella, acercándosele en el bar del Hotel Arts de Barcelona en el que Amir llevaba poco más de una hora.

Él debía reconocer que la muchacha era arriesgada. Por lo general, otras mujeres solían ser más sutiles. No le gustaba esa mujer, porque al mirarla, sintió un cosquilleo inesperado. A él no le gustaban las sorpresas. Ni los imprevistos.

Amir tenía demasiadas preocupaciones en la cabeza como para pensar en llevarse a una mujer a la cama en esos momentos. Siempre el deber estaba ante el placer. Se había educado así. Era un hombre que seguía sus reglas propias a rajatabla. Sus ojos del color del ámbar, enmarcados por tupidas pestañas negras, posaron su atención en la chica, cuyo rostro en forma de corazón exhibía una piel que parecía suave al tacto.

De piel blanca, cabello castaño y ojos castaños, era una mujer muy hermosa. Su belleza no era convencional, notó Amir. Poseía rasgos exóticos. Era bella de un modo único. «Probablemente es consciente de sus atributos y los utiliza para llevarse a la cama al que pueda mantenerla», pensó con cinismo. ¿Acaso no eran todas iguales? Él ya estaba habituado a ese tipo de mujeres. En su círculo elitista no existían de otro tipo. Lo aceptaba. Era la realidad. Había que ser pragmáticos.

—Imagino que es la introducción de moda en los bares españoles de clase alta —replicó con simpleza.

Él había ido hasta el famoso hotel de la calle Marina porque guardaba buenos recuerdos de sus viajes de verano en Barcelona. Estaba de paso por la ciudad y quiso aprovechar para dar una vuelta. Su familia tenía una lujosa casa en Pedralbes, en el distrito de Les Corts, pero Amir creyó que —después de la intensa junta sostenida con empresarios chinos— podría relajarse de la tensión que lo embargaba en un sitio distinto a su mansión. Al parecer estaba equivocado.

—No soy española…

Él se encogió de hombros.

—Pide lo que desees —continuó con desinterés mientras le hacía un gesto al barman. Este, sin pensar demasiado, le sirvió a la chica el mismo trago que le había ofrecido al príncipe momentos atrás—. Me da igual de dónde seas.

Con un vestido negro, ajustado, y unos tacones altísimos, la mujer se acomodó en el asiento contiguo. Amir vio por el rabillo del ojo que los miembros de su equipo de seguridad empezaron a acercarse, pero con un movimiento breve de su mano declinaron continuar.

—Me llamo Molly Reed-Jones —expresó como si fuera una conversación que hubiese mantenido con cualquier otro gran amigo—. Quisiera pedirte un favor.

Amir se echó a reír, pero no se presentó con ella. Era imposible que ignorara su identidad. Lo que sí le sorprendía era que hubiese podido burlar a sus guardaespaldas. Aunque estos, seguramente al tratarse de un posible ligue del príncipe que les pagaba el salario, hubiesen preferido hacerse de la vista gorda pensando que estaban haciéndole un favor.

—No me digas…

Molly tomó una profunda respiración.

—¿Podrías mirar al hombre que está allá al fondo? —Amir enarcó una ceja ignorando su petición—. Por favor…, finge que me conoces. Que somos amigos. Solo eso.

—No soy una fundación benéfica —la miró enarcando una ceja—, Molly.

La muchacha se pasó los dedos entre los cabellos con inquietud.

—Yo…—frunció el ceño como si de pronto se hubiese dado cuenta de algo— creo que te conozco. Te debo haber visto en algún sitio antes.

—Eso es interesante, aunque una línea de flirteo bastante manida debo decir. Imagino que si le preguntas a cualquier comensal en el hotel probablemente te diga que también me conoce —repuso con cinismo mientras bebía un largo trago de champán Krug Vintage Brut del año 1988. Acabó todo el contenido, y después dejó la copa sobre el tablero impoluto del bar.

—Te debo estar confundiendo con alguien más... Suele pasar —murmuró—. De repente encuentras a alguien que se te hace conocido, pero es de la cantidad de rostros que hay en el mundo...

Con un gesto de aburrimiento, ante el nerviosismo evidente en los gestos de la muchacha, Amir miró hacia el sitio que ella había pedido que él observara. Se fijó en un hombre fornido con una expresión malévola, y al parecer poco paciente, parecía tratar de abrirse paso para llegar hasta donde ambos se encontraban. Al menos en esta ocasión, sus guardaespaldas zanjaron el problema con discreción. El tipo no logró pasar más de unos metros.

—¿Por qué te persigue ese hombre? —dijo, mirándola de nuevo.

—Perdí una apuesta... No soy española —expresó, reiterando su comentario inicial y con un obvio acento inglés—, y pensé en quedarme una temporada aquí de vacaciones, pero creo que todo salió mal al final. Nada es lo que parece, supongo.

—¿Y te parece que soy el llamado a cancelar esa deuda por ti? Imagino que estás dispuesta a retribuirme en especie en el caso de que acceda —dijo con desprecio. Odiaba a las oportunistas.

La mujer tragó en seco y elevó el mentón con orgullo. Algo respetable, pensó Amir, pero se mantuvo en silencio a la espera de que ella continuara su explicación... Si es que acaso existía alguna coherente.

—Intentaba salvar a mi hermano de sus deudas de juego —le explicó con un nudo en la garganta—. Le dije a ese hombre, Gianni, que, si le perdonaba a Theo la vida, yo me haría cargo de la situación.

Amir inclinó el rostro hacia un lado. Sus ojos ámbar

continuaban indiferentes.

—¿Cómo, exactamente? —indagó contemplando el cuerpo con forma de reloj de arena de Molly. Se le secó la boca. Apartó la mirada para beber un trago.

—Dándole lo que él deseaba —replicó con evidente repulsión. Amir la miró con evidente desaprobación—. Solo quería que mi hermano saliera indemne de esta noche... Vine corriendo del casino, pero Gianni me ha encontrado —balbuceó—. Pensé que podía huir...

—¿Y no pagar el precio?

—Yo... Yo no puedo... Yo... —susurró a punto de dejar caer las lágrimas que pugnaban por salir de sus grandes ojos castaños—. Theo es mi única familia. Ahora debe estar muy lejos. Huyó en un taxi con lo último que tenía en el bolsillo. Yo solo pensé en escabullirme por aquí, pensé que podía conseguirlo... Pero Gianni y su gente son demasiados. Ha sido una suerte encontrar a alguien solo —dijo consciente de que el resto de comensales estaban en grupos o parejas—. Por favor... Como sea que te llames... Ayúdame —pidió con fervor—, finge que soy tu novia... Finge que...

Aburrido y cansado de las mujeres que procuraban engatusarlo con mil trucos, Amir sacó un billete de cien euros y lo dejó sobre la barra. Se incorporó. Fue consciente de la diferencia de estatura con la hermosa muchacha de cabello ensortijado. Luego, sin darle tiempo a reaccionar o entender nada, se inclinó y tomó la boca de Molly con la suya.

El impacto de aquel contacto le llegó a Amir hasta la médula. Su miembro cobró vida y tensó la tela del caro pantalón que vestía esa noche. Ella soltó un gemido y entreabrió los labios para recibir la lengua del príncipe. Una lengua cuyo sabor se entremezcló con la pasión que ambos sintieron explotar de pronto. Un pequeño chispazo que avivó un fuego que acababa de empezar a cobrar fuerza.

Él se apartó abruptamente. La miró. Molly estaba sonrojada y con los labios húmedos por el beso que acababan de compartir. Tenía los ojos brillantes, no solo había deseo, sino también curiosidad y desconcierto. Casi las mismas emociones que él acababa de experimentar. Ningún beso lo había afectado de esa manera.

—Si quieres fingir que no sabes quién soy, me parece bien. La próxima vez aprende a no jugar con tiburones cuando obviamente perteneces a una pecera —zanjó con dureza. Como si de aquella forma pudiese ignorar la lujuria que recorría sus venas. Era la primera vez que reaccionaba a una mujer de forma tan visceral—. Buenas noches.

Una pequeña mano de uñas poco arregladas se posó sobre el fornido brazo de Amir. Él se detuvo, observándola con desdén.

—Por favor... —susurró Molly—. Por favor, ayúdame... Sácame de aquí. Haré lo que sea que me pidas.

—Jamás podrías cumplir mis expectativas —repuso con crueldad. La miró como si se tratara de una mosca en su exquisito plato de manjares de alta cocina—. Y como es evidente, no cumples tus promesas.

Ella apartó la mano con suavidad, temblorosa y con los ojos plagados de miedo. Sin embargo, irguió la espalda con determinación. «Admirable para la situación en que se encuentra», pensó Amir.

El tal Gianni empezó a aproximarse hacia la barra. Los guardaespaldas ya no parecían representar un impedimento, pues el príncipe estaba dispuesto a abandonar el bar del famoso hotel. Sin volver la mirada atrás y con los puños apretados a los lados, Amir salió del hotel.

Una mujer podía engatusarlo y engañarlo una vez, no dos, se dijo. Estaba en la limusina, rumbo a Pedralbes, cuando recibió una llamada que lo cambió todo.

—Vamos al Pratt —pidió Amir al chofer con tono urgente al cerrar la comunicación—. Regresamos a Azhat. Ahora.

Durante el trayecto al aeropuerto de Barcelona, Amir no

dejó de experimentar una extraña sensación en el pecho. Como si algo inexplicable lo impulsara a querer regresar sobre el camino ya recorrido por el automóvil.

Sacudió la cabeza para tratar de olvidar la expresión desesperada de los ojos castaños y el mohín de esos carnosos labios que él había disfrutado.

Fue un largo viaje.

CAPÍTULO 1

Con la respiración agitada, los pies doloridos, y cientos de posibilidades relacionado a lo que podría ocurrirle si fracasaba, Molly iba en el asiento trasero del taxi. En su mal español, le pidió al conductor que siguiera a la limosina en que había visto embarcarse al apuesto desconocido que la había besado, dejándola sin aliento.

No tenía ni idea de dónde se habría largado su hermano, Theo, pero esperaba que estuviese de una pieza. Resultaba complicado escaparse de Gianni Morantte. Ella tuvo suerte de escabullirse entre los pasillos iluminados del bar del hotel.

El taxista se detuvo justo en un semáforo.

—Por favor, no se detenga —pidió Molly con nerviosa insistencia.

—Aquí respetamos las leyes —murmuró el malhumorado conductor.

«Sí, claro, como si yo no leyera las noticias de España», pensó, mientras se retorcía los dedos de las manos entre sí, sobre el regazo del vestido negro. Aquel era el único atuendo decente que encontró para que la dejaran pasar al costoso hotel.

Finalmente, llegaron a uno de los hangares de El Pratt. El taxista se detuvo, y ella bajó con prontitud. Vio que el desconocido del bar subía con calma, pero con una expresión de preocupación en el rostro, hacia el jet privado. A Molly le quedaba todavía un tramo para poder cruzar las puertas del hangar. Miró hacia un lado y otro. Estaba el exterior parcialmente oscuro.

Necesitaba quitarse los tacones. Deberían acribillar a quien los inventó para torturar los pies femeninos en nombre de la elegancia. ¿Acaso no se podría estar también elegante con unas bonitas zapatillas deportivas?, pensaba Molly, al tiempo que sus pasos cobraban brío.

A punto de introducirse en el hangar, una mano la sorprendió al presionarle el hombro con firmeza. No había nada sutil o cuidado alguno en el gesto. De hecho, sintió dolor. Evitó soltar un gemido. Debió prever que habría guardias de seguridad, pensó antes de girarse.

No había ningún guardia de seguridad. Los ojos impregnados de lujuria y rabia que se encontraron con los de ella, pertenecían al hombre de quien —ingenuamente— creyó haber dejado mordiendo el polvo.

—No deberías estar aquí —dijo la voz siniestra de Gianni Morantte.

Molly quería salir corriendo. En el hangar había demasiado ruido debido al motor del jet como para gritar pidiendo ayuda. Además, ¿quién querría ayudar a una completa desconocida? Imposible escapar, pensó derrotada. Y Gianni, como no podía haber sido de otro modo, le había dado alcance.

—Yo… —murmuró. Si acaso el terror podía generar en el cuerpo algún malestar, para Molly consistía en unas tormentosas ganas de vomitar—. Pensé en dar una vuelta por este aeropuerto. Dicen que en las noches es tan tranquilo, y…

Alrededor no había nadie que pudiera socorrerla. Se sentía como una pequeña figura, como una sombra nimia, frente a la magnitud del hangar, el jet, y toda la comitiva que ignoraba por completo que había una mujer en apuros.

—Sube —dijo arrastrándola hasta un carro con vidrios tintados de negro. La empujó cuando la vio dudar—. No es una petición. Tienes una deuda que vas a pagar. No me intentes tomar por tonto una vez más, o si no, el precio va a subir. No solo vas a tener que acostarte conmigo, sino que puedo disfrutar cediéndote como carne recién llegada a otros amigos. ¿Qué te parece eso, señorita Reed-Jones?

Ella intentó no mostrar miedo. La sola idea de que ese hombre, o cualquiera, la tocara, le causaba repulsión.

—Creo que prefiero subir —replicó con altivez antes de acomodar el cuerpo para introducirse en el asiento de cuero, y contener las arcadas al constatar que en ese automóvil no estaba sola.

Dos hombres, igual de intimidantes que Gianni, la miraron con lascivia. El cerebro de Molly empezó a trabajar a mil por hora para hallar la forma de zafarse de esa pesadilla en la que, una vez más, estaba metida por culpa de los problemas de ludopatía de Theo. Pero era su único hermano. La única familia que le quedaba. Su madre había muerto y su padre, Richard Reed-Jones, estaba en la cárcel. ¿Acaso no era una historia digna de portada de periódico amarillista?

A sus veintiún años había vivido más que alguien de su edad. Y no precisamente momentos agradables.

***

—Estás completamente loco, Bashah —dijo Amir observando a su hermano, que ahora era el rey en plenos poderes tres días después del funeral del padre de ambos. Con el ceño fruncido y los puños apretados a los lados, el menor de los príncipes procuraba mantener la compostura.

—Sé que estoy pidiéndote un sacrificio muy grande, pero no tenemos otra solución inmediata. —Amir se pasó las manos sobre el rostro. Se detuvo frente al escritorio de Bashah—. Ya sabes que Tahír anda en quién sabe a dónde con sus temas de seguridad. Caso contrario se lo pediría a él.

Amir dejó escapar una carcajada.

—¿Tahír? ¿Crees que nuestro rebelde hermano se casaría por interés con una princesa de una nación nómada y que podrían castrarlo, con venia de la ley local, si creen que es infiel? ¡Já! No pienso casarme con la princesa de Phautaja. Por más hermosa o exótica que sea.

Bashah soltó el aire con ceremonia. Se incorporó.

—Las alianzas económicas son precisas. Sé que estamos en el siglo veintiuno, pero Phautaja tiene las costumbres de otra época del mundo. Para ellos, lo sabes, los matrimonios concertados dan honor y aportan con un linaje impecable para las siguientes generaciones. Necesitamos que esa nación negocie las preferencias arancelarias. El rey Marenhon ha dicho que solo hará los honores con quien sea el esposo de la princesa Cassiah. Caso contrario, los precios de sus productos autóctonos y que constituyen la base de la dieta de Azhat, volverán a subir.

—Y eso generará inconformidad y blablablá —murmuró Amir. Fue hasta un pequeño mini-bar y tomó una botella de agua. Bebió en cinco largos tragos todo el contenido. Después lanzó el plástico vacío hacia un basurero con precisa puntería.

Bashah se cruzó de brazos y apoyó la cadera contra el escritorio.

—¿Entonces? Todos hemos hecho sacrificios por nuestro país.

Amir apretó la mandíbula.

—Mañana tengo que partir hacia Londres. Voy a recoger el premio turístico que le dieron a Tobrath, en tu nombre, y a mi regreso supongo que tendré una solución que no implique encadenarme a un matrimonio estúpido y arcaico.

El nuevo rey el Azhat asintió, no sin antes acercarse y darle un abrazo a su hermano, seguido de una fuerte palmada en la espalda.

—Confío en que sabes qué hacer. Buen viaje, hermano.

Amir asintió, y después abandonó el despacho del rey Bashah.

Tenía muchas cosas en qué pensar durante el vuelo de ocho horas a Londres. Iba a hallar una solución. Casarse estaba fuera de la ecuación.

***

—Deberías obedecerle —susurró la enfermera mientras curaba el corte que Molly llevaba en el rostro—. Curará pronto. Shhh. Tranquila. Pronto aterrizaremos.

Gianni le había dado una bofetada cuando ella intentó escapar de la limosina, dejándola sin sentido hasta que fue demasiado tarde y estaban rumbo al avión privado del siciliano. El anillo que el capo llevaba en el dedo anular derecho, le había dejado una herida poco profunda, aunque bastante incómoda.

Drogada y aturdida, Molly ignoraba hacia dónde se dirigían. De lo único que era consciente era de que no la habían violado. Su ropa continuaba en su sitio. Su cerebro era un caso aparte.

—¿Dónde vamos?

La enfermera, parecía más un ratón asustadizo que alguien capaz de cuidar de otro ser humano, miró a su alrededor. Estaban solas en una de las dos cabinas privadas del avión. En el caso del sitio en donde Molly se hallaba, consistía en una cama muy cómoda y alrededores de lujo, aunque no abundantes detalles decorativos.

—No puedo decírtelo, Molly. Lo lamento…

—Nadie va a escucharte —susurró—. Por favor, sé que quieres estar aquí tanto como yo casarme con alguien como Gianni. Quizá eso me ayude a calmarme un poco. La incertidumbre me está empezando a pasar factura… Por favor…

La enfermera, Tianna, se mordió el labio inferior con tal fuerza, que pensó que se haría sangre. Nuevamente, por tercera vez en menos de un minuto, la mujer miró a uno y otro lado. Se deshizo del algodón con la sangre que había limpiado del rostro de Molly; observó a la muchacha de ojos intensos, con inquietud.

—Londres —dijo en un tono tan bajo que, si Molly no hubiese acercado el rostro a la enfermera, hubiera perdido la información.

—Gracias, Tianna… ¿Me puedes explicar, por qué razón le temes tanto?

—Es un poco…

La puerta de la habitación se abrió con fuerza. La figura delgada y de expresión facial amenazadora de Gianni apareció ante ambas mujeres. Miró a una y otra. Con un gesto despectivo, le señaló a Tianna la puerta, y esta no dudó en salir. Una vez a solas con Molly, Gianni se le acercó. Le tomó el rostro con una mano y le giró la cabeza de izquierda a derecha para observar la herida que había dejado en ella. Después elevó el mentón de Molly hacia él. Sin soltarla en ningún momento.

Ella quería apartarse, darle una patada en sus partes íntimas, pero, ¿a dónde podría huir cuando estaban surcando el cielo en un avión? No sabía si prepararse para ser violada, aunque no creía posible que tal preparación existiera, o si acaso debería pensar en algún tipo de distracción… Estaba aterrada.

—Podría cobrarme la deuda en este momento —dijo mirándola a los ojos, para luego bajar por el vestido negro que marcaba cada curva de la joven. El aliento hediondo del mafioso casi le causa arcadas a Molly—. Pero tengo un plan mejor para ti y para mis arcas comerciales. ¿Sabías que a las vírgenes se las cotiza bien en el mercado internacional?

«Yo no soy virgen», le hubiera querido responder. Si el idiota asumía semejante cosa respecto a ella, pues mejor, porque acababa de darle la puerta de salida que estaba necesitando. Un ligero alivio la recorrió por entero. Aunque no iba a durar demasiado, pues lo que acababa de decirle Gianni resultaba despreciable. Iba a venderla. Como carne de ganado.

—No lo sabía —replicó con tono aburrido.

El hombre la soltó.

—Me gustaría saborear esas bonitas tetas que tienes, pero me parece que si empiezo no voy a detenerme —inclinó la cabeza hacia un lado—, además, primero son los negocios. Probablemente me darán por ti un millón de libras esterlinas.

Molly mantenía las piernas muy juntas y las manos en el

regazo. Temía que, con las uñas de la mano izquierda que estaban arropadas por la palma de la derecha, empezara a hacerse sangre de la presión que ejercía sobre sí misma. Era el modo de controlar los temblores de su cuerpo que podrían aparecer de un momento a otro.

—En todo caso —dijo extendiendo la mano para agarrarle un pecho y luego pellizcarle el pezón con fuerza— eso no implica que tocar se me esté prohibido.

«No llores, Molly. No llores», se exigió a sí misma.

—Gianni —llamó la voz de uno de los ayudantes, abriendo la puerta.

Con parsimonia, el jefe del grupo soltó el pecho de Molly.

—No me hagas enfadar o vas a conocer que incluso un millón de dólares no es suficiente para aplacar mi lujuria —amenazó, antes de salir de la cabina y dejar a Molly en un estado de shock.

Iba a ser vendida. La enviarían de unas manos a otras. La tocarían hombres que podían destrozar su cuerpo. Envenenar su vida. O incluso obligarla a hacer guarradas por el solo hecho de haber pagado por ella.

Si ese extraño hombre del hotel en Barcelona la hubiera ayudado, nada de esto hubiera ocurrido, pensó acurrucándose, con ropa y zapatos, en una esquina de la cabina. Ni loca se acostaría en ese colchón. Ese desconocido del hotel pudo haberla salvado, pero prefirió ignorarla, prefirió no creerla. No podía culparlo... ¿Quién en estos días ayudaba a una extraña, por más súplica que viera en sus ojos? El nivel de cinismo e indiferencia en el mundo había llegado hasta una instancia que asustaba. Molly tan solo esperaba que, en donde sea que se encontrara el idiota de su hermano Theo, estuviera a salvo. Era la última vez, si es que ella conseguía salir de ese embrollo, que pensaba ponerse como moneda de cambio por él. Ya había tenido suficiente.

No creía que alguien pudiera salvarla de este lío en el que, una vez más, estaba inmersa por los pecados de otro. Debería empezar a ser menos generosa con sus posibilidades, aunque fuese Theo su única familia. «O ser menos estúpida», le aclaró una vocecita, antes de que cerrara los ojos. No para dormir. Imposible. Tan solo los cerraba porque era más fácil imaginar fantasías que ver ante ella la cruda realidad del destino que la esperaba apenas aterrizaran en Londres, su ciudad natal.

Al fin la reunión había terminado, pensó Amir, después de entregarle el documento que nombraba a Tobrath como una ciudad ejemplo de progreso turístico a su consejero y secretario, Abdul. Un gran logro para Azhat, siendo un reino pequeño en comparación con otras naciones de Oriente Medio.

El príncipe saludó a un par de delegados diplomáticos que se acercaron. Había varios representantes de otros países que colindaban con el suyo. Estaba agotado. Llevaba el tema del jet-lag relativamente bien, pero en esos momentos empezaba sentir el peso de los años yendo de un sitio a otro. Era joven, sí, veintisiete años, sin embargo, sentía que la cantidad de trabajo y los cambios horarios empezaban a hacer estragos. Necesitaba una buena noche de sueño.

Le quedaban dos días en Londres.

—Alteza —dijo un hombre que no recordaba haber visto.

Amir tenía casi una memoria fotográfica, por lo que un rostro difícilmente se le escapaba. Él sabía que, antes de cualquier visita de Estado, los protocolos de seguridad activados por su hermano Tahír eran impecables y se cumplían a cabalidad por todo el equipo encargado de salvaguardar la integridad física de la familia real Al-Muhabitti. No creía que corriese peligro por el hecho de no conocer a una persona en particular. Se intentó relajar.

—Buenas noches —replicó el príncipe con su voz melódica y amable.

—Me gustaría tener una conversación en privado —comentó el hombre con un acento evidentemente británico.

Amir le hizo una seña a Abdul, quien se acercó de inmediato.

—Puede reservar una cita para mañana con mi secretario, señor...

—Hunter Kirby.

El príncipe asintió sin mayor interés. Había tanta gente que se acercaba a él en esas reuniones y que buscaba algún tipo de beneficio, que no le llamaba la atención.

—Señor Kirby —intervino Abdul, mientras Amir empezaba a alejarse hacia un viejo compañero de Oxford que estaba entre los invitados—. Por favor, sígame.

El hombre de cabello entrecano hizo una negación, ignorando la petición de Abdul. Este último lo observó con la arrogancia propia de un empleado que sabía que trabajaba para las mejores familias del mundo.

—¿Qué es, entonces, señor Kirby?

—No se trata de algo para un futuro. Es una invitación para los líderes de los países de Oriente Medio —murmuró Kirby—. Se trata de una subasta de arte. Intentamos hacerle llegar la invitación a su alteza Amir, pero no logramos contactar con el palacio a tiempo. Somos conscientes del elevado interés de los líderes de estos maravillosos países árabes por lo nuevo e impactante en el mercado.

Abdul no era ningún idiota. Había recorrido el mundo con el fallecido rey Zahír, al igual que lo hicieron en su momento los demás consejeros de los hermanos del príncipe Amir, y el tono de voz de ese tal Kirby lo hacía desconfiar.

—¿Arte, dice, señor Kirby? —preguntó sin esperar una respuesta—. Lo cierto es que su alteza real, el príncipe Amir, tiene una agenda muy apretada. Aunque de seguro aprecia su amabilidad. Ahora, tengo que continuar con...

—Por favor, insisto —interrumpió sonriente, y consciente de que estaba siendo mal educado. Su vida pendía de que el príncipe atendiera la invitación. Suplantaba la identidad de otro hombre esa noche. Ignoraba cómo habían conseguido semejante audacia los hombres de Morantte. Pero si era lo que tenía que hacer para que le perdonaran la vida a su hijo menor, entonces no le importaba——. Es importante.

Abdul empezó a sospechar que algo no iba bien. El hombre que tenía ante él mostraba todos los signos de estar bajo una gran presión. No era natural su sonrisa, ni tampoco el modo en que movía la cabeza de un lado a otro de forma casi imperceptible, aunque no lo suficiente como para que Abdul lo pasara por alto.

——Deme los datos de la invitación a la subasta y le comunicaré al príncipe. No puedo darle garantías de asistencia. Al igual que usted, hay muchas otras personas en espera de una audiencia.

Profusamente, Kirby, asintió. Le entregó un elegante sobre a Abdul antes de desaparecer por una puerta que llevaba a los baños para caballeros.

Abdul hizo lo que cualquier consejero y secretario real podría en esos casos. Llamó a los delegados del palacio real en Londres comentándoles de la situación para que investigaran el particular. Con las conexiones que manejaban los equipos de seguridad de Azhat conjuntamente con el M16, las posibilidades de salvaguardar al príncipe Amir eran elevadísimas. Abdul no creía que Kirby fuera el tipo de persona que causara daño, pero, ¿quién podía confiar en estos años en que la gente andaba un poco más chalada de la cabeza que en otros tiempos?

***

——El que debería estar involucrado en este asunto es Tahír ——expresó Amir de mala gana, mientras terminaba de quitarse la kufiyyah——. A saberse qué diablos hace viajando a Australia como si se dedicara a criar canguros ahora.

Al estar en una tierra ajena y en una reunión de Estado, la vestimenta que llevaban los príncipes tenía que ser la tradicional a su rango. A diferencia del rey Bashah, que utilizaba un cordón triple dorado en la cabeza sobre la kuffiyah, sus hermanos llevaban un cordón triple rojo. El ciudadano de a pie en Azhat llevaba solo un cordón doble o algunos, incluso, simple.

Los príncipes, fuera de su reino natal, llevaban traje occidental para mostrar su amplia apertura a la interrelación cultural. Cuando había reuniones internas o eventos propios de la agenda real el uso de la thobe, la túnica larga, ancha y negra que llegaba hasta los tobillos, era imperiosa.

En situaciones especiales, como cuando debían hablar ante la ONU o la UNESCO u otra organización en esa línea, la thobe era de color blanca, el kuffiyah azul y los tres cordones seguían siendo rojos, a diferencia del rey que llevaba tono dorado. Por lo general el kuffiyah que usaban en Azhat solía ser negro o rojo con negro para la gran mayoría de ocasiones.

—Es un asunto delicado, alteza —explicó con su tono paciente y respetuoso, Abdul—. Si nuestros elementos de seguridad al igual que los agentes del M16 no considerasen de vital importancia su apoyo, entonces podríamos hacer que su alteza, el príncipe Tahír viniera. Nos han informado que no podemos perder esta oportunidad.

Estaban en el piso de Belgravia que el príncipe poseía. Era uno de los barrios más exclusivos de Londres, ubicado entre los distritos de Ciudad de Westminster, Kensington y Chelsea, y sin duda también era considerado una de las áreas más caras de todo el mundo. Cada príncipe de Azhat tenía propiedades desperdigadas a lo largo del globo terráqueo. No era de asombrarse que tuviesen residencia ocasional en Londres, Edimburgo, Dublín, Barcelona, Los Ángeles, y tantas otras capitales.

—¿Usted qué opina, agente Meyers? —preguntó Amir observando al hombre del M16. Parecía más bien un profesor de secundaria a un hombre entrenado para matar o sobrellevar situaciones de extremo peligro.

—Habrá personal infiltrado para darle apoyo —dijo de forma escueta—. Solo debe realizar el plan que hemos trazado. El resto, ya quedará de nuestra cuenta, alteza.

Amir se cruzó de brazos.

—Le han venido siguiendo la pista a Morantte durante

casi un año, alteza —intervino Abdul— sin poder conseguir pruebas concluyentes. Si lo atrapan hoy, entonces será un gran triunfo para eliminar una célula dedicada al tráfico humano.

—Es una misión encubierta, que gracias a su secretario hemos podido orquestar con celeridad, alteza —acotó Meyers— . Por supuesto, tal como lo acordamos, esto jamás verá la luz de la prensa. Lo haremos todo con el mayor secreto. No tiene de qué preocuparse. Su vida no corre peligro. Nos aseguraremos de ello.

Resignado, y frustrado porque lo único que necesitaba era dormir, Amir, asintió. La cabeza le estaba martilleando con fuerza. Pero para él siempre debía anteponerse el deber, la responsabilidad, su país… Así que iba a dar lo mejor de sí. Después de todo se trataba de salvar la vida de varias personas, y evitar que otras cayeran en las garras de los traficantes de humanos.

—Hagámoslo —dijo Amir con firmeza en su tono.

Los presentes en la habitación, asintieron.

La misión dio inicio.

CAPÍTULO 2

«Cuenta hasta tres, y respira profundamente», se dijo Molly. Llevaba tres días en una habitación limpia, aunque con pocas pertenencias, y sin salir al exterior. Lo básico. Para estar secuestrada, el sitio era un oasis, pensó con ironía.

Para buena o mala suerte, la mujer que la acompañaba era polaca. No hablaba ni una gota de inglés, así que intentaban comunicarse con señas. Al menos sabía su nombre: Ursula. La muchacha parecía más perdida que ella y más asustada. Molly ya se había empezado a resignar a su inminente destino. Ser vendida. Eso no implicaba que no pensara presentar batalla. Claro que lo haría. No le importaba que la mataran en el intento, pero no iba a ponérselos fácil.

—Me gustaría poder entenderte, Ursula. Saber cómo demonios acabaste aquí —dijo, consciente de que la muchacha quizá, por su tono de voz apenado, podía llegar a comprender que lamentaba la situación en que ambas se encontraban—, y tal vez de ese modo hacer un plan juntas.

Tenía comida. No era abundante, pero al menos no las estaban matando de hambre. Podía bañarse. El problema consistía en que no había puertas. No había intimidad. Menos mal la compañera en ese encierro era una mujer que, sin mediar palabra, respetaba su espacio y prefería hacer otra cosa cuando Molly entraba a ducharse con la velocidad de un rayo porque no quería que uno de los guardias abriese la puerta y la encontrara desnuda.

Las últimas setenta y dos horas pasaron volando.

Después de salir del aeropuerto de Barcelona y llegar a Heathrow, la habían llevado hacia un hotel en una zona poco segura. La lanzaron al suelo y le dijeron que tenía que bañarse y estar preparada para cualquier cosa durante la madrugada. ¿Quién dormía con la perspectiva de un panorama de semejante calibre? Molly, desde luego que no. Apenas dio una cabezada.

Los siguientes días la llevaron a una peluquería. Le hicieron un corte que hizo sobresalir sus ondas dándole un aspecto más juvenil del que ya poseía. La llevaron a un salón para que la depilaran. La trataron bien, sí, pero sentía que estaban preparándola para lo inevitable: venderla al mejor postor. No podía hablar con las dependientas y explicarles lo que estaba ocurriendo con ella, porque ninguna hablaba inglés. Todas eran extranjeras, y tenían otro aliciente: un grupo de hombres armados merodeando los alrededores por si se le ocurría a Molly intentar marcharse, y a ellas, ayudarla. Había sido un camino sin salida.

—Sal de ahí, muchacha. Ya es el momento —dijo el guardia sobresaltándola al abrir la puerta de sopetón.

—¿Dónde voy? —preguntó Molly mirando de reojo a Ursula. La muchacha estaba sentada en la cama mirando su regazo, pero el temblor del delgado cuerpo era más que evidente. No debería sentir pena por otra persona cuando ni ella misma sabía lo que iba a depararle el futuro, aún así no pudo evitar sentir impotencia al encontrarse en un escenario sin salida y sin ni siquiera poder ayudar a otra persona, tal como siempre había estado acostumbrada a hacer.

El hombre se encogió de hombros.

—Órdenes del jefe —la miró de arriba abajo. Ella llevaba un vestido blanco pegado al cuerpo. No era demasiado generosa en sus atributos, pero tenía lo suyo, y ese vestido parecía decidido a no ocultarlo— y será mejor que obedezcas porque el salón está casi lleno.

Molly se inclinó hacia Ursula y le tomó las manos entre las suyas, apretándoselas con afecto. Cuando las dos muchachas conectaron sus miradas, Molly le dijo en el único modo que sabía que haría todo lo posible por ayudarla. Ursula le dedicó una tenue sonrisa.

—¡Apúrate! ¿Qué crees que eres, la princesa de Gales? —gritó el guardia.

—Adiós, Ursula —susurró Molly antes de obedecer.

Con el maquillaje en perfectas condiciones, luego de treinta minutos de una sesión que le pareció interminable. Un peinado exótico y unos tacones rojos de aguja, Molly estaba lista para su debut en la subasta.

—Vaya, vaya, vaya, pero si es la inglesita rebelde —dijo Gianni al encontrársela—. Te ves bien. Tienes un trasero bien puesto y un par de tetas apetitosas —comentó con su habitual vulgaridad—. Tengo algunos postores por ti. Debería hacerte examinar por un ginecólogo, pero apenas he tenido tiempo de dedicarme a otra cosa que no sea organizar la velada.

En el corredor, tan igual como cualquier otro del sitio en el que se encontraba, Molly miró hacia un lado y otro. Quizá podría correr, pensó.

—Entiendo —murmuró ella. La herida de días anteriores que le hizo Gianni con el anillo había desaparecido bajo la magia del experto maquillaje.

—Si uno de los hombres te dice que te quites la ropa, no lo hagas. Solo muéstrales un poco de la mercancía.

«Como si fuera a hacer eso», pensó ella.

—Bien.

Gianni se le acercó. Rodeado por un fuerte equipo de seguridad, el hombre parecía imposible de vencer, pero todos tenían un talón de Aquiles. Ella se preguntaba cuál sería el del italiano. Mientras observaba a Gianni, Molly encontró lo que pareció una salida ideal. Una vía que no estaba flanqueada por guardias.

Molly no demoró. Empujó a un sorprendido Gianni, y al guardia más cercano, y echó a correr. No llegó muy lejos, por supuesto, porque fue alcanzada por el italiano que la agarró del cabello, haciéndole daño.

—Puta barata. Te he dicho que no intentes desafiarme. ¿Acaso eres imbécil? —preguntó zarandeándola—. ¡Hakum! —llamó a uno de sus guardias, este se acercó— trae una de esas pastillas. —No la soltó hasta que Molly se tragó la píldora que prácticamente le pusieron en la garganta. Sin agua—. Podría abofetearte, pero una mercancía estropeada no me sirve para mis propósitos.

Momentos después, Molly veía todo en ondas sicodélicas. Evitar que la drogaran fue imposible; tan imposible como la situación en la que se encontraba. Resultaba complicado procurar mantener un pensamiento claro sobre su alrededor.

En ese estado, la introdujeron en lo que parecía un escenario iluminado. La dejaron en el centro, y un gran reflector la cubría de luz amarilla potente, Molly no podía ver nada. Se tapó los ojos con los dedos. Todo le daba vueltas. Se sentía extraña. Como si su cuerpo le perteneciera a otra persona, y no a ella. Y muy pronto aquello se convertiría en un hecho cuando algún depravado pagara por su supuesta virginidad.

***

—*Señores, aquí tenemos a la primera obra de arte* —dijo una voz fuerte, en off, llamando la atención de todos los hombres que estaban presentes.

Los invitados de esa noche se encontraban en una especie de palco de proporciones discretas, y este a su vez tenía divisiones como si se tratara de varias suites de negocios con vidrios reforzados y tintados. Ningún invitado podía ver al otro. Entraban por diferentes accesos. No existía posibilidad de que se vieran las caras, lo único que tenían en común era el escenario.

Cada uno de los ocho hombres que ocupaban las suites

29

individuales tenían ante ellos un dispositivo que les permitía pujar por la mujer que deseaban. Ese dispositivo iba conectado directamente al sistema informático del encargado de controlar los pagos y concretar la venta. Todo estaba organizado a la perfección.

—¿Todo en orden? —escuchó Amir que le preguntaban.

Con el pequeño aparato electrónico que llevaba en la oreja sabía que estaba siendo monitoreado por los equipos de seguridad de Inglaterra, al mismo tiempo que en Azhat. Su hermano, Tahír, se había puesto en contacto para dar marcadas instrucciones sobre cómo llevar la situación en caso de necesitarse apoyo logístico o lo que fuera preciso con el equipo de seguridad de Azhat que estaba en Londres. El aparatito colocado estratégicamente en su oreja era imposible de rastrear por los equipos de Morantte.

—Sí —murmuró. No solo podía escuchar, sino que también podían escucharlo. En la suite permitían entrar a dos personas, pero Amir había preferido entrar solo. No quería que sospecharan, en especial porque el único llamado a poder acompañarlo era Abdul, y la inclinación de su secretario a mostrarse demasiado correcto o demasiado servil a la corona de Azhat lo delataban.

—Puede pujar por cualquiera o por todas las chicas que están siendo subastadas, alteza —dijo el hombre que era el contacto de Amir con el exterior—. El asunto no es que consiga una, sino que logre la mayoría para poder sacarlas. ¿Le dijeron todas las reglas al entrar, verdad?

—Sí —contestó, tajante. Le hervía la sangre de la rabia.

Entre las reglas existía una particularmente firme, y señalaba que —aún cuando hubieran comprado una de las muchachas— una vez que fueran utilizadas para saciar el placer sexual de sus compradores durante las veinticuatro horas que podían tenerlas bajo su control, no podían volver a tener contacto con ellas. Así de crudo. Así de asqueroso. Amir, nada más entrar en el exclusivo recinto en las afueras de Londres, sintió ganas de mandar todo al diablo y liarse a puñetazos con Morantte.

El hombre lo había recibido, personalmente, en la puerta. Menos mal no existía prensa ni posibles filtraciones de lo que estaba sucediendo. Una ventaja para el perfil de los millonarios de Oriente Medio que habían sido convocados, pero jamás para las pobres mujeres que de seguro estaban aterradas sin conocer qué les depararía la noche, pensaba el príncipe Amir.

Las luces se apagaron por completo, y a los pocos segundos un reflector dejó en evidencia una mujer menuda. Cabello rubio peinado a la perfección. Contextura delgada y de grandes ojos celestes. Había varias pantallas gigantes que permitían varios ángulos de cámara para que los asistentes pudiesen verlas más de cerca. ¿Cuántos años tendría ella?, se preguntó Amir apretando los puños sobre la mesa de madera cubierta por finísimos abrebocas y una variedad de licores en miniatura.

Él hizo lo que le iban diciendo por el auricular. Pujó. Subió la cantidad hasta cifras absurdamente altas, y perdió. Amir estaba de mal humor, le carcomía la conciencia y sentía que había fracasado cuando vio que, tratando de contener la mirada angustiada, la muchacha fue retirada del plató y llevada hacia quién sabría donde, tras bastidores.

Con la segunda y la tercera muchacha no hubo suerte. Los hombres, a quienes él no conocía, triplicaban y cuadriplicaban el medio millón de dólares.

—¿Qué quieren que haga, maldita sea? —preguntó Amir ya sin paciencia—. He perdido cada una de las malditas pujas.

—Si usted ganase a la primera, entonces sería un poco sospechoso —dijo la voz que estaba en contacto con él desde una camioneta blindada del servicio secreto británico ubicada en los exteriores de la lujosa mansión—. Que usted no conozca la identidad de los otros no implica que Morantte también la ignore. Él sabe que en Azhat hay un harén. Si usted ganara la primera puja, lo sorprendería, lo atribuiría a una situación

31

inusual que lo haría sospechar de su desespero. Y Morantte es visceralmente astuto.

—Ese harén ya no se usa con fines egoístas —cortó el príncipe—, y se lo mantiene por tradición y con fines de llevar nuestra cultura de danza y esplendor a los turistas o ciudadanos de Azhat —dijo con la firme determinación de defender la verdad sobre su país.

Quizá esos británicos no sabían lo que verdaderamente ocurría en los países de Oriente Medio, pero en el caso de Amir, su reino era un sitio muy distinto; no se cometían aberraciones contra los derechos humanos ni tampoco se fustigaba a las mujeres por el mero hecho de serlo, ni tampoco se les quitaban sus derechos. Ese no era, ni sería, Azhat.

—Nunca fue mi intención ofenderlo, alteza, pero esto será así. Por eso no puede pujar más de la cuenta.

—Ya va a salir la cuarta muchacha, ¿debo pretender entonces que no puedo apostar más de un millón de dólares por ella también, y dar ventaja a los otros?

—No. Ahora es cuando debe empujar su puja lo más alto posible. Eso implicaría que Morantte se dará cuenta de que no le ha gustado que le ganen las primeras ocasiones y que está dispuesto a ganar a toda costa esta ocasión. Y cuando gane más posibilidades con las demás mujeres, entonces nosotros entraremos en acción de forma imprevista. No se descuide.

—No lo haré —replicó el príncipe con los dientes apretados de la impotencia.

La música que sonaba de fondo se transformaba en una afrenta a los músicos clásicos destacados. ¿Cómo se atrevían a poner a Chaikovski en una situación en la que denigraban al ser humano?

Después de que la tercera mujer salió del escenario, el reflector se apagó. Amir contuvo el aliento. Era el momento en que se ponía en juego toda la operación. Detestaba estar en medio de situaciones de naturaleza tan delicada, pero lo hacía porque no existía otro modo de ayudar, y para él las responsabilidades eran primero sin importar si estaba o no cómodo con ellas.

Amir tenía los ojos cerrados. Cuando la voz en off anunció que llegaba una nueva mujer, él se puso en guardia. El reflector se encendió, y el príncipe sintió que la sangre abandonaba su cuerpo. «No puede ser posible…» La mujer que había dejado en el bar de Barcelona, cuando lo llamaron para anunciarle sobre la muerte de su padre, el rey Zahír, estaba iluminada por el reflector.

Parecía perdida. Su mirada no enfocaba a ninguna parte y se balanceaba de un lado a otro. Amir apretó los puños. Era evidente que estaba drogada. No existía otra explicación para el desbalance, la mirada perdida, y la ligera falta de coordinación de sus tambaleantes movimientos sobre el escenario. La habían vestido con elegancia, pero los reflectores dejaban poco a la imaginación. El atuendo se le pegaba al cuerpo como una segunda piel. Los pezones de unos pechos redondeados se marcaban contra la tela y el único indicio que daba cuenta de que habían respetado un poco de la modestia femenina, daba cuenta de que llevaba unas bragas discretas.

La vena posesiva que Amir ignoraba que pudiera hacerse presente de forma tan visceral, apareció. La culpa se apropió de él y estuvo a punto de impulsarlo a enviar todo lo que tenía sobre la mesa de degustación al suelo, salir de la maldita cabina lujosa y agarrar a todos los bastardos que tenía a su paso a puños.

—¿Alteza? —preguntaron a la oreja del príncipe.

—¿Qué ocurre? —replicó de mala gana.

—Alguien acaba de empezar la puja. Haga su mayor esfuerzo. Es el principio, y el éxito de la operación ahora está en sus manos.

Amir dejó de lado sus emociones y, a pesar del peligro de romper los brazos de la cómoda butaca en la que se encontraba, soltó una maldición acompañada de dos firmes puñetazos sobre el caro material del asiento. A pesar del reflector del escenario, enfocando solo a la mujer que se encontraba en el centro, la existencia de varios gorilas de seguridad de Morantte no podía pasarse desapercibida. Había varios en sitios estratégicos. De hecho, en el exterior de la cabina en que se encontraba cada empresario o millonario de Oriente Medio un guardia controlaba el ingreso o salida.

El príncipe no podía estar más enfadado ante el hecho de que esos imbéciles creyeran que su cultura, que su país, Azhat, estaba atrasada en derechos humanos. Hasta tal punto era su ignorancia que habían creado una subasta exclusiva para jeques, príncipes árabes y millonarios de países del desierto, por el mero hecho de creer que todos eran copartícipes de la explotación sexual de las mujeres.

—Bien —dijo entre dientes, y mirando al escenario con la bilis en la garganta.

***

Molly salió del escenario sintiendo una intensa humillación y ganas ineludibles de llorar. Los lagrimones salían a borbotones. Se sentía como una muñeca rota y lo peor de todo era que no podía controlar sus reacciones. Su cuerpo temblaba mientras unas manos firmes la sostenían y llevaban de regreso a la habitación que había compartido con Ursula. Unas manos para nada amables. Estaba segura de que le quedarían marcas en los brazos.

—Quédate ahí —le dijo el hombre. Molly jamás lo había visto durante el tiempo que llevaba encerrada.

—¿Qué va a ocurrir ahora? —preguntó ella, temblorosa y abrazándose a sí misma. De pronto sentía mucho frío. Un frío que salía del alma y se extendía por todos los poros de su piel.

—Te irás con el hombre que ha pagado por ti.

—¿Quién…? —dijo a medio terminar, porque el hombre cerró la puerta en sus narices. Debía recordar que, aunque quisiera escapar, no podía hacerlo porque había un par de candados colocados en la parte exterior. No existía una ventana para intentar observar el exterior o darse cuenta qué era lo que la rodeaba.

También sentía pena por Ursula. Sabía que no volvería a verla nunca. Experimentaba un desasosiego que le calaba profundamente. Desde donde se encontraba, en el escenario, momentos atrás, no le era posible conocer quiénes eran los hombres que pujaban por hacerse con su supuesta virginidad. Paparruchadas. ¿Por qué la humanidad continuaba creyendo que la virginidad femenina era una baza de medición o un símbolo de pureza al igual que un símbolo de integridad? ¿Acaso la integridad o el valor de una mujer estaba entre sus muslos?

Agotada, invadida por la incertidumbre, Molly se recostó en posición fetal sobre el colchón de la cama que le había sido asignada. La incertidumbre estaba matándola. No existía ningún alma cerca para consolarla o hacerla sentir segura. Se encontraba, una vez más, sola.

Lo más irónico de todo era que estaba pagando la pena por una culpa que no le correspondía. Justo cuando pensaba que era la última ocasión en que salvaba el pellejo de Theo, la situación le explotaba en la cara de la peor manera. ¿Acaso era el precio de tener buen corazón o el precio de ser demasiado estúpida?

Veinte minutos más tarde, Molly escuchó una ráfaga de balas disparándose. El sonido era inconfundible. Ella se escondió bajo la cama. La puerta de su habitación se abrió de par en par. Los gritos dichos en un idioma extraño la aterraron. Pensó que estaba a salvo hasta que una mano agarró su muñeca halándola hasta que logró sacarla de debajo de la cama, porque o salía o se quedaba sin brazo. Sin dignidad, ni destino a salvo en el horizonte, quedarse sin un brazo ya sería el colmo, pensó con ironía mientras permitía que la jalonearan como si fuese una muñeca de trapo.

Veía todo difuso. Borroso.

Lo último que recordaba era ver el cielo estrellado en una

ciudad tan inconfundiblemente nublada como Londres. Aquel era un claro indicativo de que sus sentidos estaban en caos, sus nervios destrozados y su sentido de la realidad perdido.

El sonido de las sirenas, gritos masculinos, y después la puerta cerrándose con fuerza de lo que ella asumía —aunque ya no podía estar segura de nada— era una ambulancia. ¿O quizá en el cielo todos se vestían como médicos?

Una risa histérica escapó de su boca.

—¿Me entiende, señorita?

Ella no entendía nada, y por más que quiso responder su lengua no lograba colaborar en sinergia con su cerebro. Podía pensar, pero sus sentidos no articulaban acciones. Lo que experimentaba era angustioso.

Estaba perdida y a la merced de quien fuera que la hubiese sacado a rastras de donde fuera que estuviese. Luchar parecía necesario, pero en su estado de drogadicción era imposible. No quedaba más que resignarse a vivir la peor pesadilla.

Cerró los ojos y se dejó envolver por una apacible sensación de paz una vez que el contenido del pinchazo que sintió en su brazo hizo efecto.

CAPÍTULO 3

—Lo hizo bien, alteza —dijo Abdul, tratando de calmar la angustia que observaba en el rostro de Amir—. Está a salvo —miró a la muchacha que yacía sobre la cama, abrigada y dormida— y eso es gracias a usted.

—Las demás…

—No está ya en sus manos. El M16 y Scotland Yard se deben encargar a partir de ahora. La corona británica está en deuda con la de Azhat.

Amir meneó la cabeza de izquierda a derecha.

—La mataron antes de que pudieran llegar a ella— murmuró recordando a la bonita chica que habían encontrado con el camisón rasgado, evidentemente había sufrido abusos, y tenía un disparo en la frente— si nos hubiésemos dado prisa.

Abdul se acercó y posó la mano sobre el hombro del príncipe. Aquel era el gesto más cercano que podía tener un miembro del servicio real para con la familia Al-Muhabitti. El hombrecito llevaba años al servicio real, y se había encargado de la educación de Amir desde que el príncipe tenía seis años de edad.

—No se habría podido evitar.

Después de que Amir hubiera estado seguro de tener a Molly a su lado, sana y salva, el infierno se había desatado dentro de la mansión. Los servicios de inteligencia intervinieron.

El estruendo de la balacera y los gritos, tanto de hombres como de mujeres, en las afueras de Londres apenas causó estragos en el entorno. El equipo de seguridad de Amir lo sacó con rapidez y lo pusieron a salvo.

Él exigió que la muchacha por la que había pagado una gran cantidad estuviera a su lado, sin un rasguño. Así sucedió. Los paramédicos le dijeron que ella estaba en shock y había ingerido una sobredosis de droga. Tendrían que hacer el examen en el laboratorio para determinar qué tipo de sustancias, aunque para el príncipe lo único que contaba era que ella estuviera a salvo.

Molly estaba fuera de peligro. Viva.

Ahora llevaban casi tres horas en la mansión de Belgravia que pertenecía al príncipe. Amir se sentía responsable por lo que le había ocurrido a Molly. La conciencia le pesaba ante la idea de cómo hubiera podido evitar semejante situación si tan solo le hubiese creído cuando le pidió que la ayudara en Barcelona.

—Quiero que tenga los mejores cuidados. Avísenme cuando despierte —zanjó con tono agobiado.

La enfermera que estaba de turno tan solo asintió.

—Así se hará, alteza —murmuró Abdul antes de hacerle una seña a la mujer de casi cincuenta años para que no se le ocurriese moverse de la cama de Molly. Después, con sigilo, siguió al príncipe y cerró la puerta tras de sí.

***

Su espalda descansaba sobre una superficie muy cómoda. Estaba viva, no había duda. Molly tenía la cabeza despejada y contemplaba la lujosa habitación en la que se hallaba. Ignoraba cuánto tiempo llevaba en esa preciosa estancia, ni tampoco en dónde se encontraba. Intentó hacer memoria, y su cerebro no dudó en dejarle claro lo que había ocurrido. Las imágenes de aquella horrible noche la golpearon.

Se tapó el rostro y al hacerlo sintió el tirón de los tubos

que le habían inyectado. Soltó una exclamación de dolor. Cinco segundos y tenía una enfermera midiéndole la presión, revisándole el pulso y controlando el aparato que se encargaba de monitorear sus signos vitales.

—Nos alegra tenerla de regreso —dijo la mujer. Tenía una voz suave y se movía con gracia de un sitio a otro.

—¿Dónde estoy? —indagó Molly con voz rasposa. ¿A quiénes les alegraba que ella estuviera despierta?, se preguntó, preocupada.

—Se encuentra en Belgravia, una zona de Londres que...

—Conozco bien mi ciudad. Sé dónde queda Belgravia — interrumpió—, ¿cómo he llegado aquí?

Molly carecía de influencias o incluso de contactos que rozaran los altos círculos sociales de Londres. ¿Belgravia? Por Dios, ni loca que estuviera se atrevería a preguntar siquiera los locos precios de alquiler de un piso. Con esos valores ella podría vivir más que holgadamente el resto de su existencia.

—Me gustaría poder darle más información, pero me pidieron que avisara cuando estuviese despierta. Le traeré un poco de agua y luego llamaré a la persona que se ha encargado de que esté a salvo.

—¿A salvo? —preguntó frunciendo el ceño, y en la medida que le fue posible apretó la sábana contra su pecho. Llevaba una bata marrón, suave y confortable—. Eso significa que no me vendieron... O que...

La enfermera, sin saber qué decir, se aclaró la garganta. Le pasó, en silencio, un vaso con agua y Molly bebió todo el contenido en pequeños sorbitos.

—Ahora regreso, señorita.

—Espere... —murmuró en vano.

La mujer la había dejado sola.

No pasaron ni diez minutos cuando la puerta de la habitación se abrió con suavidad. Del umbral de la puerta emergió un hombre que Molly creyó que jamás volvería a ver en toda su vida. El guaperas del bar de Barcelona. El que la había dejado a merced de Morantte… ¿Había sido él quien pagó una suma exorbitante por su supuesta virginidad? ¿Ella había pedido ayuda a un depravado en su intento de salvarse? Dios. Si es que no daba abasto con sus estupideces, pensó, agotada.

—Me alegro de que estés despierta —dijo el príncipe con voz firme. Tenía las manos en la espalda, juntas, y observaba a la muchacha con inquietud. Cuando le avisaron que estaba en sus cinco sentidos, Amir suspiró de alivio.

—Gracias —murmuró, insegura—. Nunca me dijiste tu nombre. A menos que quieras pretender que no me recuerdas. Lo cual no sería nada raro… Mi nombre es Molly Reed-Jones, y soy británica.

—Amir Al-Muhabitti —replicó—. Sé quién eres, Molly. Lamento lo que te sucedió a manos de ese hombre. Puedo darte la garantía de que el servicio secreto de Gran Bretaña está encargándose del asunto en conjunto con Scotland Yard.

—Todo un detalle por tu parte…

—He hecho todo lo posible por traerte a salvo —dijo apretando la mandíbula.

—Por supuesto. Gracias —comentó Molly girando el rostro hacia la ventana. Las gotas de lluvia golpeaban incesantes. Para ella, aquel era un mejor paisaje que lo que había tenido que vivir todos esos días. Incertidumbre. Humillaciones. Y para ponerle una cereza al pastel, vendida como mercancía de segunda mano.

—Molly…

—No sabía quién eras cuando te encontré en ese hotel de España —interrumpió, sin mirarlo, aún con un inusitado interés en las maravillas del vidrio de la ventana que daba a la ciudad—. Solo necesitaba alguien que me ayudara a alejar a ese hombre de mi vida. Mi hermano corría peligro. Y después, yo. De haber sabido que estaba pidiéndole auxilio a un depravado, me habría detenido… —apartó las sábanas de su cuerpo, y quedó con la bata, que poco cubría sus curvas—. Ya que pagaste una sustanciosa cantidad, y de seguro vienes a comprobar que tu inversión pueda funcionar adecuadamente, por favor, sírvete — hizo un gesto con la mano libre del suero sobre su sexo— a tu disposición.

Amir estaba acostumbrado a lidiar con los insultos velados en grandes reuniones diplomáticas. Jamás una mujer había osado tratarlo como si fuese un pervertido o un hombre sin moral. Se acercó a paso lento hasta Molly. Estiró la mano, ante la mirada impasible de ella, y volvió a cubrirla con la sábana. Apoyó la mano a un costado de la cama, y con la otra le tomó el rostro para que lo mirara.

—Contrario a lo que puedas pensar, mi pago por tu vida no tiene nada que ver con querer acostarme contigo. Jamás he tenido que pagar por estar con una mujer, y no voy a empezar a hacerlo ahora. Fui parte de la operación para conseguir que Morantte estuviera tras las rejas.

—¿Solo fui la carnada? —preguntó con desconfianza y tratando de ignorar el aroma a limpio y masculina virilidad que percibía en Amir. Era guapo como el pecado, y esos ojos ámbar parecían estar plagados de misterios, aunque también de algo bastante curioso: contención. Daba la impresión de ser un hombre acostumbrado a refrenar sus emociones… Molly se preguntó qué ocurriría si el dique que las contenía de pronto se partía en dos dejando a Amir a merced de las circunstancias. ¿Actuaría de metódico o se dejaría llevar por la corriente?

—Es un modo de decirlo, pero en lugar de mostrarte insultante y cínica, deberías estar agradecida que no recibiste un disparo en la frente —soltó. La expresión asombrada de Molly le dijo que ella no tenía idea de lo que había ocurrido en el interior. Amir se maldijo en silencio. No solía cometer esa clase de deslices informativos, ¿qué le ocurría? Resultaba inaudito que su capacidad de raciocinio se nublara de pronto ante la evidente desconfianza de Molly, pero, ¿cuántos más desconfiaban de él, y a pesar de ello Amir no permitía que su buena cabeza se viera afectada? —. Olvida eso…—murmuró.

Molly posó la mano sobre la muñeca de Amir.

—¿Quién recibió un disparo en la frente…? —preguntó, mirándolo con tal dolor que él quiso gemir de frustración y golpear con sus propias manos a los depravados que se dedicaban a destruir vidas humanas. Quería matarlos por haber permitido que una muchacha como Molly tuviera más años en el reflejo de sus ojos castaños que arrugas en el rostro.

Él se apartó, contrariado.

La mano de Molly cayó sobre su regazo.

—Una de las muchachas. No hablaba inglés…

Las lágrimas empezaron a rodar por las mejillas de Molly. Ella sabía a quién se refería. Era la única extranjera en la casa. Ursula. La pobre e inocente polaca.

—No llores, por favor —pidió Amir, sin saber qué hacer al ver cómo las gotas saladas se deslizaban con suave cadencia sobre las mejillas. Las lágrimas de una mujer difícilmente lo conmovían, sin embargo, las lágrimas de esta extraña parecían calar hondo en su pecho—. Te he dicho que estás a salvo. De verdad que lo estás.

—La conocí… —sollozó haciendo caso omiso al hecho de saberse lejos del peligro—, se llamaba Ursula… Esto me ha sobrepasado… Ya es demasiado, incluso para alguien como yo…

«¿A qué se refería con eso último?», pensó Amir, pero no indagó al respecto. Intentó mantener su pose ecuánime y todo bajo control. Si él acababa de causar una pequeña crisis, entonces iba a componerla. ¿Acaso no era esa la máxima de su día a día como príncipe de Azhat?

—Entiendo que ha sido un periodo difícil. No te contengas por mí. No es un episodio alentador y no debes sentir vergüenza. Nadie debe pasar el calvario que experimentaste —dijo, regresando junto a ella, y dándole un amable apretón con su mano grande y firme sobre la mano pequeña de Molly.

Ella lo miró, las lágrimas continuaban saliendo a borbotones, y esos ojos castaños empañados de preocupación y desazón llevaron al príncipe a hacer algo que jamás solía: actuar por impulso. Por segunda ocasión en menos de diez minutos, y con la misma persona, actuaba sin medir sus pasos. La única justificación era que se trataba de un escenario excepcional.

Tomó con suavidad a Molly en brazos y permitió que ella llorara contra su pecho. Sin importarle que su camisa blanca se empapara de lágrimas, su silencio implicaba apoyo y sus fuertes brazos rodeándola le daban la garantía de que podría llorar hasta que sintiera que había dejado ir todo el dolor. Amir la sostuvo, acunándola como si ella careciera de la más mínima fuerza para continuar.

Él no recordaba la cantidad de tiempo que estuvo con Molly.

Sostener el cuerpo suave y escuchar la respiración acompasada cuando se quedó dormida entre sus brazos lo hizo experimentar una sensación de humildad. La mujer que había estado a punto de ser vendida como esclava sexual, que había pasado una pesadilla a manos de un traficante de mujeres, que llevaba como resultado de esas ojeras una carga de seguro demasiado pesada para unos hombros tan jóvenes y frágiles. Y a pesar de todo, ella se atrevía a confiar en alguien. Era una lección de vida.

Sin embargo, no era tan ufano, y no creía que fuera él —como persona— en quien Molly confiaba, si no que probablemente ella había sido defraudada tantas veces que la idea de poder confiar en otro ser humano podía resultar demasiado tentadora para dejarla pasar. Era evidente que Molly era el tipo de mujer que se batía con sus propios dragones e incluso con los ajenos. ¿Acaso no le había dicho algo sobre su hermano, en Barcelona, relacionado con una deuda de juego?, se preguntó mientras la dejaba con cuidado sobre el colchón y llamaba por el botón a la enfermera.

Miró por última vez la quietud de Molly mientras estaba en profundo estado de sueño. Había perdido peso desde la última vez que recordaba haberla visto, pero no era un impedimento para resaltar el hecho de que era una mujer muy hermosa.

Quizá, tanto él como Molly, podían convertirse en aliados por conveniencia. No era una mala idea. Solo tenía que encontrar qué era lo que ella podría pedir a cambio de un matrimonio por conveniencia. Aquel era el tiempo suficiente para que su hermano Bashah cesara en su intento de persuadirlo para que se casara por conveniencia con una exótica princesa de un país vecino.

No podía haber tenido una mejor idea, pensó para sí mismo mientras observaba cómo la enfermera se encargaba de controlar los signos vitales de Molly. Avanzó por el pasillo de mármol de su mansión. Se desnudó antes de deslizarse bajo las sábanas. Entrelazó sus manos detrás de la nuca y contempló el techo de la habitación. Estaba bellamente decorado y muchos entramados habían sido aplicados con oro; se trataba de la representación del famoso libro de *Las mil y una noches de Arabia*. Aquel había sido su libro preferido de pequeño, y por eso no escatimó en gastos al momento de plasmar el contenido en un sitio que también disfrutaba visitando: Londres.

Recordar la ciudad que lo acogía en esos instantes, lo hizo recordar a Molly. Tendría que hablar con su secretario. Abdul se encargaría de los pormenores, sin duda, y los abogados tendrían que firmar las cláusulas de confidencialidad habituales. Amir pensaba en elevar el nivel de las penalidades en caso de que dicha cláusula se rompiese, pues sabía que la tentación de contar cualquier dato de un miembro de la realeza podría resultar irresistible a un ciudadano de a pie con interés económico o que buscaba cinco minutos de fama.

A la mañana siguiente hablaría con Molly. Era una oportunidad en la que ambos saldrían ganando. ¿Acaso no era aquella la mejor filosofía en los negocios?

***

Llevaba toda la mañana sola en la silenciosa mansión.

Molly podía moverse sin problemas y los efectos de las drogas que había ingerido, obligada, ya habían pasado por completo. Volvía a ser ella misma, por ende, sus preocupaciones habituales estaban de regreso. ¿La principal? Theo, su hermano. Se preguntaba en dónde demonios se habría metido. Era adicto al juego. Exactamente como su padre. Solo esperaba no recibir una llamada amenazadora de un momento a otro; la contestadora automática en su casa de seguro estaba a tope. Lo siguiente en su agenda era conseguir un teléfono celular, pero no podía hacerlo mientras estuviera encerrada en esa mansión.

—¿Es todo de su agrado? —preguntó un hombre que se había presentado como Abdul, y que tenía un atuendo muy típico de Oriente Medio. Había estado a su alrededor desde temprano, sin incomodarla en absoluto, pero siempre dispuesto a atender cualquier duda que tuviese. Molly calculaba que rondaba los sesenta años, aunque no podría decir con exactitud.

—Sí, gracias. ¿Y en dónde se encuentra Amir? Pensé que hoy podría llevarme fuera de aquí… Necesito volver a mi realidad.

Estaba en el pequeño patio exterior, una oda a la floricultura bajo el encapotado cielo londinense. Jamás había visto flores tan exóticas y brillantes como las que allí se encontraban. Aunque las mil maravillas que la rodeaban no le parecían suficientes. Necesitaba ir a su casa, por más de que estuviese en un barrio poco seguro, pero era el único refugio que ella conocía. La propiedad era herencia de su familia materna y, aunque desgastada por el inclemente clima inglés, su bien más preciado. Menos mal la titularidad estaba a su nombre, pues de haber estado bajo la tenencia de su padre o su hermano, ella estaría viviendo en refugios.

—Está atendiendo unos asuntos diplomáticos —replicó el hombre acercándose a una distancia prudente. Molly la podría calificar de coloquial.

Todo en ese entorno, había notado ella, parecía fríamente calculado. Nada se hacía sin medir su posible consecuencia o al menos eso parecía. Molly estaba habituada a actuar conforme la marea llegaba, sin planes, sin contratiempos que impidiesen bordar el espectro de sus deseos: viajes cortos a la playa en Brighton o Southampton, comprarse varios botes de helados de diferentes sabores mientras estaba constipada, lograr el mejor precio en las rebajas de diseñadores aún cuando el atuendo consistiera en un abrigo multicolor con bolitas de lana. Esa era ella. Había optado por ver el lado multicolor a la vida, aunque debido a los recientes acontecimientos empezaba a cuestionar si pecaba de optimista o de idiota redomada.

—¿Y eso toma mucho tiempo? —preguntó con inquietud.

—Volverá dentro de poco. Sería un gesto amable si usted lo esperase. No es una rehén, puede usted irse en cualquier momento que lo desee —comentó—. Pero la casa real Al-Muhabitti estaría muy agradecida por su consideración de esperar.

Sí, ella ya había aceptado la idea de que estaba en una propiedad que iba más allá del simple lujo. ¡Una familia real! Ni en sus más alocadas imágenes, y eso que tenía varias para contar, había imaginado semejante cosa.

El mismo Abdul le hizo un recorrido por los alrededores. La historia del país de Azhat la envolvió por completo, y la curiosidad sobre cómo sería visitarlo la continuaba acompañando. Había tantas historias, sórdidas y fantasiosas, sobre Oriente Medio que ella ya no sabía en qué creer.

Se sentía un poco, en realidad bastante, desagradecida por haber dudado de Amir la noche anterior. Aunque, ¿qué podría esperar él, después del infierno que había pasado a manos de Morantte y su tropa de desalmados? La poca esperanza que tenía en la gente parecía minarse de a poco, a pesar de la cantidad de decepciones que llevaba a cuestas. Se consideraba una optimista sin remedio, pero no creía que su madera de luchadora diera para más reveses. Así estaban las cosas por Mollylandia.

—¿En verdad salvó mi vida? —le preguntó a Abdul, muy

consciente de su estallido emocional de la noche anterior. En cuanto Amir le habló de la mujer que había fallecido con un disparo todo pareció entremezclarse en una vorágine de dolor. No pudo contenerse. Recordó el modo absurdo en que su madre falleció, víctima de unos ladrones de barrio, y su padre había estado demasiado ebrio para poder salvarla o llevarla al hospital, y su hermano era todavía demasiado pequeño para entenderlo.

—Lo hizo, señorita —replicó el hombre—. El príncipe es una persona muy honesta. Jamás le mentiría sobre un asunto de tal naturaleza. ¿Nos hará el honor de esperar a su alteza?

«¿Honor que *ella* esperara?». Demasiada diplomacia para su gusto, pensó Molly.

—No podría ser de otro modo cuando ha sido Amir quien salvó mi vida.

Con un asentimiento, Abdul la dejó a solas de nuevo, y al instante un empleado de la mansión se hizo presente para preguntarle si quería algo adicional. Ella negó, porque si continuaba comiendo debido a la ansiedad saldría rodando de esa mansión, en lugar de hacerlo con sus piecitos.

Molly podría referirse a Amir con su título real, pero dadas las circunstancias, y puesto que él no corrigió su forma de tratarlo la noche anterior, ella pensaba continuar tuteándolo con su nombre de pila. Molly no era el tipo de persona regida por un protocolo. Le gustaba dejarse llevar por el ritmo del día a día.

La ropa que llevaba era informal. Un jean ajustado negro, una blusa elegante en tono celeste, y botines de Salvatore Ferragamo. ¿Cómo había terminado vistiendo ropa de diseñador que encajara con sus medidas? Ignoraba el particular, sin embargo, no iba a pensar en cómo alguien había adivinado tan diestramente sus proporciones físicas ni las de su calzado; lo atribuiría a la buena intuición del dinero de las familias aristocráticas… Al menos tenía ropa, y de paso le sentaba bien. ¿Quejarse? Ridículo.

En la vida jamás había dado nada por sentado ni seguro.

No pretendía empezar a hacerlo ahora. Ignoraba cuál sería su próximo paso. Su única certeza era que contaba consigo misma para enfrentar al mundo. Y continuaría siendo de esa manera. ¿De qué más estaba convencida? Pues de que Ethel, su jefa en el gimnasio para el que trabajaba como recepcionista, ya habría emitido su orden de despido.

La próxima aventura para Molly consistía en encontrar empleo. No era demasiado excitante, siendo sincera, pero se trataba de llevarse un plato de comida tres veces al día y conseguir algunos caprichos por su propio bolsillo, o terminar pidiendo ayuda a quien menos deseaba: su prima Harriet. La muy cretina se había hecho con la herencia de la abuela de ambas, irlandesa por el lado materno, gracias a las argucias de un abogado. Dado que Molly carecía de los recursos para pagarle a un buen defensor, ella y Theo perdieron lo que les correspondía por derecho. Una batalla perdida, al menos hasta que la lotería le hiciera un guiño. Pero los números de lotería la ignoraban deliberadamente, como a otras decenas de millones de británicos, en cada sorteo del premio gordo del mes.

Ni loca se acercaba a Harriet. Su prima era una hurraca cuarentona y sin escrúpulos que disfrutaría mucho humillándola al verla necesitada cuando, tiempo atrás, prometió que jamás, jamás, llamaría a su puerta pidiéndole ni un centavo.

Había sobrevivido sola, y continuaría haciéndolo.

CAPÍTULO 4

—Molly, gracias por haberte quedado —dijo Amir.

Sobresaltada, ella se giró y dejó caer la servilleta de papel que tenía en el regazo. Visto a la luz del día, ataviado con un traje que resaltaba cada músculo de su cuerpo, el príncipe Amir era una visión de virilidad. ¿Existía una fórmula para cortocircuitar los sentidos de una mujer? Sí. Tenía nombre, apellido, y de seguro, bajo esa ropa, un físico de infarto. Molly se incorporó y se acercó a él. Extendió la mano.

—Hola…

Con el ceño fruncido ante la informalidad, y algo a lo que poco o nada estaba habituado, Amir, la miró. Un poco avergonzada, Molly empezó a retirar su mano, pero él no se lo permitió. La tomó con firmeza y estrechó la pequeña mano. Se quedaron varios segundos, mirándose, y con las manos juntas. La sensación de finalmente encajar con perfección en otro los invadió.

Amir se aclaró la garganta, y soltó a Molly. Ella se sonrojó y mordió su labio inferior antes de esbozar una tímida sonrisa. Aquello que había traspasado la piel de ambos como un rayo era una experiencia sensorial para la que ninguno estaba preparado. Más conscientes que nunca, el uno del otro, prefirieron ir por el camino que resultaba más seguro: ignorar lo sucedido.

—Espero que te hayas sentido cómoda —expresó Amir.

Su voz tenía un toque ligeramente ronco, y se asemejaba a la caricia de un amante mientras llevaba a una mujer al orgasmo. O al menos así se lo parecía a Molly. ¿Cuánto hacía desde la última vez que se había acostado con alguien? ¿Dos años?

La guapa muchacha de veintiún años de edad se frotó la frente en un intento de borrar las imágenes eróticas que se conjuraron en su cabeza. Incluso el perfume que utilizaba ese príncipe parecía diseñado para disecarle las neuronas a ella. ¿Cómo podía, después de semejante vejamen emocional de los días anteriores, pensar en algo erótico con un hombre? Seguro que eso era lo que muchos llamaban estrés post-traumático. O quizá certificado de locura inmediata con categoría de asilo psiquiátrico.

—Errr… Sí, gracias, Amir —repuso—. Me gustaría irme a casa, por favor. Tengo pendientes que atender y un trabajo, si acaso aún sigue en vigencia —dijo con tono amargo— que me espera en Notting Hill.

Amir la contempló sin decir nada. Esa mañana había tenido una reunión con el primer ministro de Gran Bretaña. La banda de Morantte ya no existía más en el país, y los cargos por tráfico de personas estaban en marcha. Existían pruebas contundentes y testigos dispuestos a dar su opinión a cambio de un buen trato. No eran malas noticias. Después, como era costumbre cuando un príncipe visitaba Gran Bretaña, almorzó con la reina Isabel. Una dama de magnífica memoria y encomiable trabajo a lo largo de las décadas de su reinado.

—No quisiera demorar tu partida, pero tengo una propuesta de trabajo para ti.

—¿Trabajo de qué, exactamente, si puedo saber? Todavía estoy estudiando literatura inglesa en la universidad, así que no creo que el campo laboral sea muy amplio. Salvo que quieras ayudarme con alguna plaza especial en una institución educativa como suplente o algo así —comentó con ironía y mofa al mismo tiempo.

Él la ponía nerviosa y a la defensiva. Experimentaba una

contradicción. Un instante se sentía protegida en sus brazos, y al otro, en peligro. Y ese peligro no tenía que ver con un daño físico, sino más bien emocional. Era curioso que le ocurriese eso con alguien a quien apenas conocía.

Amir esbozó una sonrisa que, al ampliarse, deslumbró a Molly. El hombre no solo sabía vestir un traje de etiqueta con aplomo, sino que sonreía como si fuera consciente de que, solo con ese gesto, podía lograr lo que deseara.

—Como mi esposa.

Molly lo miró y luego se echó a reír con tanta insistencia que incluso se le salieron un par de lágrimas. Cuando se hubo calmado se encogió de hombros.

Amir apretó la mandíbula. La primera ocasión que le pedía a una mujer que se casara con él, y el resultado era una sonora carcajada. Tampoco es que él se hubiera puesto de rodillas a declarar amor eterno, eso no estaba entre sus dotes diplomáticos, sin embargo, su ego masculino escocía.

—Tal vez el estrés post-traumático lo tienes tú, Amir —dijo todavía con una sonrisa en los labios.

—Siéntate —expresó él con tono dictatorial.

—No recibo órdenes.

Amir contó mentalmente hasta tres. Tres largos segundos, por supuesto.

—Señorita Reed-Jones, ¿podría hacer el favor de sentarse? —preguntó con un marcado sarcasmo que, combinado con sus facciones aristocráticas, sonaba a un dulce ronroneo dispuesto para encantar a las serpientes más venenosas. Aunque Molly era todo menos eso, sin duda el efecto fue el mismo.

Acomodándose en la silla, Molly no dejó de mirarlo con desafío.

—Antes de que empieces, me gustaría agradecerte por salvar mi vida —dijo con sinceridad—. Nunca será suficiente lo que diga con palabras, pero si no hubiera sido por ti —se le cortó la voz—, gracias, Amir.

Amir hizo un asentimiento. Después se sentó frente a ella.

Cruzó las piernas, el tobillo derecho sobre la rodilla izquierda; las manos sobre los brazos de la silla. Era una postura relajada y confiada, muy propia de un hombre que conocía las normas de negociación y sabía que llevaba el as ganador en el bolsillo.

—Me alegra haber podido hacer algo. Debí escucharte aquella noche en el hotel de Barcelona… Debí hacerlo.

—No tenías cómo haber previsto lo que iba a ocurrir…

—Tú me dijiste que estabas en problemas, pero te desoí a propósito. No me gustan las timadoras. Y yo te tomé por una arribista. Te pido disculpas.

Molly se quedó en silencio. Después de todas las situaciones incoherentes que había vivido a lo largo de su vida, nunca los implicados en sus desafortunados eventos le habían pedido disculpas, y en esos momentos lo hacía nada menos que un príncipe heredero, un hombre que tenía el mundo a sus pies y de seguro que, con solo chasquear los dedos, podía conseguir lo que deseara.

Sintió la garganta seca y un conocido escozor en los ojos. No iba a llorar de nuevo. Giró la cabeza para que él no la viera… Demasiado tarde. Él descruzó las piernas y se inclinó para tomarle la mano con un gesto amable. Ella lo apartó con suavidad. No quería la pena de nadie.

—No… No tienes que decir nada… Mi vida no ha sido la de una princesa —dijo tratando de sonar graciosa—, y eres la primera persona que, después de los avatares que he tenido que pasar, no solo me salva la vida, sino que me pide disculpas.

—Quizá sea un príncipe, Molly, pero tengo moral. Y es precisamente esa moral la que me impide ser soberbio y déspota cuando tengo que ser humilde y aceptar mis errores.

Ella elevó la mirada.

—¿Eso haces como trabajo? —preguntó sonriendo con timidez. Ese hombre era demasiado perfecto… Algo seguro ocultaba. ¿Acaso no lo hacían todos?

—No sé a qué te refieres.

—Las reuniones —hizo un gesto con la mano— de las

que hablaba Abdul que tenías esta mañana y tarde. ¿Negocias o trabajas a nivel diplomático o algo así?

Amir sonrió.

—Me encargo del área de negocios como príncipe. Y sí, también suelo ejercer de mediador en ocasiones.

Ella asintió.

—Ya veo…

—Entonces, ¿piensas escuchar lo que voy a decirte?

—No creo que pueda hacerme la sorda si solo estamos los dos en este salón —murmuró encogiéndose de hombros.

—Llevas razón —comentó con una carcajada—. El matrimonio no está en mis planes a futuro. No me interesa tener hijos ni tener una esposa. Sin embargo, en mi país hay algunos problemas económicos que solo podrían solventarse a través de una unión matrimonial entre una princesa de un país limítrofe, Phautaja, y un príncipe de la casa Al-Muhabitti.

—Tú…

—Así es. El pedido viene de mi hermano mayor, el rey Bashah, y al ser un rango mayor al mío no puedo negarme.

—Pero puedes encontrar la forma de impedir ese matrimonio de una manera que no parezca que está desobedeciéndole al rey.

Él asintió.

—Hasta que encuentre la vía alterna para negociar un tratado sin necesidad de casarme con la princesa Cassiah de Phautaja. Y ese tiempo es el que estoy proponiéndote como trabajo. Cásate conmigo. Finge ante la prensa y mi familia que estamos casados porque nos hemos enamorado. Pero puertas adentro, no existirá en realidad intimidad entre nosotros. Puedes hacer con tu tiempo lo que desees mientras yo continúo trabajando en temas protocolarios. Serían tres meses. Cada mes te pagaré la cantidad que me pidas. ¿Qué te parece?

—Que se te ha aflojado un tornillo.

Él volvió a reír. Molly, a pesar de la pesadilla que había vivido la noche anterior, conseguía sacar un poco de humor. Le parecía única en su clase, y estaba seguro de que podría fingir sin ningún problema ser su amantísima esposa y lograr meterse al bolsillo a su familia durante esos tres meses. Tenía algo que no se aprendía en las más caras escuelas o universidades: carisma y naturalidad.

—Puedes poner el precio o la compensación que desees, Molly. Te estoy pidiendo tres meses de tu vida en un país extraño. Costumbres diferentes. Protocolos reales ante el público. Es todo un trabajo para una mujer que se ha criado en círculos distintos…

—Necesito pensarlo.

—No es un ultimátum, pero regresaré a Azhat mañana en la noche. Te llevaré a tu casa ahora, y así lo piensas. ¿Te parece bien?

—Sí…

Amir se incorporó con la misma elegancia con la que vestía. Parecía que, indistintamente de cuánto se agitara, siempre lucía impecable. A diferencia de ella, pensó Molly, que solía andar hecha un adefesio cuando más se esforzaba por lucir elegante. Iba a ser toda una novedad en un reino con princesas si aceptaba la propuesta del príncipe.

Ella tenía cientos de ideas dándole vueltas en la cabeza. Quizá podría encontrar a Martinna, su mejor amiga, en casa y hablarlo.

—Ah, y esta propuesta es absolutamente confidencial. No puedes mencionársela a nadie —comentó como si le hubiera leído el pensamiento. ¿También tenía ese poder?, pensó Molly—. Firmarías un contrato.

—Porque es un trabajo…

—Exacto. Durante el trayecto a tu casa puedes darle la dirección de tu correo electrónico a Abdul. Haré que te envíen una copia del contrato para que lo revises con calma. Piénsalo muy bien, Molly. Ventajas y desventajas. Aunque creo que, para ambos, habrá más ventajas que nada.

—¿Acaso no se suponía que nadie debía saber de esto…?

—Abdul es mi secretario y consejero. Una figura paterna, si acaso quisieras entenderlo mejor. Su trabajo es servir a la casa real. Cualquier desliz sería considerado una traición al reino.

—¿Lo decapitarían? —preguntó abriendo los ojos de par en par.

Amir soltó una carcajada. Tomó la barbilla de Molly con su mano y le sonrió.

—Lees demasiadas novelas de ficción.

—Mi realidad ha sido siempre demasiado dura conmigo, así que de repente un poco de fantasía no me viene mal — murmuró perdida en los ojos de color ámbar del príncipe.

Él se apartó, y ella sintió la pérdida del calor de su contacto. Amir parecía tan cercano y tan distante al mismo tiempo. Un enigma.

—Hablaremos pronto, Molly. —Amir marcó un número en un panel lateral en el salón, y al instante apareció Abdul.

—Gracias —dijo ella, y después saludó al secretario del príncipe quien la guio hasta la limusina que esperaba en el exterior de la mansión de Belgravia.

Molly tomó una larga respiración cuando el viento la golpeó con suavidad. Había respirado el aroma de la ciudad desde que su madre llegó de Irlanda con ella en brazos para instalarse en la capital británica, pero esta era la primera ocasión en que comprendía con totalidad lo que implicaba vivir en Londres: libertad. Estaba a salvo, y era libre de los fantasmas de Morantte y su gente.

Necesitaría más que solo una hora para, a solas, encajar lo ocurrido durante los días anteriores. Aunque iba a necesitar más que ingenio para lograr un buen acuerdo con Amir, en el hipotético caso de que considerase su propuesta de trabajo. A la mañana siguiente tenía que verle la cara a la ogra de su jefa. Tal vez solo iría para retirar sus zapatos de trabajo, que de pronto servían para otro empleo, pues estaba más que segura de que su jefa ya no contaba con su presencia en la tienda. Era lo malo de carecer de un título profesional. Los dueños de las empresas solían aprovecharse y preferían pagar en negro. ¿Cómo, si necesitabas ingresos, podías decirles a los dueños de la empresa en la que trabajabas que estaban cometiendo un acto ilegal al no pagarte con todos los beneficios de ley? En una sociedad con poder, siempre eran los empleados quienes llevaban las pérdidas. Era el capitalismo y la avaricia, juntos.

***

El piso de la casa estaba tal como hacía dos semanas. Meloso. Polvoriento. Lleno de migajas de la comida que los desastrosos amigos de su hermano habían dejado como consecuencia de una fiesta improvisada. Una de las tantas que Theo solía armar cuando ella estaba trabajando.

Agotada, pero sin más remedio que asear ese desastre, Molly fue a su habitación. Se cambió la ropa elegante que llevaba por una blusa sencilla de algodón negro, unos pantalones de yoga que habían visto mejores días, zapatos deportivos y se recogió el cabello en una coleta. Después se acercó a la cocina y rebuscó en la pequeña bodega los implementos para hacer el aseo.

«Manos a la obra…», pensó con renuencia antes de empezar la tarea de quitar no solo las manchas de la vieja alfombra, sino también hacer de eliminadora de plagas. Ya había visto pasar un cúmulo de hormigas y cucarachas. ¡Qué asco, por favor! Si no tenía dinero para reparar la casa y devolverle su gloria señorial, al menos tenerla limpia era una necesidad. ¿Dónde carajos estaba Theo?

Aquel fue su último auto-cuestionamiento, antes de empezar a fregar pisos, matar bichos, recoger basura, cambiar sábanas, botar botellas y platos…

CAPÍTULO 5

—Así que por amor —escuchó Amir decir a su hermano Bashah desde el otro lado del teléfono. Ocho horas de diferencia horaria con Azhat, en Londres—. Toda una noticia que ha ameritado interrumpir mi clase de equitación diaria.

—Tal como escuchas —replicó Amir con sequedad.

—¿Y no fue precisamente tu bocaza la que confirmó que el tema del amor no estaba en su agenda?

—El destino puede jugar una mala pasada y hacerlo a uno callar de repente.

La carcajada de incredulidad resonó desde la espaciosa oficina del rey.

—No me digas, ¿y quién es entonces la afortunada?

—Lo sabrás en su momento, Bash.

—Mmm, ¿eso implica que debo anunciar al rey Marenhon de Phautaja que no vas a desposar a su hija por temas comerciales?

—Sabía que ser rey te había aportado un gramo adicional de inteligencia...

—Hablaremos a tu regreso —replicó con humor.

—Bashah...

—¿Hermano?

—Gracias...

—Disfruta tus últimas horas de soltería. —Cerró la

comunicación.

El rey de Azhat acababa de darle pase libre a su hermano menor para que se deslindara de la responsabilidad y el sacrificio de casarse por interés. Resultaba un gesto magnánimo dado el rango de Bashah, pero los tres Al-Muhabitti se habían criado bajo una estela distinta a la de sus predecesores reales. Jamás harían algo que pudiera mitigar el espíritu de libertad que los tres disfrutaban.

Amir sabía que sus dos hermanos tenían el corazón enganchado a una mujer especial, a pesar de que no hablaban de ello. La vida de los tres solía estar separada por las tareas asignadas a cada uno desde su nacimiento, pero jamás dejaban de estar disponibles el uno para el otro. El lazo de la hermandad que compartían iba mucho más allá de un compromiso. Los tres, de corazón, se eran leales mutuamente. Y quizá ahí radicaba la fuerza y el poderío de la familia Al-Muhabitti. Las traiciones y calumnias no coexistían en ellos.

Amir era muy consciente de que tenía por delante un arduo trabajo para conseguir una alianza comercial. La parte más difícil no resultaba haberle contado a su hermano, o mentido a sabiendas de que Bashah fingía creerle, sobre sus planes de matrimonio. Lo más complicado era convencer a Molly de que fuera su esposa tan solo en un papel y con un salario de por medio.

Después de cerrar la llamada, Amir se acercó al ventanal que daba hacia la calle. Nadie podía verlo a través de los vidrios antibalas y tintados. Veía las gotas de lluvia caer como azúcar de entre las nubes.

Rodeado siempre de todo cuanto un humano pudiera desear, materialmente, no dejaba de sentir la soledad calándole la piel. Tenía una lista de contactos por los que incluso un presidente mataría. Lo invitaban a las fiestas más suntuosas. Las mujeres más espléndidas se le ofrecían con descaro, y él se había acostado con varias de ellas. No se consideraba un hombre promiscuo, ni le gustaba lastimar a las mujeres que pasaban por su vida. Satisfacía sus aspectos sexuales, y mantenía su enfoque en lo único que jamás le fallaba: su trabajo.

Todos ocultaban secretos. Él tenía el suyo. De llegarse a descubrir, el escándalo podría acabar afectar severamente a quienes él más quería. Abdul, al enterarse, no emitió reproche y se encargó de todo.

No había información que pudiera hacer daño cuando se desconocía. Y Amir ignoraba las acciones que había llevado a cabo Abdul para protegerlo de la prensa y del escarnio público. Ese pasado le resultaba un peso grande en la conciencia, pero trataba de no pensar en él, y a modo de penitencia trataba de rendir el doble, mantener el control, vigilar cada paso y cada acción que daba.

—Alteza, perdone la interrupción.

Amir dejó de lado sus cavilaciones y giró sobre sí mismo para observar a Samuel, el mayordomo londinense.

—Dime.

—La cena está servida.

El príncipe frunció el ceño y volvió la vista brevemente hacia la ventana. ¿Cuándo tiempo había estado recordando y reflexionando?

—¿Qué hora es?

—Las siete y media de la tarde, alteza.

«He estado una hora y media contemplando la nada…».

—Bien… Gracias, Samuel.

El hombre realizó una breve venia, y luego se alejó con el mismo paso silencioso con el que había llegado.

∗∗∗

Después de leer el extenso contrato, Molly creía que no le quedaban neuronas funcionando. Su cuerpo estaba exhausto y su mente sin energía para procesar con eficiencia. De todo lo que había leído le quedaba claro que solo bastaba una palabra de Amir para que ella perdiera todo cuando exigiera a cambio de esos tres meses.

Tendría que someterse a clases de etiqueta, vestimenta, ¿qué había de malo en su ropa multicolor?, literatura —en esa al menos no se esforzaría mucho, porque era lo que aprendía en la universidad— y protocolo real. En el correo electrónico le habían dejado como consiga que escribiera todo lo que ella requería. Todas sus exigencias por más nimias que fuesen porque, una vez firmado, el contrato no tenía modo ni de romperse ni de modificarse.

La única razón por la cual ella podría desvincularse de ese matrimonio sería por pedido exclusivo del rey Bashah Al-Muhabitti, o porque el príncipe Amir lo exigiera. «Y yo que pensaba que el progreso se había llevado consigo el machismo», murmuró mientras cerraba su vieja laptop. Dejó descansar la cabeza sobre la almohada. El estómago rugió de hambre. Tenía una infinita pereza de salir, pero le había prometido a Martinna que irían a comer Pho, comida vietnamita, en un sitio cerca de Trafalgar Square.

Después del mal rato que la hizo pasar su ahora, confirmadísima exjefa, diciéndole que era una irresponsable y que no pensaba darle una recomendación, Molly volvió a casa para encontrarse con quince páginas de jerga legal. Le tomó dos horas comprenderlo todo, averiguar detalles que le parecían confusos, hasta que finalmente logró cerrar el archivo.

Le quedaba todo el siguiente día para decidir qué exigiría a Amir a cambio de trabajar como su esposa por tres meses. Deberían haberle apuntado entre los requisitos de aprendizaje unas clases de teatro. ¿Cómo se pretendería enamorada de un hombre por el que sentía deseo, sí, y cierto temor al mismo tiempo? Amir era intimidante. Tenía poder, apostura y un título real. A la vez era sagaz e inteligente. Todo eso en un paquete de una cuenta bancaria que valía millones de libras esterlinas. ¿Cómo convencería al mundo de que un hombre como él, se había fijado en una muchacha como ella?

La prensa no tendría reparos en escarbar entre sus trapos sucios para crear titulares. Una de las cláusulas de exigencia del contrato de trabajo, o matrimonio, era que ella comentara todas las posibles circunstancias que pudieran motivar a la prensa a cebarse en su existencia y poner en entredicho no solo el matrimonio, sino aprovechar para avergonzar al príncipe Amir ante la sociedad.

Hablar de su padre era un paso demasiado doloroso. El asunto de su hermano… Quizá lo mejor era ser sincera y rechazar la propuesta del príncipe. Ella iba a traerle más desdichas a su reputación que bienestar para lo que él buscaba: alianzas fructíferas de negocios para Azhat. Con una esposa poseedora de un pasado cuestionable, en temas de problemas familiares, los empresarios hipócritas preocupados por el "qué dirán" podrían mostrarse menos inclinados a apoyar los proyectos o trabajos de Amir. Él había salvado su vida, no podía devolverle el favor arruinando la de él.

A duras penas se incorporó de la cama. Abrió su armario, cuya madera había visto mejores días, y sacó un jean celeste. Tomó una blusa en tono lima de cuello redondo que favorecía su cintura debido a la suave caída a los costados. Se calzó unos zapatos de tacones magnolia de punta y se dejó el cabello suelto. Fue hasta el lavabo y sacó de su bolsa de maquillaje el corrector de ojeras. Se tardó un poco en ello. ¿Cuándo hacía que no dormía plácidamente y sin preocupaciones?

Tomó el delineador azul y trazó una perfecta raya sobre el borde de las pestañas superiores. Abrió el rímel y aplicó una capa suave que consiguió darle un aspecto sexy a su mirada. Con rapidez tomó la brocha para el blush, y dio unos toques en sus mejillas. Se aplicó labial rojo y sonrió a su reflejo. ¡La magia del buen maquillaje! Nadie podría decir que la muchacha que miraba al espejo había tenido unos días de mierda.

Menos mal el servicio de transporte londinense estaba bien conectado. Tomó su bolsa negra y sacó la tarjeta del metro. Esperaba que hubiera un poco de saldo. Caso contrario tendría que buscar la forma de llamar a Martinna para que fuera por ella a la estación más cercana. Sí, su teléfono celular era otro problema. Carecía de uno, por obvias razones, y tendría que convencer a la dependienta de cualquiera de las compañías telefónicas que la ayudara con los procesos de recuperación de la cuenta…

Antes de abrir la puerta principal subió las escaleras de dos en dos. Estaba olvidando la copia de su documento de identidad. Se aseguró de que las ventanas estuvieran con los pestillos echados y después bajó de nuevo.

Había podido entrar en la casa porque solía siempre dejar una copia de emergencia bajo el macetero de rosas que estaba en la entrada. De lo contrario, le habría tocado romper un vidrio.

Con el viento que anunciaba lluvia inminente, Molly empezó a caminar hasta la estación de metro que le quedaba más cercana: West Hampstead, la línea gris. «Por favor, funciona. Por favor, funciona», pensó mientras ponía la tarjeta sobre el lector. Sentía la mirada de los vigilantes de la estación. «Bip.»

Un emotivo suspiro de alivio la invadió cuando pasó la barrera de seguridad. El metro estaba arribando. Bajó corriendo las escaleras y se unió a la fila. Cuando se abrieron las compuertas se escabulló hasta dar con un asiento libre. Lo único bueno de andar sola es que, por lo general, encontrabas espacio para acomodarte durante los largos tramos del metro.

—Hey —dijo alguien a su lado.

Molly se giró, no sin apretar con fuerza el bolso contra su abdomen. No iba a permitirle a nadie robarle lo poco que le quedaba.

—¿Qué?

—Ese asiento estaba reservado para mi madre —comentó el muchacho, un evidente acento escocés y de muy malas maneras en su gesto.

—No veo a nadie —murmuró y dejó de prestarle atención.

¿Acaso el tipo creía que era tonta? ¡Já! A esa hora no iba

tan lleno el metro, así que las miradas de los pasajeros se fijaron en ella. No le gustaba llamar la atención, al menos no de esa manera. Molly fingió sordera e ignorancia de su entorno. Salvo cuando escuchó que ese imberbe la insultaba.

—Perra —dijo el chico dándole un codazo.

Molly le devolvió el codazo.

—Prefiero ser perra a ser imbécil —replicó antes de incorporarse y cambiarse de sitio. Imposible encontrar espacio libre, pero era mejor ir de pie a soportar a un atorrante durante los catorce minutos que tenía por delante hasta llegar a la estación en donde debía encontrarse con Martinna, Green Park.

No volvería a permitirle a nadie, *nadie*, intentar aprovecharse de ella. Iba a disfrutar su comida de la noche. Una vez que regresara a casa enviaría un correo electrónico a Abdul, pues ignoraba la dirección electrónica de Amir ni creía posible que se la fuesen a proporcionar, para decirle que rechazaba la propuesta.

Al día siguiente su vida tan gris volvería a ser la de siempre, y empezaría a buscar un empleo. Quizá aceptara el de bibliotecaria, para estar llenándose de polvo en la librería de la universidad a cambio de un sustancioso descuento en la pensión mensual, o tal vez audicionase para trabajar de extra en la próxima película de James Bond. Decían que estaban reclutando personal para algunas escenas. A ella le daba igual si la ponían a vender papel periódico o si le tocaba revolcarse en el fango. La paga para un extra solía ser baja, pero cubría al menos uno o dos días de comida. Tampoco se iba a convertir en una quejica. Nunca lo había sido, y nunca lo sería.

***

Theo esperó a que el guardia le abriera la puerta. Era el día en que su padre recibía las visitas. Durante la mañana, mientras buscaba algo de comida, había visto en el titular de un periódico de un par de días atrás que Morantte y sus cómplices estaban bajo custodia policial. Tan solo por eso dejó su escondite en una casucha de mala muerte en uno de los peores barrios de la ciudad, y decidió tomar el bus. Tenía mucho dinero en una cuenta bancaria, aunque salir para utilizarlo implicaba arriesgar el pescuezo. Ahora ya no tenía nada que temer.

—No puede establecer contacto físico con el reo. Debe pasar por el filtro de seguridad y vaciar los bolsillos —dijo el guardia de la cárcel.

Theo, asintió. Era un muchacho bastante atractivo, de físico delgado y fuerte, pero su adicción a la cocaína había conseguido que su rostro adquiriese un tono pálido debido a la pérdida de peso en los últimos meses.

—Lo entiendo, oficial —murmuró antes de pasar a la zona de control.

Quince minutos después, el sonido de la puerta metálica marcó la pauta para acercarse a su padre. Había sido condenado por delitos de estafa, posesión ilegal de drogas, y violencia familiar, pero conocía personas que vendían la cocaína más pura y a un precio bajo. Al ser un adicto sin dinero, Theo, esperaba congraciarse con su padre para recibir información sobre dónde podría conseguir coca más barata.

Le angustiaba el paradero de su hermana, pero ella sabía cuidarse sola. Podría llamarla, aunque prefería guardar ese dinero para una línea de cocaína en la noche. Cada centavo contaba. Ahora que Morantte estaba fuera de juego, él se sentía a salvo.

Su escape en Barcelona fue bastante sencillo. Mientras su hermana se hacía amiga de un tipo, él aprovechó para escabullirse y salir por una puerta trasera que daba a la piscina. Encontró un corredor que lo llevó hasta una salida y después tomó el primer taxi que se apareció cerca. Le pagó con el dinero que había logrado recuperar en la mesa de juego, y después tomó el metro hacia la estación de Sants. Tenía un par de amigos en el barrio del Borne, y estuvo dos días por los alrededores hasta que un contacto suyo le informó que Morantte ni sus secuaces estaban cerca. Tomó después un vuelo en Ryan Air y voló hacia Londres.

Pudo haber llamado a su hermana, pero, ¿para qué? No quería reprimendas. No las necesitaba. Lo único que su sistema buscaba era un poco de evasión, y eso se lo daban las líneas de coca que inhalaba una vez al día o cada dos días. Por ahora estaba tranquilo. Sabía que le quedaba una dosis más para la noche. Pero su padre, Richard Reed-Jones, podría ayudarlo. ¿Acaso no le enviaba cartas diciéndole que quería recuperar la relación padre-hijo? Iba a pedirle que empezara desde ya.

Su hermana era un caso aparte.

Molly no se interesaba por su padre. Él la entendía, pero no podía perdonarle que lo hubiera denunciado y ahora Richard estuviera tras las rejas. ¿Cómo podía un hijo traicionar de ese modo a un padre? ¡Inaudito!

Su hermana mayor era una mandona. Desde que tenía uso de razón, Molly se había esmerado en prohibirle hacer lo que cualquier muchacho de su edad solía: divertirse, salir de fiesta y emborracharse. Incluso cuando le prometió que dejaría de lado las apuestas callejeras en partidos de fútbol, ella no lo creyó.

A pesar de todo, ella a veces resultaba demasiado ingenua hasta el punto de creer que él tenía anemia en lugar de una adicción al juego, y un estado de febril ansiedad al no poder conseguir el polvito blanco que hacía ricos a unos y desdichados a otros. Pero él era capaz de controlarse. Aquello era un asunto de fuerza de voluntad, y en su caso, sobraba. Solo que había tenido malos días recientemente, así que necesitaba tratar de equilibrarse un poco, para ello le hacía falta un par de gramos para lo que quedaba de la semana. Luego lo dejaría varios meses y listo.

¿Qué había de malo? Él podía dejar la cocaína cuando le viniese en gana, pero no era en esos momentos. No.

—Theo —dijo la voz rasposa de Richard.

Los cincuenta y ocho años de vida parecían haber caído de una sola vez en su rostro. Las arrugas surcaban su rostro, la barba —aunque prolija— carecía del brillo de un pelo sano. Los ojos verdes siempre alertas, ahora parecían haber perdido el brío de picardía que solía caracterizarlos. Había engordado.

No existía más la figura atlética ni exudaba el carisma que le granjeó el favor de diferentes mujeres. Eso hacían los años en la cárcel.

Un escalofrío recorrió la espalda de Theo. Si se convertía en un traficante minorista, y no se protegía, podía terminar como su padre. Él solo quería un poquito más de polvo. Un par de meses más y de verdad, de verdad, lo dejaba.

Cuando su abuela materna, quien se hizo cargo de ellos al ser menores de edad el día que Richard entró a la cárcel, murió, fue Molly la que tomó las riendas de la casa. Para Theo todo su mundo se resquebrajó, y halló en otras actividades un desahogo y un escape a la realidad.

—Hola, padre —dijo sentándose frente a Richard.

—Han pasado seis años desde la última vez que te vi.

—Cuando salías esposado de la casa por culpa de la bocazas de Molly.

—No —replicó con tristeza—, tu hermana fue valiente. Fui un padre terrible y no tengo excusas para darle a ella. Imagino que es toda una adulta. ¿Cómo está?

Theo se encogió de hombros. No tenía por qué dar explicaciones.

—Supongo que bien —contestó—. Vine porque quiero hacerte una pregunta.

Richard, acostumbrado a pocas palabras debido a la cantidad de tiempo que pasaba a solas en su celda, asintió.

—¿Lo que me decías en tus cartas, sobre retomar el contacto conmigo y tratar de enmendar el pasado e invitarme a venirte a ver cuando pudiera, era en serio?

Algo pareció brillar en los ojos de Richard, pero pronto se apagó. Las peleas entre internos, las tareas, las humillaciones, le habían impulsado a no tener esperanza.

—Lo era.

—Quiero que lo pruebes.

Richard no se inmutó.

—Quiero —continuó Theo con la voz algo temblorosa— que me des el nombre de uno de tus contactos en Londres — bajó la voz— de aquellos que te proveían de una sustancia blanca.

Theodoro no lo vio venir. Pronto las manos de Richard lo tenían tomado del cuello de la camisa. Las venas de la sien le vibraban mientras lo observaba fijamente como si estuviera loco. Un guardia intervino de inmediato.

—¡No se te ocurra, maldita sea! ¡No se te ocurra meterte en ese camino! —gritó Richard mientras otro gendarme se acercaba para sostenerlo de los brazos y procurar apartarlo de Theo—. ¿Escuchaste, Theodore? —insistió.

Jadeante ante el inesperado ataque, el muchacho de dieciocho años se quedó sentado con la mano en el cuello. El guardia se le acercó y él casi dio un salto.

—Tranquilo, chico. ¿Te ha hecho daño? —preguntó mientras observaba cómo el reo desaparecía por el pasillo que llevaba hacia las celdas.

Theo se incorporó.

—N… No. No me ha hecho nada —murmuró antes de salir apresurado.

Una vez en la calle, el hermano de Molly juró no volver a visitar a Richard. Que se pudriera. Él siempre encontraba la forma de conseguir recursos. Quizá podría hacer alguna mezcla y venderla fuera de los colegios privados. Esos pijitos siempre estaban en busca de cosas baratas, pero que les garantizara un buen viaje sicodélico.

Él había sido bueno en química, en el colegio, no es que se creyera el protagonista de Breaking Bad, pero era bueno. Podía hacer alguna mezcla. Con ese dinero compraría lo que quisiera de coca y cuando se hartase, que de seguro ocurriría, entonces empezaría otra vida. Fuera de Londres.

Silbando, y ajeno a cualquier otra cosa que no fuesen sus planes, empezó a caminar hacia el metro. Ya nadie lo perseguía.

Una vez más, el destino había confabulado en su favor. Eso era una señal de que estaba en el buen camino, pensó.

CAPÍTULO 6

—¿Estás segura de que quieres irte con él? —le preguntó Martinna.

Molly miró a la pelinegra de ojos grises. La conocía desde que ambas estaban prácticamente en pañales. Sus madres se habían vuelto muy cercanas, hasta que el padre de Martinna consiguió un buen puesto de trabajo y los Brown se mudaron a los alrededores de Mayfair. Aún con ese antecedente, la amistad de ambas se mantuvo fuerte, y ahora continuaban siendo aliadas.

—No —susurró Molly.

Había dejado el estrés y todos sus miedos en la pista de baile. No recordaba la cantidad de alcohol que había ingerido. Por primera vez, en muchos años, se sentía temeraria y libre de responsabilidades. Era tan deliciosa la sensación que podía volverse adicta a ella.

Y tan temeraria como se sentía, Molly había aceptado bailar con un muchacho muy atractivo. La melodía que parecía cautivadora y envolvente también hizo su parte en la ecuación. Ella se dejó llevar, porque mientras la adrenalina le recorría las venas el deseo sexual que se despertó a la par la instó a aceptar los besos de ese extraño. Hacer algo prohibido, al menos para sus estándares de responsabilidad habitual, y que a la vez la complacía era más embriagador que los *shots* de tequila que llevaba acumulando en su sistema desde que entró en el pub con Martinna.

—Entonces será mejor que empieces a mover el trasero para llevarte a casa, porque veo que el muchacho tiene toda la intención de terminar esos besuqueos en la pista en una confortable cama —dijo Martinna con una carcajada que se perdió entre el bullicio y los gritos de quienes departían esa noche de sábado.

—Vamos —murmuró Molly.

No se sentía aventurera hasta el punto de querer acostarse con un desconocido. Un par de besos, pues le daba igual, a la mañana siguiente no creía que su cabeza pudiese recordar nada sobre lo ocurrido. Cuando se emborrachaba como una cuba, al otro día solo le quedaban borrones en lugar de recuerdos claros.

Salieron dando traspiés del pub.

Se subieron en un taxi y empezaron a recordar las tonterías que ambas habían hecho en los últimos años. Después de un largo rato, ante el silencio de Molly, Martinna se percató de que su amiga estaba —en lugar de escucharla con atención mientras ella gesticulaba y se reía a gusto— dormida.

La pelinegra le dijo su dirección al conductor. Lo mejor sería que su mejor amiga no fuera sola a casa a esas horas. Lo último que podría desear a Molly es que tuviera un encuentro todavía más peligroso que la terrorífica experiencia que le contó que había vivido cuando intentaba evadir a los prestamistas de Theo.

—¿Eh…? —preguntó Molly cuando sintió alguien que movía su hombro con la mano. Con lo cómoda que estaba. Abrió un ojo y observó a Martinna que taconeaba sobre la acera—. ¿Qué haces de pie?

—Esperando a que te bajes del taxi porque ya llegamos.

—¿Ya? ¿Tan pronto?

Martinna sonrió.

—Baja o tendré que darle una propina adicional al conductor por esperar a que desocupes su automóvil.

De mala gana, y no sin la ayuda de su amiga, Molly salió del taxi. Le daba todo vueltas, como si estuviese en un carrusel. Sentía la imperiosa necesidad de ir a vomitar todo el tequila y los contados bocaditos que había ingerido. Se las aguantó.

Cuando estuvo dentro de la casa se giró hacia Martinna que en esos instantes ponía seguridad en la puerta.

—Estoy ebria, pero tengo la seguridad de que esta no es mi casa.

—Claro que no, tontita, es la mía. ¿Cómo crees que te voy a dejar ir sola, a ese caserón viejo en el que vives, a estas horas de la madrugada, y peor después de lo que me contaste que te ocurrió?

Molly arrugó la nariz. Miró la escalera que parecía estar zigzagueando ante sus ojos. No creía posible mantener el equilibrio. Se giró hacia Martinna que la observaba cruzada de brazos.

—Supongo que gracias, ¿verdad? —murmuró riéndose.

—De nada, señorita. Ahora, ya sabes dónde queda el aseo de invitados, pero puedo ayudarte a subir las escaleras.

—Eso sería un gran gesto, Martinna —dijo antes de caminar hasta su amiga y abrazarla.

—Hey, hey, que no soy poste —comentó antes de empezar a caminar con Molly hacia la escalera que daba a las dos habitaciones de la casa— eso, mantén el ritmo. Son solo diez escalones. Cinco. Bien. Otro paso más, borrachina. Eso es, ya estamos. Muy bien hecho…

—¿Martinna?

—Dime…

—Si no te apresuras te voy a dejar una mancha de vómito en la alfombra…

—¡Joder, Molly! —exclamó antes de, prácticamente, arrastrarla hasta el cuarto de baño y ayudarla con el cabello.

Veinte minutos después, Molly se sentía como una muñeca de trapo y solo pensaba en dormir. Había vomitado todo lo que tenía en el estómago. Martinna la metió a la ducha ni bien se apartó del váter y se encargó de que, protestando o no, se quitara el olor a cigarrillo del pub, el aroma a trago y la resaca que empezaba a transformarse en un horrendo dolor de cabeza. También le puso ropa limpia, y ahora —aunque todo continuaba dándole vueltas en la cabeza— Molly ya estaba cómodamente acostada bajo una suave manta. Sola y en silencio.

Nada la preocupaba. Por una primera y maldita vez en su agitada existencia.

«Todo va a bien», pensó antes de quedarse dormida.

***

No se arrepentía de seguir los consejos de Abdul, pensó Amir, enfadado. Ya eran las siete de la tarde y Molly no aparecía. El haber contratado a un agente de seguridad que la siguiera había sido una buena idea. Aquella fue una medida de precaución porque la muchacha poseía información que fácilmente podría ser vendida a un medio de comunicación.

—Entonces sigue en esa casa de Mayfair —dijo el príncipe escuchando cómo el agente Perkins le daba un informe telefónico—. De acuerdo. No la pierdas de vista.

Amir pensó que sería un problema tratar de controlar una mujer que disfrutaba besándose con extraños y luego yéndose a la casa de quién sabría quién. Decía Perkins que se trataba de la residencia de una tal señorita Brown, pero para Amir en esa casa podría vivir otra persona también… Un hombre, por ejemplo, con el que Molly quizá habría pasado la noche. Luego recordó el tema con Morantte. ¿Acaso no la habían estado tratando de vender al mejor postor por ser virgen? ¿Qué pasaba en esa ecuación extraña? No le sorprendería que Morantte hubiera mentido en la subasta, y se sentía en la incómoda situación de preguntarle a Molly al respecto.

Por otra parte, la idea de que Molly se hubiera besado con otro le escocía. Que hubiera tenido sexo casual, todavía más… ¿Por qué? No tenía la más puñetera idea.

Ignoraba muchas cosas sobre ella. Al menos aquellas que estaban alejadas de la capacidad investigativa de un buen equipo. Tenía sus antecedentes penales, limpios menos mal. No era el caso del padre que estaba preso, y cuyos cargos eran muy severos. También estaba el tema del hermano, sobre quien no había indagado lo suficiente, al menos no con Molly. Podía contratar un buen equipo de relaciones públicas para que limpiara antecedentes familiares, pero no era suficiente. Necesitaba tener una conversación muy seria con ella para poder cubrir aspectos específicos.

Él se estaba quedando sin tiempo. Dentro de poco partía a Azhat. Y si llegaba sin una prometida, falsa o verdadera, entonces a su hermano Bashah no le quedaría ningún otro camino que el de llamar al rey de Phautaja para decirle que, en lugar de suspender el matrimonio por conveniencia entre Amir y Cassiah, daba su aprobación para que se celebrase. Y Amir no podía permitir semejante tontería. No tenía tiempo de encontrar a otra chica.

Miró su reloj Jaeger LeCoultre. Le quedaban tres horas antes de viajar de regreso a su país. Tomó el teléfono ubicado en la mesa de noche de su habitación. Marcó a Abdul para pedirle que prepararan su limusina. No le gustaba dejar cabos sueltos en su vida, y menos cuando el futuro comercial de su país dependía de él.

***

Molly se había despertado bastante tarde. Para ser precisa, a las cinco de la tarde. Estaba descansada, sí, aunque todavía le zumbaba la cabeza un poco. En ese momento estaba cepillándose los dientes.

—¡Oye! —exclamó Martinna abriendo de par en par la puerta del cuarto de baño. Molly dio un brinco.

—Joder, mujer, vas a matarme —dijo antes de secarse los labios. Se apartó del espejo y empujó con suavidad a Martinna fuera del cuarto de baño.

—¿Qué te ocurre? Estoy lista para ir a tomar un café.

—Creo que eso no va a poder ser —murmuró mirando a un lado y otro, como si alguien la estuviese espiando.

Molly arrugó la nariz. Se cruzó de brazos.

—¿Puedes dejar de actuar extraño?

Martinna agarró a su amiga de la muñeca y la instó a caminar fuera de la habitación. Bajaron las escaleras y le abrió la cortina de la sala, ligeramente, para que Molly entendiera a qué se debía el súbito actuar de su amiga.

—¡Diantres! —murmuró cuando la puerta de la limusina se abrió y apareció el hombre más guapo que Molly recordaba haber visto. Y también al que le debía una contestación que, en su imaginario, creía haberle enviado desde su teléfono móvil. Si estaba fuera de la casa de Martinna, lo más probable era que aquella certeza de Molly de haberle enviado una respuesta, negativa claro, era porque su cabeza había confundido realidad con fantasía. Los mensajes electrónicos no se escribían solos.

Esa mañana Martinna la había ayudado a recuperar su número habitual de teléfono, y le prestó un celular viejo hasta que pudiera comprarse uno nuevo. A Molly no le importaba si se trataba de un aparato de última generación o del año de la pera, porque funcionaba para lo que necesitaba: internet y llamadas.

Molly juraba, de verdad que sí, que había escrito el puñetero correo. Pero ya la evidencia hablaba por sí sola de su equivocada percepción.

No era ingenua, y ahora que veía a Amir avanzar hasta el portal de la casa, deducía que la había hecho seguir. ¿Cómo no hacerlo si ella era una desconocida y de paso llevaba un documento en su correo, aunque encriptado, que podía resultar interesante para cualquier medio de comunicación de cotilleo? Molly cerró los ojos un instante mientras asimilaba otro detalle. Si la había hecho seguir, entonces conocía todo sobre su pasado.

—¿El príncipe del que me hablaste es real?

Molly miró a Martinna cuando el timbre de la entrada

sonó.

—A veces puedo estar un poco chiflada, créeme, pero en asuntos tan delicados no me puedo andar inventando héroes del desierto.

—Guapos. Te faltó ese detalle en la descripción —sonrió la pelinegra.

Molly puso los ojos en blanco.

El timbre sonó de nuevo.

«Un trabajo como esposa de un príncipe. ¿Quién lo habría imaginado?», pensó Molly sabiéndose sin más remedio que atender la puerta. Le desearía buena suerte a la mujer que aceptara casarse con Amir y el circo mediático que de seguro implicaría para su vida.

—¿Vas a abrir? Es tu casa después de todo —refunfuñó Molly sentándose en el sofá marrón. Ya que no tenía de otra, mejor esperaba cómodamente su destino.

Martinna soltó una risita nerviosa. No todos los días un príncipe, aunque no estuviese interesado en ella, llamaba a la puerta de su casa. Qué mal que sus padres no estuvieran en Gran Bretaña, sino disfrutando de la Riviera Francesa, pues estaba convencida de que —si llegaba a contarles del personaje— no le creerían.

La imponente figura de Amir Al-Muhabitti se adentró en la acogedora sala de la familia Brown. Detrás del príncipe iba Abdul, y el séquito de guardaespaldas rodeaba el exterior de la casa. Martinna revoloteaba como una niña a la que habían prometido caramelos e iba a recibirlos como obsequio, y al saludar a Amir prácticamente sus ojos adquirieron un brillo propio de una fan de estrella del pop.

Molly estaba sentada en el sofá con el corazón palpitándole a mil, y logró contener una sonrisa ante la reacción su mejor amiga. El cabello oscuro, la altura, y virilidad que demostraba Amir por cada poro de la piel, cautivaba con facilidad. A pesar de ser un hombre del desierto, sus facciones eran una mezcla de Occidente y Oriente Medio. Poseía una belleza exótica.

Molly podría compararlo con mucha facilidad al actor Theo James, aunque Amir era más corpulento y su expresión facial resultaba ilegible al tiempo que accesible. Era una combinación particular que no daba oportunidad al interlocutor de conocer a ciencia cierta la verdadera intención detrás del hombre que hablaba. Quizá era aquella la mejor arma de Amir para poder sobrellevar su papel como diplomático y negociador a nombre de Azhat, pensaba Molly mientras trataba de serenarse.

—Señorita Reed-Jones, qué gusto saber de usted —dijo Amir—. Me gustaría invitarla a tomar un té para charlar, pero me quedan tres horas antes de viajar a Azhat.

Abdul, que ya conocía a Amir como la palma de su mano, le hizo un gesto a Martinna para que dejara a solas al príncipe y a Molly. Sin rechistar, aunque no por eso decepcionada por no poder escuchar a gusto, Martinna le pidió a Abdul que la siguiera a un saloncito más pequeño con la finalidad de brindarle algo de tomar.

—He estado algo ocupada… —atinó a decir Molly. Al notar el brillo de enfado que pasó como una ráfaga por la mirada ambarina de Amir, supo que acababa de elegir erróneamente las palabras—. Quiero decir que…

—Estoy enterado de su "ocupación" de la noche anterior —replicó con severidad— y algunos detalles bastante interesantes.

Avanzó hasta el sofá y se sentó junto a ella. El perfume caro de Amir invadió las fosas nasales de Molly, debilitando su capacidad de mantener la calma.

—Porque es un acosador y me mandó a seguir —dijo cruzándose de brazos. Se sentía a la defensiva. No podría ser de otro modo—. Y creo que te voy a continuar tuteando porque este pretender no conocernos y las formalidades no van conmigo.

Amir apoyó la mano en el respaldo del sofá, justo detrás

del hombro de Molly, observó el perfil de nariz respingada. Tenía la piel lozana y el aroma floral que usaba ese día era suave y exquisito. No podía dejarse engañar.

La muchacha que estaba a su lado no era más la mujer desvalida o víctima de un grupo de trata de blancas, en este caso se trataba de una mujer desafiante y que no tenía miedo. Era la verdadera Molly. Y eso le pareció refrescante, pero también debía pensar que esa actitud no podría hacer mucho por él en un entorno de disciplina como era el palacio real.

—Te hice seguir porque posees información valiosa en tu ordenador.

—Es un correo electrónico —expresó a la defensiva y observándolo como si, en lugar de ser un hombre sexy y atractivo, fuese una motita de polvo en un valioso cuadro de Tiziano.

—Que cualquiera podría rastrear.

—A veces puedes ser paranoico. A menos que creas que en tu propia casa en Belgravia hay micrófonos ocultos. De otro modo, nadie podría enterarse. No es que yo hubiera ido por la calle gritando a los cuatro vientos tu propuesta de trabajo.

—¿No se lo has contado a nadie?

—No.

—¿A tu mejor amiga?

—Martinna no me creería. A duras penas está convencida de que me salvaste de esos imbéciles la otra noche, aunque ahora, viéndote aquí, probablemente haya decidido creerme.

—Eso no responde a mi pregunta.

Molly resopló.

—Vaya que eres bastante odioso. No. No le he dicho a nadie.

—¿Cuál es tu respuesta? —preguntó sin ambages.

—Uy, no, pues si vienes con esa dulzura yo encantada te respondo.

—Molly… —dijo con advertencia.

—He tenido una noche complicada. Ha sido una semana

de mierda, así con ese florido vocabulario te lo comento, y ahora tú vienes a exigirme que te dé razones y respuestas. ¿No crees que merezco un respiro?

—¿Como el que seguro te brindó ayer el hombre con el que te besuqueaste en el pub? ¿O con el que te acostaste de seguro ayer?

—No te pases, príncipe Amir —dijo mirándolo con rabia—. Me puedo acostar con el hombre que desee. Besar a quien desee. Yo soy una mujer libre y con muchos sueños por cumplir —se incorporó, y Amir la siguió con la mirada— así que no me contacté contigo porque pensé que ya te había respondido por correo electrónico. Tengo una vida por la cual preocuparme.

Amir se puso de pie con lentitud. Molly retrocedió, pero la mesa de centro que separaba el sofá de enfrente detuvo su marcha al golpear el borde del vidrio con la parte trasera de sus rodillas.

—¿Entonces me estás diciendo que necesitas algo para relajarte?

—No… —farfulló elevando el mentón. Imposible poder lucir más alta que el metro ochenta y cinco de estatura que tenía el príncipe.

Él se acercó todavía más, y colocó el índice justo bajo el mentón de Molly.

—¿Estás aclarándome que no te acostaste anoche con nadie?

—No me he acostado con nadie —dijo, pero de inmediato agregó—: Y no es de tu maldita incumbencia.

Amir desplegó una sonrisa felina. Molly sintió la piel arder y un calor muy conocido se anidó entre sus muslos. La sola presencia de Amir la cautivaba, aunque era el modo en que la miraba el que conseguía ponerla en alerta y trastocaba su ritmo cardíaco.

—Tu padre está en la cárcel. Tu hermano tiene deudas de juego que no solo se remiten a Morantte. Tu casa está en un estado deplorable en cuanto a mantenimiento y necesitas dinero para restaurarla antes de que la fachada exterior se caiga a pedazos. Tu prima Harriet se robó la herencia que te correspondía de tu abuela. Apenas te alcanza el dinero para poder pagarte la universidad, y los trabajos esporádicos son tan mal pagados que no te alcanza para cubrir más aspiraciones que, como cualquier otro mortal, puede tener. El viaje a Barcelona te dejó desgastada emocional y económicamente. ¿Voy bien…? —preguntó con voz suave, y sin dejar de mirarla a los ojos.

—¿Tratas de humillarme, príncipe Amir? —indagó a cambio—. Solo te faltó mencionar el modo en que murió mi madre.

Amir hizo una negación enfática con la cabeza.

—Quiero hacerte notar que tu vida podría ser mucho mejor si aceptaras casarte conmigo durante tres meses. Solo dime lo que deseas, y lo tendrás.

«El amor y una familia no se compran», le hubiera querido decir. Lo cierto es que aquel era el deseo más ferviente de Molly: poseer un sitio en el cual refugiarse, tener seguridad, y contar con personas que la amaran de verdad. Necesitaba personas que no buscaran aprovecharse de ella o pretender desentenderse de su existencia cuando obtuviesen su apoyo o ayuda como si fuera un bien desechable. ¿Hasta qué punto estaba pidiendo ella una utopía?, se preguntaba en repetidas ocasiones. Nunca obtenía una contestación. Aquellos miedos o aspiraciones tan personales no los compartía con nadie.

—¿En qué cambiaría el dinero la situación de mi familia? El dinero no puede comprarlo todo.

—Puede garantizarte un techo para el resto de tu vida, comida, un mejor nivel de vida, y la posibilidad de independizarte de las deudas. Incluso poner a Theo en una clínica de rehabilitación para adictos.

—Él no es…

—Evitar llamar a las cosas por su nombre, no las hace desaparecer, tan solo las vuelve más dañinas. Theo es un adicto a la cocaína. Puedo darte más información, pero no creo que te haga feliz saberlo.

—¿Sabes en dónde está mi hermano? —preguntó esperanzada.

—Podría saberlo —contestó Amir.

—No estás siendo justo.

—La negociación sigue en pie. Tú obtienes una ganancia y yo otra. Así que, dime Molly Reed-Jones, ¿qué puedo ofrecerte a cambio de que seas mi esposa?

Molly se quedó varios segundos en silencio.

—Mi herencia familiar de regreso; un buen equipo de abogados que se encargue de Harriet y la ponga en un fideicomiso a nombre de mi hermano para cuando él cumpla treinta años. Quiero saber de Theo y que ingrese en una clínica o reciba la ayuda de un sicólogo, y que sus deudas de juego queden cubiertas por completo. Quiero que un equipo de especialistas logre restaurar mi casa. En el caso de mi padre no pido nada, él se buscó su camino.

Amir asintió.

—No has pedido nada para ti. Todo lo que has mencionado es para ayudar a otras personas, pero nada personal. ¿Por qué?

—Porque no necesito nada más que lo que he pedido.

—¿La carrera se pagará sola?

Ella se encogió de hombros.

—Nunca me ha faltado dinero para cubrir la colegiatura. Ese es el único rubro que jamás tambalea en mi cuenta. Quiero poder estudiar a distancia desde Azhat.

—Jamás te impediría el progreso intelectual, Molly. Es un trabajo, no una cárcel. ¿Comprendido?

—En ese caso, si llegase el momento en que quisiera algo más en específico, ya te lo haré saber.

Él asintió.

—¿Me estás diciendo que aceptas el trabajo de convertirte en mi esposa?

Molly soltó un leve suspiro.

—Sí, Amir. Acepto.

Él se apartó. El calor de la química que se fraguaba entre ambos cuando estaban cerca, de pronto disminuyó. Molly sintió ganas de pedirle que la besara, pero no iba a hacer tal cosa. El matrimonio no sería de verdad; él no sería nada para ella, y viceversa. Todo claro.

—Entonces solo debemos ir por tu pasaporte, y en el viaje firmarás el contrato con las cláusulas de lo que deseas a cambio —dijo, ya con voz serena. Un tono que había aprendido a perfeccionar. La cercanía de Molly lo había afectado, y tuvo que contenerse para no besarla. Esa no era parte de la negociación. Él no mezclaba su responsabilidad con el placer. Era incompatible—. Tu ordenador portátil será confiscado hasta llegar a Azhat, no te revisaremos nada, puedo prometértelo. Es solo una medida de seguridad. Luego, en tu presencia y con tu consentimiento, un técnico informático de palacio eliminará el correo electrónico encriptado que te hicimos llegar en el que consta nuestro trato de trabajo. ¿Conforme?

No le quedaba de otra, pensó Molly.

—Conforme…

—Si Martinna te pregunta por qué vas a Azhat, ¿qué piensas decirle?

—Me has invitado a hacer turismo y a catalogar la biblioteca de tu palacio. Me pagarás por ello.

—Una chica lista —replicó Amir, y sin darle tiempo a responder se encaminó hacia la salida.

Molly empezó a procesar lo que acababa de hacer. Iba a vivirse durante tres meses a un país extraño, con un hombre extraño que sería su esposo ante los ojos del mundo, y después se divorciaría de ella. «Es solo un trabajo, tonta.» Con esa certeza en mente se preparó para la aventura que iba a empezar.

CAPÍTULO 7

Había dormido durante todo el vuelo. No estaba acostumbrada a los cambios de horario. Peor que eso, no estaba acostumbrada a viajar. Era un lujo que difícilmente podía permitirse.

El vuelo en el avión privado de un príncipe fue toda una experiencia en sí misma. Apenas había visto a Amir salvo por los saludos o palabras amables protocolarias. Ella estuvo varias horas enfrascada con los abogados discutiendo sus exigencias, o bueno, su compensación para que aquello no sonara tan sanguinario. Pero, ¡hey!, se trataba de un trabajo, así que cualquier terminología vinculada a recibir algo a cambio le iba muy bien a la explicación. Que no tuviera conocimientos legales, no significaba que fuera idiota. Tenía un cerebro bastante prodigioso y podía inferir. Si acaso alguna frase se le volvía confusa, entonces freía con preguntas a los abogados.

Pasó gran parte del viaje discutiendo y negociando hasta que sintió que no podía más y solicitó a Abdul, quien continuaba mostrándose abierto y amable, que la ayudara con alguna sugerencia de una bebida caliente que ayudara a relajarse. Él la guio hasta la cabina de invitados que, más que un espacio de descanso, parecía una petite habitación de un hotel de lujo. Le indicó que podía descansar cuanto necesitara y que la despertarían al aterrizar.

No debía sorprenderla nada en temas de ostentación o comodidad, pero el nivel de opulencia y comodidades en ese jet parecía sacado de *Ripley's Believe It or Not*. Ni qué decir de los *amenities* de grandes marcas que estaban en el cuarto de baño de la cabina de lujo.

Ahora, en una misma limusina, recorrían las calles.

—Molly —dijo Amir cuando el automóvil terminaba de aparcar en la entrada principal del palacio real Al-Muhabitti en Tobrath.

Ella lo miró. Estaba vestido con el traje tradicional de Azhat. Era la misma persona que conoció en Londres y Barcelona, sí, pensó Molly, pero ahora podía comprender la magnitud de la responsabilidad que tenía él sobre sus hombros. Había escuchado cómo daba órdenes, organizaba datos con Abdul o dirigía su atención exclusivamente al ordenador mientras trabajaba en el vuelo.

La determinación en su mirada ambarina cuando hablaba instaba a sus interlocutores a atenderlo. Cuando Amir se dirigía a una persona, esta solía creer que era la única en el mundo para el príncipe, hasta que él apartaba su mirada y la persona se daba cuenta de que en la habitación o en el salón existía más público igual de cautivado por la elocuencia del príncipe. Le había pasado a Molly, salvo que en la sala de Martinna, solo habían estado los dos juntos y el efecto de Amir en ella resultó devastador. No creía posible haber aceptado ese trabajo, que había pensado en rechazar, si el príncipe en persona no hubiera ido a verla. O a darle un ultimátum y convencerla de que era más ventajoso su desplazamiento a Azhat, que permanecer desempleada y con cargas económicas ajenas sobre sus hombros, en Londres.

—Molly —dijo Amir antes de que la puerta de la limusina se abriese.

—¿Sí...?

—Antes de reunirnos con el rey Bashah, mi hermano mayor, tenemos que hablar sobre algunos términos.

—Ya firmé…

—No tiene nada que ver con ese contrato —dijo sin brindarle más detalles.

Antes de que ella pudiese replicar, la puerta se abrió y el príncipe se apartó. Pronto, Molly fue escoltada también hacia el interior del palacio, y mientras lo hacía vio cómo la guardia real se desplegaba en una suerte de protocolo especial cuando Abdul bajó para, quién sabría qué, y después todo pareció una de esas coreografías militares orquestada para películas.

Podía quedarse boquiabierta con la maravillosa e imponente decoración que poseía ese palacio en el interior. Era sobrecogedora. Ni siquiera en sus recorridos por los más hermosos sitios históricos de su país había conseguido quedarse sin habla. No existía un adjetivo que lograra describir la belleza que tenía ante sus ojos. Era un verdadero privilegio, y era muy consciente de que, a pesar de la cantidad de visitas protocolarias y de Estado que se recibían en el palacio, ella tendría acceso a dependencias y áreas que solo personal autorizado y los propios hermanos Al-Muhabitti tenían permitido recorrer.

Saludos incontables después, Molly finalmente llegó hasta una suite que era tan amplia como toda la primera planta de su casa en Londres. Sus maletas, con las pocas pertenencias que poseía, ya estaban esperándola.

Se acercó hasta el balcón y una sonrisa espontánea acudió a su rostro de facciones delicadas. La vista del horizonte con fondo naranja-rojizo parecía un cuadro renacentista. Esa tonalidad sobre las dunas del desierto le daba un aspecto hipnotizador al entorno. Parecía casi mágico. Místico, inclusive.

—Buenas tardes, señorita Reed-Jones, ¿me permite pasar?

Molly se apartó del balcón y miró a la joven que esperaba en el umbral de la puerta que, embelesada por lo que la rodeaba, olvidó cerrar. La chica tenía la piel morena y unos ojos negros profundos. Una sonrisa genuina adornaba su rostro. Llevaba un hiyab negro.

—Claro… —replicó. No esperaba visitas, salvo por Amir

que le había dicho que quería hablar con ella.

—Soy Qalina, su asistente personal para lo que necesite durante su estancia en el palacio real, tengo una línea directa con usted —señaló un teléfono vintage en una mesita de centro en la estancia— puede marcarme. Todos los números necesarios están en esa libreta celeste, y también en el dispositivo digital del primer cajón.

Molly asintió.

—Gracias, Qalina, y por favor, llámame Molly. ¿Qué edad tienes?

—Veintiséis.

—Yo tengo veintiún años, así que prácticamente somos contemporáneas.

Qalina sonrió.

—Cuando estemos en presencia de otras personas no puedo llamarla por su nombre de pila, sino por su apellido. Es una señal de respeto. Aunque el protocolo en el palacio es de informalidad, lo cierto es que las muestras de consideración no se miden con el mismo estándar.

—Comprendido. ¿Qué debo hacer ahora?

—Usted no debe hacer nada, Molly. Yo me encargué de todo cuanto requiera. De momento desharé su equipaje y lo organizaré en los armarios.

—No tengo mucha ropa.

La muchacha tan solo sonrió y empezó a trabajar diligentemente. Diez minutos después todo estaba organizado.

—¿Necesita algo más, Molly?

—Yo... ¿Dónde queda la oficina de Am... del príncipe Amir?

—En el ala este. Nos encontramos en la zona de las habitaciones reales, Molly. Y como será usted pronto, de forma oficial, una princesa de Azhat, no podríamos delegarla a otro sitio que el que le corresponde.

«Así que las noticias vuelan», pensó Molly.

—Ya veo...

—Si me permite, me gustaría felicitarla por su enlace con el príncipe Amir, será un honor para todos tenerla entre nosotros y poder servirla.

Molly, que empezaba a darse cuenta de todo lo que ese trabajo implicaba, asintió. No solo era figurar, sino también tener un trato cercano y ameno con los empleados del palacio, y hacerles creer que ese enlace era por amor.

¿Qué otra cosa podría hacer, si no mostrarse a la altura? Ella suponía que parte de la estrategia era que se conociera del inminente enlace del príncipe con una extranjera. Los detalles, Molly estaba segura, los manejaría directamente la oficina de Amir. Durante el vuelo, a pesar del cansancio, procuró entender cómo funcionaban ciertos protocolos internos y la ubicación de las zonas del palacio. Poseía buena ubicación espacial y no le era complicado adaptarse a sitios nuevos. Esta ocasión, puesto que se había cuidado de atender todos los detalles, no sería diferente.

—Gracias, Qalina, será estupendo hacer de Azhat mi nueva casa.

Satisfecha con la respuesta, o al menos eso creía Molly, la muchacha se retiró con una sonrisa. De ese tipo de expresiones que solía tener la gente cuando pensaba que había encontrado algo genuino por lo cual mostrar alegría. «Si supiera la verdad detrás de mi estancia», pensó la muchacha británica.

Estaba acalorada y también agotada. No esperaba que nadie la ayudara a bañarse. Esas eran tonterías de las épocas de las cavernas que las personas solían asociar erróneamente a la vida en Oriente Medio. De hecho, le parecía un poco invasiva la situación. Fue hasta el armario, sacó un vestido de flores azules sobre un fondo palo rosa que realzaba su esbelta figura. Más que ser esbelta por cuidarse el físico era por mala alimentación, y tenía que ponerle remedio a eso. No quería pescar una anemia. No creía poder aguantar más tonterías o desgracias en su existencia.

Abrió la puerta del cuarto de baño, y al ver la tina de

hidromasaje casi da un brinquito de felicidad. Entusiasmada ante la decadente idea de bañarse en un espacio tan acogedor, Molly se quitó la ropa a toda velocidad y preparó el agua. Comprobó la temperatura con la mano, y cuando estuvo satisfecha, se introdujo en el cálido líquido vital al que había echado unas sales de baño con aroma a rosas y manzana.

—Ahhh, esto es vida —suspiró al apoyar la cabeza en la almohadilla que hacía las veces de soporte en el borde lateral de la tina para recostarse.

***

Amir debería haber anunciado su entrada en la habitación de Molly, pero ahora que la observaba completamente relajada, y desnuda, bajo el agua de la tina, se alegró de no haberlo hecho. No se consideraba un voyeur, aunque con la vista sensual que tenía ante él empezaba a planteárselo.

Serena y con los ojos cerrados, le parecía más hermosa. Durante el vuelo desde Londres apenas había tenido tiempo de poder hablar a solas con ella. Lo que tenía que decirle era importante. Aunque no tanto como para interrumpir hasta el punto de deslizarse como un ladrón furtivo en su propio palacio.

Debió hacer algún ruido, pero no lo recordaba, porque Molly abrió los ojos desmesuradamente y lanzó un grito.

—¡Fuera de aquí! —exclamó tratando de cubrirse los pechos y el pubis con las manos. Algo complicado porque sus pechos eran grandes, y sus manos, pequeñas.

Amir parecía haberse quedado congelado en el suelo. Anclado. Desnuda, con el agua acariciándole la piel nívea, Molly era una tentación sexual muy potente. Tanto así que su miembro palpitaba contra la costura del pantalón a la espera de aliviarse.

—¿Estás sordo? —gritó saliendo con dificultad de la bañera para agarrar una toalla. Ese movimiento dejó al descubierto sus senos por unos segundos, los suficientes para darle un vistazo muy claro a Amir.

Molly, ya con la toalla, empujó al príncipe con todas sus fuerzas, y este elevó las manos en señal de paz.

—Lo siento… —balbuceó. Él, un diplomático y negociador consumado, estaba balbuceando nada menos que frente a una mujer. Se aclaró la garganta y, finalmente, se apartó.

—Pues no lo sientas tanto —dijo ella, furiosa y avergonzada, con sarcasmo.

Caminó con brío por la habitación. Abrió el clóset y sacó su ropa interior. Pasó junto a Amir como una ráfaga y luego cerró la puerta del cuarto de baño con un portazo. ¿Cómo se atrevía a entrar de esa manera?, pensó, furiosa, mientras se vestía. Miró su rostro, sonrojado por el agua y la escena, tratando de componer su expresión alterada por una enfadada.

Cuando la respiración se normalizó, y se sintió capaz de enfrentar a Amir, abrió la puerta. Se dirigió a la pequeña salita que tenía a disposición. El príncipe estaba sentado, en esta ocasión llevaba pantalón de vestir blanco y camisa a juego. Con su piel morena, el color de la ropa le daba un toque exótico. Era una mezcla tan erótica como elegante. ¿Cómo podía ser posible?, se preguntó Molly, procurando recordar por qué estaba con la respiración calmada, pero el pulso acelerado en ese momento.

Al verla ante él, Amir se puso de pie.

—Molly, lo lamento —dijo de inmediato.

Vestida con una falda aguamarina y una blusa elegante de color marfil, lucía exquisita. Cuando el equipo de relaciones públicas se encargase de trabajar la imagen de Molly para el público, no habría mucho que hacer. Ella era perfecta.

Ella se cruzó de brazos. Estaba descalza sobre la alfombra persa de entramados celeste con blanco y vestigios de rojo vino.

—No me mientas, Amir —replicó—. Fue una terrible falta de respeto hacia mi persona el haberte inmiscuido de esa forma.

—No lamento haberte visto desnuda. Eres sensual y

tienes un cuerpo hecho para llevar a un hombre por la senda del pecado —confesó sin tapujos— así que no, no te miento. Lo único que lamento es que verte en ese estado haya sido sin tu consentimiento, pero al llegar no te encontré por ningún sitio. En medio del silencio se me ocurrió buscarte en el vestíbulo anterior del walk-in-clóset, y la puerta del cuarto de baño estaba abierta… El resto…

Molly puso los ojos en blanco.

—Debería exigirte una compensación por lo que acabas de hacer.

—¿Económica? —preguntó él, sin un atisbo de broma en la voz—. Puedes pedirme lo que sea, menos romper el contrato de trabajo.

—No, económica, no. ¿Por quién me tomas? ¿Acaso por una arribista y timadora? Tienes mucho que aprender sobre mí, Amir. Y mientras no te tomes el tiempo de hacerlo, entonces —dado que yo tengo la potestad de dictar la fecha en que nos casaremos— hasta que no crea que me conoces lo suficiente, no me casaré contigo.

—El contrato…

—Lo negocié con los abogados mientras tú te reunías con tu equipo. Ellos estuvieron de acuerdo. Así que, esa es mi compensación. Tómate el tiempo de conocerme, y entonces, fijaré la fecha para la boda.

—No hay tiempo que perder, Molly —dijo apretando los puños a los costados— el bienestar de mi pueblo depende de que te cases conmigo. Te lo expliqué en Londres. Conoces los detalles. A más tardar los esponsales deben celebrarse hasta dentro de cinco días.

Ella negó.

—Tú te quieres casar conmigo para no hacerlo con una princesa a la que apenas conoces. No quieres dejar de lado tu preciosa libertad por una mujer con quien no te interesa unirte, menos por fines comerciales. Yo soy conveniente. Firmé un acuerdo por tres meses de matrimonio. Pero no fijé una fecha.

Amir iba a despedir al jefe de su equipo de abogados. ¿Cómo se dejaba plantear semejante cláusula de una mujer que no era ni abogada ni experta en negociación? Aunque, viéndolo bien, iba a tener que considerar la última parte de esa pregunta. Al parecer Molly Reed-Jones era más lista de lo que él había pensado. No volvería a subestimarla. En ningún aspecto.

—Muy bien —dijo Amir—, si tú quieres que te conozca mejor, entonces tendrás que darme algo a cambio.

—Yo no tengo que darte nada a cambio —farfulló, cuando Amir acortó la distancia que los separaba.

—Claro que sí. Por cada detalle sobre ti que yo descubra, me darás un beso.

Molly abrió y cerró la boca.

—Estás demente. Además, no te pondría fácil la tarea.

Amir sonrió. Como un gato al ratón cuando sabía que lo tenía acorralado.

—Dos semanas es el plazo que te doy para que fijes una fecha para casarnos. En caso de que no lo hagas, entonces no tendré reparo en hablar con mis abogados, romper el acuerdo y tú regresarás a Londres. No tendrás ayuda de ningún tipo, y sabrá Dios en qué situación se encontrará Theo cuando vuelvas a territorio inglés. Yo podré conseguir una novia sustituta.

—Eso es jugar sucio. Sabes que firmé ese contrato por mi familia.

Amir inclinó la cabeza hacia un lado.

—Entonces fija la fecha ahora mismo.

Terca como ella sola, Molly se encogió de hombros.

—Dos semanas.

—Mientras tanto trabajarás como mi prometida.

Molly enarcó una ceja.

—¿Y qué hace una prometida de un príncipe con exactitud?

La sonrisa de Amir, formó una sensual curva en sus labios. Con la barba sin afeitar de tres días, el viril aroma de su piel y el viento del desierto que entraba por la ventana como un susurro concupiscente, el hombre irradiaba un magnetismo que, por más que Molly no lo quisiera, parecía atraerla sin remedio a sus redes.

—Te lo mostraré —susurró antes de sorprenderla colocándole la mano en la espalda para apegarla a su cuerpo, mientras deslizaba sus dedos entre la masa de húmedos cabellos ondulados.

—¿Amir…?

—Acabo de descubrir algo sobre ti.

Ella se quedó prendada de la mirada masculina. ¿Acaso era fuego lento lo que vibraba en esos ojos de tono ámbar?, se preguntó Molly, perdida en sus profundidades, y muy consciente de que acababa de acceder a un trato muy injusto pues lo más probable era que Amir ya la hubiera empezado a analizar desde mucho antes. Era un truco muy sencillo y ella, como boba, había caído con facilidad. La parte más vergonzosa del caso, y que pensaba guardársela para sí misma, era que le gustaba la idea de que él la conociera… pero mucho más, que la besara.

—¿Ah, sí…? —preguntó sin aliento.

Él asintió con la confianza propia de un hombre que sabía cómo complacer y conquistar a una mujer, dentro y fuera de la cama. De lo poco que Molly sabía sobre Amir, rescataba que el príncipe no salía en la prensa rosa por escándalos ni tampoco era catalogado como un mujeriego, tal como ocurría con su hermano mayor, Tahír. Aunque por ahí se decía que el segundo de los Al-Muhabitti estaba prendado de una muchacha de tierras lejanas. Pues habría que ver qué tan cierto era aquello, pensaba Molly. Lo más importante de todo, ¿cómo se daba tiempo para ponerse a pensar en todas esas tonterías mientras sentía el calor del cuerpo de Amir y la potencia de su intensa mirada en su rostro?

—Eres muy testadura.

—¿Y eso es malo? —preguntó tratando de alargar el tiempo.

—No necesariamente…

La boca de Amir descendió sobre la de Molly con lenta determinación. Cuando sus labios se fundieron, todo lo que los rodeaba dejó de tener sentido.

El beso, a Molly, le supo a calor y un anhelo intenso que no lograba describir. Nunca había experimentar algo de esa magnitud, y deseaba más… Entreabrió los labios y pronto sintió la cálida invasión de la lengua de Amir en su boca, intensa y persuasiva. Al principio fue un contacto potente, pero sutil, y a medida que los segundos pasaban Amir tomó de ella todo lo que voluntariamente le ofrecía, pero también exigiendo un poco más de la esencia de aquella deliciosa boca.

La incipiente barba de Amir le raspaba las mejillas a medida que el beso cobraba fuerza, mientras esas manos fuertes sostenían sus caderas con firmeza para apretarla más contra él. Molly deseaba frotarse contra la evidente erección que palpitaba entre las piernas masculinas. Deseaba probarlo con su boca y sentirlo en lo más profundo de su cuerpo. Temblando de excitación, Molly devolvió cada beso. Los gemidos roncos que salían de su garganta proveían de lo más profundo de su ser primitivo, aquella parte que solía mantener a raya, pero que Amir acababa de despertar del letargo. Su cuerpo moría por dejarse consumir y arrasar por el fuego que él había empezado, y que ella contribuyó a avivar.

Amir había besado a muchas mujeres. Contaba con la suficiente experiencia como para asegurar que la boca de Molly poseía un embrujo contra la suya. Un solo beso y sentía una intensa desesperación por apartar la ropa y tomarla en ese instante. Pero no podía dejarse llevar. El deber estaba primero, y ese deber implicaba convencerla de que se convirtiese en su esposa. Por el bienestar de su pueblo. Tenía dos semanas. Quizá el contacto físico no estaba dentro del contrato, pero si ella era la que pondría la fecha en que podrían casarse, a él le tocaba jugar sucio.

Tenía plena conciencia de que Molly carecía de la misma

experiencia sexual que él, y no se trataba de un asunto machista o prejuicioso, si no más bien de cómo Amir analizaba la respuesta ferviente y ardorosa de Molly en esos momentos mientras se sujetaba con ambas manos de sus hombros. Besaba maravillosamente, pero también saboreaba un toque de inexperiencia.

A regañadientes, Amir se apartó.

—Si eres testadura y consigues tus propósitos, me parece bien —dijo con la respiración acelerada. Le sonrió—. Por otra parte, dime algo, y no lo tomes como algo irrespetuoso.

Con la cabeza todavía dándole vueltas, Molly asintió.

—¿Le dijiste a Morantte si eras o no virgen?

Ella lo quedó mirando un largo rato.

—Daba igual, porque él me iba a vender de todas maneras. Aunque si lo que estás intentando preguntarme es si soy virgen, la respuesta es "no". Si eso es un inconveniente para tus planes, dímelo, porque ahora mismo hago la maleta y…

—No —zanjó Amir tomándola de los hombros para que no se apartara— eso no tiene nada que ver. No vivo en la era de las cavernas. Solo me ha quedado esa pequeña espina clavada, porque entiendo cómo funcionan un poco esto de las subastas de vírgenes, y en el caso de que alguna otra persona hubiera ganado tus favores…

—O los de Morantte al comprarme —interrumpió ella.

—Entonces lo más probable es que te hubiese molido a golpes o matado por creer que lo habías engañado.

Ella asintió.

—En todo caso, Amir, no soy la esposa virgen que esperaría un príncipe del desierto. Pero como es un trabajo, y solo eso, entonces me alegra saber que no representa ningún inconveniente para ti. Tampoco soy promiscua. Y no te diría tampoco cuántos compañeros sexuales he tenido a mis veintiún años.

—¿Por qué? ¿Han sido muchos? —preguntó en tono bromista.

—Idiota…

—Molly —dijo ahora, mirándola con seriedad—, tu experiencia sexual no determina quién eres o lo que otros deberían o no pensar de ti. ¿De acuerdo?

—Eso ya lo sé, pero me alegro que lo lleves claro. —Amir soltó una carcajada. No era habitual en él reír, pero había encontrado que con Molly empezaba a hacerlo con más frecuencia—. Ahora, explícame, ¿qué fue lo que te trajo a mi habitación?

Amir se cruzó de brazos para no tocarla, porque nada deseaba más que hacerlo.

—A las nueve de la noche de hoy, mi hermano, el rey Bashah, ha organizado una cena íntima y familiar para conocerte. Y quería decirte que parte de tu trabajo es también mostrar un mínimo de afecto hacia mí en público.

—¿Cómo lo que acabo de demostrarte aquí? —preguntó con insolencia.

—No tan entusiastamente —replicó sonriendo— pero la idea era decirte que ensayáramos un beso para que te acostumbraras a ello y no dejar sospechas en la gente…

—Supongo que ya no hace falta el ensayo —murmuró, sonrojándose.

Amir iba a decir algo más en relación al ardiente beso que acababan de compartir, pero prefirió callárselo. Todavía quedaban muchos besos por compartir durante las próximas dos semanas hasta que ella fijara la fecha del matrimonio. Un tiempo que él pensaba aprovechar muy bien.

—Pasaré por aquí a las nueve de la noche, Molly. Qalina tiene las instrucciones del vestido y maquillaje. Mañana a las diez de la mañana, Abdul empezará tu capacitación sobre nuestra cultura, costumbres y protocolos. Por favor, cualquier queja que tengas o necesidad al respecto, coméntaselo. O si prefieres, me lo dices a mí y resolvemos.

—Ya tienes esa voz dictatorial —expresó Molly, molestándolo a propósito. Había descubierto que resultaba bastante entretenido observar cómo Amir procuraba encontrar las palabras adecuadas para no perder la paciencia. Ella esperaba que algún momento lo hiciera, pues le encantaría ver su reacción sin tanto protocolo y tontería.

—Este es un trabajo, que no se te olvide —dijo él con seriedad.

—Imposible —replicó mirándolo con fastidio. ¿Por qué los hombres tenían que ser siempre tan aguafiestas?

Aquella era su razón dos millones quinientos noventa y seis mil quinientos ochenta, por la cual evitaba el asunto del amor. Un matrimonio, como trabajo, perfecto. Si se mezclaban las emociones, pues todo se iba al diablo. Y ella ya tenía demasiados problemas personales como para querer agregar uno adicional.

Además de vestirse como princesa, falsa por supuesto, necesitaba comprobar que su hermano estuviera bien. Y para eso tendría que pedirle a Abdul que le confirmara que, esa petición de localizarlo como prioridad para firmar el contrato de trabajo como prometida y luego como esposa de Amir, la búsqueda estaba en proceso.

CAPÍTULO 8

La mano de Amir sobre la suya, mientras la presentaba al rey Bashah, le causó un cosquilleo especial, impulsándola a recordar el beso que habían compartido horas atrás en su habitación. Ella lo miró, y Amir le hizo un guiño de ojo que a su vez consiguió que Molly dejara de lado cualquier indicio de nerviosismo.

—Parece un ogro, pero no lo es —murmuró a su oído con humor.

—Está bien… Todo irá bien —replicó Molly mirándolo, más tranquila.

Ella llevaba un precioso vestido turquesa, y lucía unas espléndidas alhajas que Amir le había proporcionado. Quiso rehusar ponérselas, pero él le dijo que era parte de la tradición de la prometida de un príncipe de Azhat que aceptara ese tipo de obsequio para su presentación ante el rey. Molly no logró esbozar ningún argumento para contradecirlo…

Así que en ese momento lucía una gargantilla de zafiros y pendientes a juego, que jamás en su vida podría pagar. Se sentía como una impostora, pero era un trabajo cuyos frutos se verían reflejados en bienestar a futuro.

—Bienvenida —dijo Bashah. Con su porte mayestático y altura, infundía respeto. A Molly no le pareció el tipo de hombre con el que una mujer pudiera jugar y salirse con la suya al mismo tiempo—, nos complace tenerte con nosotros, Molly. Me ha dicho Amir que prefieres que usen tu nombre de pila y en nuestro palacio —aunque formales para algunas ocasiones— nos gusta que nuestros invitados, en especial si van a formar parte de la familia real, se sientan como en casa.

—Gracias, rey Bashah —murmuró ella, sonrojándose, se preguntaba si el rey estaba al tanto de la farsa del matrimonio de Amir—, y sí, prefiero que usen mi nombre de pila... Es muy considerado de su parte.

—Muy bien, por favor, toma asiento. Serviremos la cena dentro de un momento. Antes, nos gustaría conocer un poco sobre ti.

La mesa tenía como comensales a Bashah, y al hermano que le seguía, Tahír Al-Muhabitti. También estaban los secretarios y consejeros de cada uno de ellos, al igual que doce hombres ancianos que, según le había explicado Amir a Molly, se llamaban los Consejeros del Destino, y velaban que las tradiciones del país se cumpliesen a rajatabla.

Según Amir le había comentado, el rey Bashah tenía la plena intención de disolver dicho consejo por considerarlo arcaico. Aunque no se habían realizado resoluciones específicas todavía.

Los tres hermanos eran, en conjunto, guapísimos, notó Molly. Las facciones tan varoniles de los hermanos seguro dejaban babeando a más de una mujer. Aunque, si era sincera, podría decir que Amir era el más enigmático de los tres y quien poseía un carisma especial que hacía que su mirada femenina se volviese irremediablemente hacia esos ojos color ámbar. O quizá por el hecho de que era la única persona conocida y con quien tenía un acuerdo. «Cuéntame una de vaqueros», le dijo una vocecilla en su mente con tono irónico.

—No creo que mi vida sea muy entretenida —dijo con amabilidad—, pero intentaré adornarla de un modo que no los aburra.

Una sonrisa se dibujó en el rostro de los príncipes.

—Si has logrado que el aburrido de mi hermano quiera dejar la soltería, lo más probable es que seas la persona más divertida que él haya conocido —intervino Tahír. Conocido como un príncipe mujeriego y rebelde, poseía también la fama de ser un enemigo implacable y de conseguir siempre lo que se proponía.

Ella dejó escapar una risa suave. Amir se relajó al notar que todo marchaba sobre ruedas, y los molestos Consejeros del Destino no estaban haciéndole pasar un mal rato a Molly con preguntas estúpidas. Quizá se debía a que eran muy partidarios de cualquier alianza relacionada con Gran Bretaña. Entre Azhat y el país en el que reinaba Isabel II de Inglaterra, había una relación muy estrecha de negocios.

—De acuerdo —murmuró Molly, no sin antes echarle una mirada a Amir quien le hizo un asentimiento de cabeza como muestra de confianza. Entre ambos estaba implícita la necesidad de no hablar sobre detalles que pudieran devenir en algún tipo de crítica, no de parte de Tahír o Bashah, de los consejeros sentados a la mesa. Al parecer eran más estrictos que Abdul. Complacida por la falta de artificios del rey, ella tomó asiento y pronto la velada empezó a desarrollarse mejor de lo que Molly y Amir hubieran esperado.

***

—Supongo que hice un buen trabajo —dijo Molly dos horas y medias después, mientras ella y Amir subían a la segunda planta del palacio—. Aunque no estoy muy segura sobre los ancianos que estaban tratando de freírme a preguntas incómodas sobre mi padre. ¿Cómo…?

—Siempre se enteran de todo lo concerniente a las personas que se acercan a la familia real. Es parte de su trabajo, uno que no me agrada, pero no tienes de qué preocuparte —interrumpió con suavidad mientras le abría la puerta para que ella pasara a una pequeña salita de música— porque el equipo de relaciones públicas está preparando todo lo necesario para tu presentación pública. Los Consejeros del Destino son una

98

molestia innecesaria como te comenté. Mi hermano Bashah se encargará de ellos.

—Tahír parece un hombre muy enfocado en sus pensamientos…

Amir sonrió.

—Tiene a una mujer en la cabeza. Eso es lo que le ocurre a Tahír.

—¿Oh, sí?

—Cree que no nos damos cuenta. Yo soy el que más en contacto está con él, así que lo conozco muy bien.

—Dijo que recientemente había viajado a Australia… Oh. Ohhh. Ya caí en cuenta —comentó con una suave risa—, la mujer es de ese país, ¿verdad?

—Chica lista.

Amir se había quitado el corbatín y desanudado los tres primeros botones de la camisa blanca. ¿*Comestible* era un adjetivo aplicable a un hombre?, se preguntó Molly. Quizá el cansancio empezaba a pasarle factura.

Molly caminó hasta un bonito sillón para dos. Amir, en lugar de sentarse enfrente, lo hizo junto a ella.

—¿Qué querías hablar conmigo? —preguntó Molly, no sin un ligero temblor en la voz. Quizá era el perfume o la emoción de haber hecho bien su primera aparición ante personas de tan renombrada importancia en su "trabajo", por más que no se hubiera sentido como tal, o quizá solo era Amir quien poseía todos los ingredientes para alterar la química de su sistema.

Cómodo y relajado, Amir recostó la espalda y se giró hacia ella.

—He descubierto algo distinto esta noche.

«Oh, no. Empezamos», se dijo Molly. Sintió el corazón acelerársele.

—¿Sí…?

—Claro, te dije que cada vez que descubriese algo sobre ti, me debías un beso. Y creo que esta noche me he ganado uno.

—Todo por una fecha de matrimonio.

—¿Por qué crees que es solo por ese motivo? —preguntó acercándose más, retándola a alejarse, pero Molly no era cobarde. No lo hizo. Permaneció tal como estaba, sentada a su lado y sintiendo el aroma del café que habían bebido en el aliento cálido masculino. «¿A qué sabría el café en la boca de un hombre como él?» Parecía que era la noche de las preguntas o de la estupidez, decidió ella. Y eso que no había bebido ni una gota de alcohol. ¿Jet-lag tal vez? Sí. Jet-lag, decidió.

—Porque es muy obvio. Quieres llegar a un punto en que no pueda resistirme a ti, y termine aceptando tus avances sensuales, entonces no querré hacer otra cosa que detenerte del único modo posible: casándome contigo.

Amir se dio un golpe suave en la frente como si de repente hubiera caído en cuenta sobre algo en particular.

—Qué tonto de mi parte no haber previsto que ibas a sospecharlo —comentó con tono jocoso y sarcástico. Se inclinó hacia Molly hasta que solo pocos milímetros separaban sus bocas—, pero hay un detalle que no te especifiqué.

Ella se perdió en la expresión confiada y sexy del rostro de Amir. Tenía ganas de estirar la mano y pasear sus dedos por esa barba de tres días que parecía tan suave al tacto. La había acariciado al besarla, en la tarde, y lejos de incomodarla, le gustó cómo causaba un cosquilleo agradable sobre su piel.

—¿Ah, sí? ¿Qué sería eso? —preguntó en un murmullo, y esperando a que la besara de un momento a otro.

—No te dije qué tipo de besos serían —replicó inclinándose para besarle la mejilla derecha. Un beso que duró tres largos segundos—, ni tampoco en qué parte de tu cuerpo serían. —Se apartó y se puso de pie, dejándola con la respiración inquieta—. Y el hecho de querer besarte va más allá de un simple asunto de trabajo —expresó. Ella iba a protestar, pero Amir continuó—: Esta noche descubrí que eres una mujer que maneja bien a un público extraño, y estoy más que convencido de que harás un buen papel de prometida, y luego en tu trabajo como esposa.

Molly se aclaró la garganta. Se sintió un poco tonta, pues había estado a punto de poner sus manos sobre los hombros de Amir para atraerlo y poder besarlo. También se incorporó.

—Supongo que debo agradecerte el cumplido —murmuró arreglándose el vestido con las palmas de las manos, tratando de borrar arrugas inexistentes de la fina tela—, y me gustaría renegociar el tema de la fecha de matrimonio y los motivos para poder establecerla.

Amir sonrió como un leopardo consciente de que su presa estaba amenazada, y de que podría alargar la agonía para que el placer fuera más intenso. Ya estaba con la mano en el pomo de la puerta de la sala de música.

—Qué pena, Molly. Hay cosas que en la vida no son renegociables, en especial los tratos que incluyen besarte. Me ha gustado poder hablar contigo. Buen trabajo. Mañana, Abdul se reunirá contigo para explicarte la agenda del día. Qalina seguro sabrá todos los pormenores a tiempo.

—Pero…

—Que descanses.

La puerta quedó abierta, pero ella tardó un rato antes de darse cuenta de que el juego se había tornado en su contra. Amir la deseaba, obviamente, e iba a aprovecharse de su intento de negociadora de mala monta para besarla en donde lo deseara… cuando lo deseara, hasta que ella pusiera una fecha de matrimonio en firme.

Estaba en un buen lío, porque a pesar de todos los beneficios de trabajar como esposa de un príncipe en un país de Oriente Medio, la mejor recompensa que había recibido hasta ahora eran los besos de Amir. ¿Cómo iba a escaparse de una red sin salida en la que estaba muy a gusto?

«Bonito dilema, Reed-Jones, bonito dilema.»

***

—Antes de continuar con esta situación, Abdul, me

gustaría tener noticias de los avances que se han hecho en relación a mi hermano —dijo Molly a la mañana siguiente. Estaba en un salón de reuniones del palacio. Por un momento ella creyó estar en una estancia parisina. Se sorprendió de encontrar una decoración en ese estilo, aunque ya nada debería tomarla por sorpresa en esos momentos.

—Por supuesto —comentó el hombre con tono amable y ceremonioso—, su hermano ha sido encontrado y está siendo vigilado. Le daremos a usted un informe semanal durante su estancia en el palacio real, señorita Reed-Jones.

—Llámeme Molly, insisto.

Él asintió.

—Ha estado buscando una forma de financiarse, no sabemos qué tipo de negocio, pero uno de los contactos del palacio le ha ofrecido un empleo. Contactó el día de ayer con una amiga suya, la señorita Martinna Brown.

—Una se desconecta de su país un momento y miren lo que ocurre —balbuceó para sí misma—. Entonces, ¿un trabajo dice que le ofrecieron? —preguntó en voz alta en esta ocasión.

—Correcto.

—¿Mi hermano lo ha aceptado? —preguntó, incrédula, pues sabía de buena mano que Theo era todo menos un prospecto de trabajo arduo.

—Sí.

Ella frunció el ceño.

—Eso es extraño. A él le gustan las cosas fáciles. Me hace sospechar de sus intentos de conseguir empleo…

—Lo tendremos vigilado y se lo notificaremos. Hay algo más que debe saber.

—¿Sí?

—Fue a visitar a su padre a la cárcel hace unos días.

«Esa sí estaba buena.»

Molly se sentó. Desde que recordaba, Theo y su padre jamás habían tenido una buena relación familiar. De hecho, su hermano la culpaba a ella por haber denunciado a su progenitor, y no solo eso, sino que también estaba resentido porque la única figura paterna posible para él, resultó un fiasco completo.

—No puede ser… ¿Tiene idea de qué fue a buscar?

—Su padre no accedió a ver a nuestro agente que iba como un trabajador social a la cárcel. Y las conversaciones entre las visitas y los internos son grabadas, sí, pero sin sonido. Aquí tiene —le entregó una delgada carpeta— todos los datos que le estoy comentando puede leerlos con detalle en ese informe. El nuevo número telefónico que está utilizando su hermano consta ahí, aunque no le recomiendo contactarlo porque, dado que es un nuevo número que ha sacado por el nuevo empleo, podría sospechar… Recuperar su rastro no es parte del acuerdo que firmó usted, señorita Molly.

—Qué estrictos son… —murmuró con ironía—, lo siento, Abdul, no quise faltarle el respeto. Entiendo que no firmé para que lo localizaran y ayudaran en caso de que yo cometiese una estupidez. No pasa nada.

—Hemos cumplido una de sus cláusulas, Molly. El siguiente paso es su presentación en público.

—Comprendo. ¿Qué debo hacer?

—Mañana al mediodía se llevará a cabo una parada que celebramos en Azhat. Se llama la Caminata del Zameó. Un evento militar en el que se reúnen las principales autoridades del país en la Calle Mayor de Tobrath. Conmemoramos a los héroes del reino que participaron en la Segunda Guerra Mundial como aliados de Gran Bretaña.

—¿Por qué Zameó? ¿Es acaso el nombre de alguna ciudad en especial?

—Es el nombre del capitán que guio a nuestro ejército en la guerra y ayudó a liberar a varios cientos de judíos de la opresión alemana en campos de concentración austríacos. Fueron condecorados y son nuestros héroes de guerra.

—Oh, comprendo…

—Toda la prensa tendrá los ojos puestos en usted. Dentro de poco llegará Ramstee, él es un profesor de cultura local.

Joven, pero muy agudo. Estoy seguro de que logrará ayudarla en todo lo que necesite.

—¿Profesor?

—Este trabajo tiene que salir a la perfección, señorita Molly. Él es el hombre más capacitado para enseñarla.

—¿Y por qué no lo hace Amir?

Abdul esbozó una sonrisa condescendiente.

—El príncipe está ocupado con su agenda real. Después de mañana, no será necesario que mantenga usted ningún tipo de contacto con su alteza real, el príncipe Amir, ni que lo acompañe a ningún evento.

—¿No?

—Hasta que estén casados, el acudir a eventos públicos no está permitido. Solo en asuntos privados. A cenar o algo en ese estilo.

—De acuerdo… —murmuró.

—Antes de irme, y dejarla con el profesor Gerth Ramstee, quisiera informarle, porque no nos gustan las sorpresas inconvenientes, que mañana estará presente en el evento la princesa Cassiah de Phautaja.

—¿La que iba a casarse con Amir?

—Precisamente.

En ese instante, cuando Molly iba a hacer una pregunta, entró un hombre que no debía tener más de treinta y cinco años. Cabello rubio. Ojos celestes. Porte de rey. Una apariencia física que no concordaba en absoluto con los ciudadanos de Azhat, cuya piel morena o bronceada era el denominador común.

—Buenos días —dijo el desconocido.

Abdul se giró e hizo un asentimiento.

—Buenos días, profesor. Permítame. Señorita Molly Reed-Jones, le presento al profesor Gerth Ramstee, al igual que usted es de nacionalidad británica, pero ha vivido en Azhat desde los diez años, puesto que su padre es un estimado diplomático en nuestro país.

—Gracias por tan espontánea presentación, Abdul —dijo Gerth. Tenía una voz rica como el chocolate suizo caliente más exquisito. Se giró hacia Molly con una sonrisa genuina—. Encantado de conocerla —expresó extendiéndole la mano—, siempre es grato conocer a una conciudadana británica.

Molly sonrió automáticamente. No le parecía una persona invasiva, ni tampoco intimidante. Le cayó bien.

—Entonces, ¿usted es el encargado de enseñarme todo sobre este país para que no haga quedar mal a la casa real Al-Muhabitti?

—Ahora nos estamos entendiendo —dijo Gerth de modo amable.

Abdul miró a uno y a otro, y después se despidió. Les informó, antes de abandonar el salón, que estaban invitados a almorzar con el príncipe Amir esa tarde.

—Por favor, tome asiento —pidió Molly señalando el otro lado del escritorio. Ella hizo lo propio—, creo que entre más pronto aprenda, más pronto lograré ponerme en sintonía con las costumbres de Azhat.

Con una innata elegancia, quizá propia de un hijo de diplomático, Gerth se sentó frente a Molly. Sacó de su bolsa de cuero una MacBook Air, y procedió a encenderla. Abrió los archivos y un par de vídeos. Todo lo hizo de forma ágil.

—¿Puedo tutearte y llamarte Molly?

—Claro.

—Error —replicó con una sonrisa.

—¿Eh?

—Jamás debe darle a ninguna persona, fuera del palacio, la opción de tener ningún tipo de familiaridad con usted. Siempre deben referirse como "señorita tal". ¿Queda claro?

—¿Así de divertida serán nuestras clases?

Gerth rio.

—Esa fue su primera lección. Ahora, preste atención a las siguientes pues son de vital importancia. La más significativa es aprender a no delatar sus emociones ante el público. Ellos no deben jamás saber si está triste o contrariada. Un miembro de la familia real, o una persona próxima a unirse a ella, es un ser distinto. Una sonrisa estudiada es suficiente.

—Será una larga jornada… —murmuró Molly antes de poner sus cinco sentidos en la clase. «Trabajo es trabajo.»

CAPÍTULO 9

Amir esperaba en la antesala privada del Salón Vert, la llegada de los visitantes que habían asistido a la parada militar, para empezar el almuerzo oficial como todos los años. Sus dos hermanos estaban también presentes. Después de haber soportado las altas temperaturas en el exterior, lo único que deseaba era quitarse la ropa y meterse en la ducha con agua helada. También necesitaba hablar con Molly. Debía felicitarla. Su desempeño había sido excepcional. Pero debido a que ella no era todavía un miembro oficial de la casa real, no estaba en la lista de las cincuenta personas asistentes al tradicional almuerzo.

Amir pensó en que tendría que hablar sobre ese tipo de detalles con Abdul. Y este a su vez dialogaría con los demás consejeros de sus hermanos, y luego habría un encuentro con los ancianos Consejeros del Destino. Y si esa panda de viejos ridículos lo aprobaba, entonces Molly podría hacer su trabajo sin trabas impuestas por el propio palacio real. Los arcaísmos fastidiaban el humor del príncipe, pero ya quedaba en manos del rey Bashah empezar a modernizar con mano dura las políticas internas.

Durante la parada militar, Amir no pudo evitar posar su mirada en la princesa Cassiah. La conocía por fotografías, pero era la primera ocasión que la veía en persona. Debía decir que era una mujer exótica y de rasgos delicados. Su contextura era

107

demasiado delgada para su gusto, sin embargo, era la sonrisa deslumbrante la que le otorgaba belleza a su rostro angular.

A pesar de que Molly era consciente de la identidad de la mujer que lideraba la línea sucesoria de Phautaja, notó Amir, la preciosa inglesa no hizo comentarios o dio a entender como si tuviese una opinión respecto a Cassiah. Amir sabía que estaba siendo preparada concienzudamente para actuar en público, pero nada podría salir bien si no existía predisposición; y se alegró de haber visto a Molly en acción. Había sido una performance impecable. Le hubiera gustado contar con ella en esos momentos y decirle que había descubierto otra cualidad en ella. La verdad era que le encantaba besarla. Tenía unos labios suaves y sensuales, pero eran los gemidos de deseo —mientras él devoraba esa boca— lo que ponía su libido a mil.

Se aclaró la garganta, como si de esa manera pudiera también aclararse la mente. Estaba todavía en la mitad de todo ese espectáculo social. Era su ambiente habitual, en el que se sentía como un pez en el agua, pero no en esos instantes. Y mucho menos cuando se dio cuenta de lo que le esperaba.

Abdul le pasó un esbozo de los sitios en que había sido dispuesta la mesa. A Amir no le cabía duda de que tener el puesto junto a Cassiah no era una casualidad. Interrogó a su secretario con la mirada.

—Consejeros del Destino.

Esa fue la contestación escueta, y más que explícita, de Abdul. El príncipe Amir apretó los puños a los lados. Esos idiotas pretendían que, a toda costa, rompiera el compromiso —falso o no— con cualquier mujer que no perteneciera a la liga de los países de Oriente Medio. La presentación de Molly ante el rey había sido exitosa, sí, pero Amir no se confiaba de esos ancianos. Y ahora confirmaba su teoría. Iban a intentar ponerle trabas.

El mayordomo empezó a anunciar a los príncipes.

Primero el rey, después Tahír, y ahora le tocaba a Amir. Eso implicaba que todos los invitados ya estaban instalados en el extenso y lujoso comedor de banquetes. Era momento de que la realeza hiciera su aparición. Jamás antes de los invitados. Ellos se hacían esperar, y dado que era ese el protocolo, pues se lo respetaba.

—Príncipe Amir Al-Muhabitti —anunció el mayordomo en jefe cuando Amir ingresó en el salón.

***

Espiar no era una cualidad, de acuerdo a Molly, sino una habilidad. Así que, desde una compuerta que parecía rodeada de olvido, husmeó el precioso salón en el que iba a desarrollarse el banquete.

Durante la parada militar había reparado en la belleza de la princesa Cassiah. No entendía del todo la reticencia de Amir a casarse con alguien tan hermosa y con los exquisitos modales que de seguro poseía. Además, había sido criada para reinar, exactamente como Amir para ser un príncipe. ¿Se trataba solo de testarudez de parte del príncipe o falta de atracción física?

Gerth, su profesor, le había indicado que no sería invitada al banquete y que no debía tomárselo como un desaire, sino como una parte de los formalismos de la casa real. Molly sintió alivio al saberlo, porque la verdad era que estar con esa gente estirada no le apetecía en absoluto, menos soportar una cháchara insulsa. Aburrirse, que ella supiera, no era parte del trabajo.

Cuando vio entrar a Amir contuvo una sonrisa. Él le había comentado que prefería utilizar la ropa de occidente por comodidad. Y ella lo entendía, el calor exterior era brutal. En el palacio, aunque había acondicionador de aire y un ambiente fresco, continuar utilizando ropa pesada causaba fastidio de seguro.

Estaba a punto de retirar su mirada de la hendija que permitía ver al salón, cuando notó en dónde había sido ubicado Amir. Se le contrajo el corazón de repente. ¿Celos? Era estúpido sentir celos de verlo sentarse, sonriente y amable, nada menos que junto a la princesa Cassiah de Phautaja.

¿Que si estaba preocupada? ¡Claro que lo estaba! No porque le gustara o estuviera encantada con la personalidad tan formal y a ratos cálida de Amir, no. Eso no tenía nada que ver. Lo que la inquietaba era la posibilidad de que la princesa aquella pudiera encandilar el interés de Amir, y él era para Molly su salida a la desesperada situación que afrontaba en Londres.

—No debería estar aquí —dijo la voz de Abdul a sus espaldas.

Ella contuvo un grito. Con la mano en el corazón se giró, apartándose de su lugar de espionaje.

—Abdul, me ha asustado de muerte.

Tan serio como el hombre a quien aconsejaba, Abdul no mostro signos de humor o intentos de esbozar sonrisa alguna.

—Si alguien del servicio la hubiera descubierto, las murmuraciones habrían empezado, señorita Reed-Jones. Será mejor que se retire, porque no quisiera tener que enviarla de regreso a Inglaterra y terminar nuestro acuerdo de forma unilateral.

—¿Haría eso…?

—Por la seguridad del príncipe Amir y su reputación, así como de la casa real Al-Muhabitti, los consejeros estamos orientados incluso a dar la vida.

Ella abrió y cerró la boca. Ese tipo de servilismo le ponía los pelos de punta.

—Entiendo… —dijo con un asentimiento.

—Mañana en la mañana tendrá nuevas instrucciones sobre lo que se llevará a cabo en el palacio, por ende, su agenda de trabajo. ¿Ha pensado en fijar una fecha?

Molly sabía que Abdul conocía, mejor que el mismo Amir, sus cláusulas.

—No…

—Será mejor que lo haga. Fije la fecha. Esto no es un juego, señorita Reed-Jones. Se trata del bienestar de un pueblo, y el príncipe Amir se está quedando sin tiempo. Él puede romper el compromiso con usted y conseguir otra persona que evite el matrimonio con la princesa Cassiah. La que saldría perdiendo en la ecuación es usted. Y lo sabe, aquí no estoy contándole nada nuevo.

—Pero…

—Si intenta conquistar al príncipe, no sería la primera. Muchas chicas han tratado de acercarse a él, pero terminan con el corazón roto, y el príncipe continúa dedicado a sus labores dinásticas. Él tiene una prioridad y es Azhat. Usted es apreciada, no se equivoque, pero le estoy dando este consejo porque no me gustaría verla lastimada.

—En ningún momento he querido conquistar el…

—Solo se lo comentaba para dejárselo claro —zanjó Abdul sin alterar su modulado tono de voz. El mismo que había utilizado desde que ella lo conocía—. No confunda amabilidad con volatilidad. No son compatibles.

—Ya veo —replicó Molly—, nos veremos en algún otro momento. Gracias por sus consejos —dijo con hipocresía. Sus verdaderos pensamientos tenían tinta incendiaria en esos momentos, así que prefería ahorrarse las palabras.

—Buenas tardes.

Ella asintió antes de abandonar el sitio en el que se encontraba. No iba a molestarse en preguntarle a Abdul cómo demonios la había hallado. Decían que las paredes de los palacios y grandes edificios señoriales tenían oído, y ella estaba segura de que ojos, también.

***

Amir entabló una charla amena con Cassiah, y le agradó el buen talante de la princesa. Descubrieron que tenían algunos amigos en común y empezaron a intercambiar anécdotas al tiempo que intercalaban la conversación entre los dos con otros comensales como era preciso hacer en ese tipo de eventos. Al final de la velada, Amir se encontró riendo y muy cómodo con el carácter fácil de Cassiah.

—Entonces, cuéntame príncipe Amir, ¿por qué motivo

has rehusado la idea de casarte conmigo? —preguntó ella en un espacio más privado, después de que hubieran servido el café y varios dulces.

Los invitados estaban departiendo en un precioso y amplio patio externo. Había ventiladores y carpas con acondicionador de aire interno. Todo un despliegue de dinero para solo seis horas. Pero aquella era solo una muestra del nivel de riqueza y privilegios que poseía la familia Al-Muhabitti.

Amir, con la taza de café a medio beber, sonrió.

—No me gustan las imposiciones. Y no lo tomes a mal, princesa Cassiah.

—¿Y la prometida tuya…?

—No discuto mis asuntos personales, pero la señorita Reed-Jones es una candidata que ha cautivado mi atención.

La princesa esbozó una sonrisa amable, aunque parecía más de condescendencia. Y a Amir no le gustó en absoluto; sus sentidos se pusieron alertas.

—Conmigo tendrías una alianza estratégica para tu reino. Los precios de los víveres básicos para la comida tradicional de las familias de Azhat bajarían considerablemente, además, podrías ser rey y príncipe a la muerte de mi padre. Cuando yo herede la corona.

—Probablemente, pero puesto que ya tengo una prometida y futura esposa, lo mejor será que entablemos una charla comercial. Como en los viejos tiempos. Además, ¿por qué habría de interesarte el matrimonio siendo tan joven?

Cassiah rio con suavidad.

—Mi padre no pondrá condiciones fáciles para tu pueblo, príncipe Amir. Nuestro reino necesita la fuerza e imagen que posee el tuyo. Sería una alianza perfecta. Nuestros hijos serían poderosos e influyentes; capaces de llevar nuestra cultura por generaciones…

Amir se mantuvo en silencio unos segundos.

—Supongo que el hecho de que hubieras venido solo tú, y no tu padre, tiene algo que ver con nuestra conversación. ¿Me lo explicas?

—Pensé que te gustaba leer entre líneas —replicó con su melódica voz. Esos ojos negros destellaron con lo que Amir solo podía interpretar como cinismo. La mujer era tan ambiciosa como el rey de Phautaja—. El mensaje es claro. Te casas conmigo o la negociación entre Azhat y mi país no existirá. El encarecimiento llegará a niveles inimaginables para tu reino.

Amir la observó conteniendo la furia que lo invadió de súbito.

—No me gustan las amenazas.

—Yo solo defiendo los intereses de mi país. A toda costa.

—Estamos en la misma posición —replicó con tono cauto—, ahora, si me permites, princesa, debo abandonar la conversación porque mi hermano, el rey, está requiriendo mi atención —dijo con un asentimiento cuando, oportunamente, Bashah le hizo un gesto, que podía ser cualquier cosa, pero eso no tenía por qué saberlo la mujer que tenía ante él vestida tan elegantemente.

Todo lo que Amir deseaba era vivir en paz, sin conspiraciones ni mujeres interesadas en expansión territorial ni fondos económicos. No solo eso, sino que casarse con alguien, e involucrar emociones, implicaba un compromiso que no deseaba adquirir.

A pesar de que Abdul lidiaba en la sombra con su mayor error del pasado y de años juveniles, y por el que continuaba pagando una penitencia de conciencia, eso no implicaba que podía olvidarse del asunto. Cada visita que pagaba a la persona a quien había herido de por vida, le causaba más y más certeza de que cualquier mujer lo juzgaría más duramente de lo que él ya había hecho. No tenía ganas de pasar por el banquillo de los acusados y recibir una mirada de decepción y reproche por ese episodio. Por eso encontrar a Molly había sido oportuno, ella no generaba en él más que otras mujeres hermosas: deseo. Eso era todo.

Tres meses, y todo acabaría.

Con la amenaza velada de Cassiah tendría que ser más cauto y pensar en cómo mover sus cartas inteligentemente. Caso contrario corría el riesgo de poner a su país en una precaria situación de falta de insumos y a precios impagables.

***

—¿No pudo avisarme? —preguntó Molly para sí misma, cuatro días después del banquete, cuando empezaba a cuestionarse si acaso Amir había sido abducido por extraterrestres.

Después de aquel día de almuerzo, el príncipe fue a buscarla para agradecerle su trabajo. No hubo sonrisas ni tampoco palabras que alcanzaran un escenario que fuera más allá de lo protocolario. No es que Molly hubiera esperado algo en especial, pero lastimosamente se había habituado a la camaradería —todavía leve, aunque agradable— que empezaba a fraguarse entre ella y Amir.

Dado que no tenía ningún derecho sobre él, y debía recordar que solo desempeñaba un rol falso, Molly decidió no hacer preguntas y dejarlo ir cuando se despidió. Lo que no esperaba era que llevase más de tres días sin dar señales de vida. Abdul no era de mucha ayuda, pues viajaba siempre con Amir. Así que estaba, sin temor a exagerar, sola en una caja de cristal y oro. Su única compañía eran Qalina y Gerth durante las horas que duraban sus clases de dialecto, etiqueta, y demás.

También tenía en su agenda horas para sí misma, y en las que estudiaba a distancia. Una carta del palacio real de Azhat había bastado para convencer al director de su carrera que cediera a la posibilidad de que ella realizara sus estudios desde otro país, con ocho horas de diferencia horaria. Influencias, influencias.

Molly ya se había habituado al calor sofocante de las mañanas, a la brisa fresca de la tarde desértica y al frío de las madrugadas. Había también aprendido a entender la timidez, propia de la cultura, de los habitantes. Las visitas por el centro de Tobrath le encantaban porque era un sitio pintoresco y su espíritu diáfano lo agradecía; había comprado varios recuerdos para enviarle a Martinna.

Con su mejor amiga apenas hablaba debido a la diferencia horaria, pero intercambiaban correos electrónicos o un mensaje de whatsapp cada tanto. No era lo mismo que tenerla cerca o salir a cualquier hora para tomar un té en las atestadas calles de Londres. Echaba de menos su ciudad, pero iba a procurar aprovechar lo que tenía entre manos.

Esa tarde iba a salir a conocer los establos. Qalina había sido una compañía inmejorable y la ayudaba yendo de un sitio a otro, o haciéndole conversación, aunque ese día en particular tenía libre. Molly no necesitaba que nadie la guiara a ningún sitio. Ya conocía a la perfección los alrededores.

Avanzó con su traje de equitación, parte del vestuario de su trabajo, con paso firme por las inmediaciones. Cruzó el patio principal y caminó otro tanto hasta que divisó las inmensas caballerizas. Decían que era el sitio preferido del rey Bashah. Hasta Molly había llegado el rumor de que el rey tenía un hijo ilegítimo concebido con una muchacha que se había criado en el harén del palacio, años atrás. Molly sentía curiosidad al respecto, aunque era consciente de que una información de esa trascendencia seguramente se esclarecería de ser cierta, así que prefería enfrascarse en sus propios asuntos. Era un tema delicado, y no le estaban dando informes de su hermano, ni del estado de su casa en Londres, para ponerse de cotilla.

—¡Molly, espera!

—Gerth —dijo cuando el guapo profesor llegó hasta ella—, qué sorpresa. Pensé que no trabajabas los viernes hasta tan tarde.

Él sonrió.

—No lo hago, pero olvidé dejarte la cartilla con las normas de cómo conducirse durante la visita a organizaciones internacionales sin fines de lucro. Parte de tu trabajo será, obviamente, viajar con el príncipe Amir fuera del país. Es necesario que comprendas esos detalles también…

—Vaya, pues, muchas gracias. De momento hoy voy a tratar de recordar un poco cómo montar a caballo. Algo debió quedárseme del verano que trabajé en una granja —dijo soltando una risa.

Gerth observó alrededor.

—Esta es una de las caballerizas más finas del mundo. Los dueños de establos reconocidos pagan millonarias sumas por aparear sus equinos con los de la casa Al-Muhabitti. Yo te puedo enseñar si quieres.

Ella lo pensó un instante.

—¿Esto es fuera del protocolo?

—No estoy trabajando, y creo que fuera del horario de clases podemos conversar de un modo más informal. A menos que prefieras lo contrario, lo que yo, por supuesto, respetaré siempre.

Molly sonrió.

—Un viernes de tarde intentando no caerme demasiadas veces de la montura, cuando tengo un profesor que parece versado en montar a caballo, y me ofrece ayudarme, pues… Decir "no" sería un absurdo. Así que, gracias, Gerth.

—Los caballos han sido siempre una gran compañía en mi vida, así que creo que puedo manejarlos bien.

Caminando juntos, ingresaron en las caballerizas. El jefe de los mozos los salió a recibir. Les dio un par de indicaciones, y después le sugirió a Molly que eligiera a Thunderstorm, una yegua que —a pesar de su nombre— era la mejor para retomar el ejercicio con los equinos después de muchos años.

—Es dócil —dijo Maxwell, el jefe de los mozos, mientras sacaba a Thunderstorm hacia el área que precedía al camino del desierto—, pero procure no hacerla correr demasiado. Si quiere cabalgar con brío una montura, entonces tendría que elegir a Tritón, y ese es el caballo del príncipe Amir. No deja que nadie lo monte porque es indomable. Solo se acostumbra al peso y trato de su alteza.

—Comprendido —repuso Molly.

—Para usted, señor Ramstee, tengo a Júpiter. Único en su clase, y siendo usted un amigo constante de las caballerizas reales, pues sé que le irá estupendo con este muchacho de crin negra.

—Gracias, Maxwell —dijo Gerth—. A partir de ahora yo me encargo.

El hombre de prominente abdomen asintió, y después se alejó para continuar dando órdenes. Molly estaba un poco nerviosa. Era aventurera hasta cierto punto, y siempre procuraba vencer sus propios miedos, pero pensar subirse a un caballo, y hacerlo, eran dos cosas muy diferentes.

Quizá Gerth percibió su recelo, porque le puso la mano en hombro dándole un apretón suave. Ella lo miró.

—No me digas que estás acobardándote —comentó en broma.

Ella negó con la cabeza. Llevaba una coleta perfectamente ajustada, y el cabello recogido se movió al son de sus gestos. La camisa celeste se pegaba a sus curvas, y debido a la suavidad de la tela, la forma de sus pechos era muy obvia. La cintura estaba marcada por un pantalón de equitación café y unas botas a juego. Parecía toda una profesional, aunque ella se temía que en esa ocasión quizá era un asunto solo de uniforme. «Al menos algo para estimular mi autoconfianza. El sentir que me visto con propiedad ayuda.»

—No tanto… —murmuró.

Gerth, con su sonrisa de actor de Hollywood, la hizo sentir menos inadecuada para una aventura que ella misma se había impuesto.

—¿Puedes subir sola?

—Intentaré hacerlo…

O eso creyó que podía conseguir, se dijo, porque se le resbaló la bota del estribo y estuvo a punto de darse de bruces. Las manos de Gerth la sostuvieron, y en un acto reflejo, Molly se abrazó a su cuello.

Aquella escena a campo abierto, con el cielo surcado de nubes blancas entre un manto azul, era algo normal en cualquier caballeriza. Una jinete que había estado a punto de caerse, y otro jinete más experto ayudándola a evitarlo, también era un tema muy normal. Lamentablemente para el espectador de ojos color ámbar que observaba la escena desde pocos metros de distancia, no fue así.

Amir acababa de bajar del helicóptero que lo había llevado durante varios días por diversas partes del país, y cuando fue a buscar a Molly, no la encontró. Hasta que uno de los guardas le dijo que había ido a las caballerizas. En su afán de mostrarse conciliador, después de lo que consideraba una grosería, al haberse desaparecido sin darle ningún tipo de aviso o siquiera tener la delicadeza de escribirle, había comprado un precioso ramo de flores.

Las flores ahora estaban en el suelo, en algún sitio que el viento hubiera optado por dispersar, del patio del palacio. Amir había dejado caer el precioso ramo al ver a Molly abrazándose a Gerth. Esa escena lo puso furioso. Ni siquiera los pocos avances comerciales que había conseguido durante esos extenuantes días habían conseguido ponerlo de tan mal humor como ver a Molly, la mujer que era su prometida, sosteniéndose a otro hombre como si se le fuera la vida en ello.

Ataviado todavía con su traje formal de trabajo, en calidad de príncipe de Azhat, Amir creyó que lo empezaba a ver todo con un filtro rojizo. Él jamás se descontrolaba. Jamás. Sus pasos se volvieron más decididos a medida que los metros de distancia que lo separaba de Molly y Gerth se reducían.

CAPÍTULO 10

—Qué bueno que empieces a socializar con las personas que trabajan en este palacio —dijo Amir—. Ninguna imagen podría ser más elocuente que la que tengo ante mis ojos. Haces un estupendo trabajo como prometida de un miembro de la realeza, Molly.

Ella frunció el ceño, sin comprender, aunque no por eso menos alegre de saberlo en el palacio. Tenía algunas cosas para contarle. Los avances que había hecho esos días con la planificación de próximas actividades culturales y también ligadas a organizaciones sin fines de lucro, le parecían importantes. Al menos, Gerth había alabado su buen sentido común en la organización de la agenda con el asistente suplente de Abdul, Shambot.

—Amir —saludó Gerth extendiéndole la mano al príncipe, quien a su vez la estrechó, no porque le apeteciera, sino debido a sus buenos modales—, qué bueno que estés de regreso. Estaba por mostrarle a Molly cómo montar de nuevo.

—¿Ah, sí? —preguntó Amir retóricamente.

La expresión de Amir, mortalmente seria, hizo que Molly diera un respingo. La sonrisa que había empezado a esbozar cuando lo vio avanzar hacia ella y Gerth se esfumó cuando dedujo qué era lo que debía estar pensando para tener esa mirada desconfiada. Al parecer él creía que ella estaba teniendo un affaire, a vista y paciencia de todos, con su profesor particular. Nada más absurdo y fuera de la realidad. Aunque en ese instante no podía enfrentarlo o aclararse.

—Claro, pero ya que estás aquí, nadie mejor que tú para mostrárselo —comentó, muy ajeno a la animosidad del príncipe. Se giró hacia Molly—: Me gustaría ayudarte como te prometí, pero ya tu prometido está aquí. Que pases un buen fin de semana. Repasa la información que te dejé, y nos vemos el lunes.

—No pasa nada, gracias Gerth —murmuró Molly fijando la mirada en el horizonte, porque cualquier paisaje era mejor que la furia que observaba en Amir—. Quizá no sea buena idea montar a esta hora. Pronto oscurecerá…

Gerth sonrió a ambos, y empezó a alejarse con su caminar ágil.

Una vez a solas, sin testigos de por medio, Amir se cruzó de brazos. El viento movía su thobe negra, mientras la kufiyyah hacía lo propio y estaba sostenida por los tres cordones rojos que lo diferenciaban de cualquier otro ciudadano. Estaba imponente y su contrariedad brillaba a través de sus ojos ámbar.

—Me has avergonzado —dijo sin tapujos.

La sensación de rabia y celos que se había apoderado de él era tan extraña que el simple hecho de no poder definir dónde empezaba una y dónde terminaba otra lo enfurecía todavía más. ¿Cómo era posible que una mujer hubiera conseguido sacarlo de casillas de ese modo? Le había tomado años perfeccionar su modo de reaccionar, pero Molly parecía tener la capacidad de mandarlo todo al diablo, y Amir detestaba perder el control. Era precisamente su falta de control lo que le impedía, además de la alergia que le tenía a un matrimonio impuesto, comprometerse de verdad con una mujer en particular.

—¿Cómo he conseguido semejante proeza, alteza? —preguntó con altanería.

Amir contó mentalmente hasta cinco.

—Hablaremos en privado sobre este tema.

—Podemos hacerlo aquí.

—Yo soy el jefe en la ecuación.

—¿Me vas a chantajear si no obedezco, alteza? —indagó con una sonrisa burlona, mientras se cruzaba de brazos. Amir se acercó a Molly, le tomó la barbilla con la mano, pero ella se zafó—. No soy uno de tus peones que obedecen mansamente a tus dictámenes, Amir. ¿Quieres hablar? Perfecto.

—Estás llevando mi paciencia al límite.

—No sabía que tuvieras un límite, pues jamás dejas que tus emociones aparezcan en la vida cotidiana.

Alrededor de ellos, el sol brillaba con esplendor. Los rayos eran menos fuertes que horas atrás, y el cielo tenía matices de diferentes tonos de azul. Una bandada de pájaros surcó el horizonte en el momento en que Molly se encogía de hombros y empezaba a caminar hacia el interior del palacio.

Amir, conteniendo las ganas de tocarla, la siguió. No quería que nadie en el interior del palacio sospechara de algún tipo de fricción cuando Molly apenas llevaba poco más de cinco días en Tobrath. Tenía que cuidar la reputación de su matrimonio por celebrarse. Tan solo por ese motivo decidió no reclamarle que lo estuviese tratando como si ella fuese la princesa, y él, un simple empleado. No podía creer que esa mujer tuviera las agallas de dirigirse a un miembro de la casa real como si no le importara su rango. Estaba desconcertado y a la vez enfadado.

Molly subió a paso rápido hasta la sala de música. ¿Cómo se atrevía Amir a hablarle de ese modo? Quizá fuera el príncipe de Azhat, pero no era el suyo. Ella, como británica, ya tenía a los Windsor, y era más que suficiente. De hecho, sus impuestos contribuían a mantener la monarquía británica.

Cuando lo escuchó cerrar de un portazo, ella se quedó de pie en el centro del salón. La alfombra bajo sus botas de montar era costosísima, pero no le importaba estarla manchando de tierra. Tampoco era su culpa. Estar en esa situación era responsabilidad de Amir y sus estúpidas ideas preconcebidas.

Kristel Ralston

Amir era un hombre muy alto, de hombros anchos y físico esculpido, que desprendía la gracia y el encanto propios de una impecable educación, así como de un círculo social que poseía una riqueza inalcanzable para el común de los mortales. El aire aristocrático, mezclado con su innegable apostura, lo hacía parecer una persona intocable, pero no para alguien que se atrevía a desafiarlo como Molly. Ella lo consideraba tan humano, y tan idiota a ratos, como cualquier hombre. ¿Qué se le podía hacer si ya el universo los mandaba con un chip defectuoso?

Con pocos pasos, el príncipe estuvo tan cerca de Molly, que ella pudo inhalar el aroma del desierto que desprendía ese cuerpo de pura masculinidad. Podía dejar de respirar, pero no pensaba ponerse morada de asfixia solo por procurar evitar que ese aroma viril se colara en su sistema como un veneno capaz de quitarle la capacidad de razonar o argumentar una postura determinada. Porque nada necesitaba más en esos instantes que la cordura.

—¿Qué hay entre Gerth y tú? —preguntó a bocajarro.

—Lo mismo que entre tú y yo —replicó sin amilanarse.

—¿Eso qué significa?

—Nada. No existe nada —contestó moviendo la punta de la bota derecha sobre la alfombra. Mantenía los brazos cruzados porque de lo contrario podría correr el riesgo de dejarse llevar por un impulso y empujar a Amir para apartarlo. Eso solo demostraría cómo le afectaba su cercanía. No iba a darle ese gusto.

—No era lo que parecía cuando tus manos parecían adheridas como ventosas al cuello de Gerth.

Eso hizo que Molly soltase una espontánea carcajada.

El gesto solo consiguió enfurecer a Amir hasta un punto sin retorno. Se inclinó sobre ella y Molly calló de inmediato.

—¿Sabes qué, Molly?

—¿Mmm?

—Quizá debamos cambiar un poco la dirección de las

122

tornas aquí.

Ella tragó en seco.

—¿Ah, sí…?

—Sí —replicó con la voz más profunda de lo normal, y perdido en la mirada femenina, tanto como la de ella lo estaba en la suya—, y así la idea de coquetear con Gerth u otro hombre tendrá que desaparecer.

—Como si estuvieras marcando tu territorio, ¿es eso? —indagó con toda la firmeza de voz de la que era capaz dadas las circunstancias.

Amir sonrió.

—Lo puedes poner de ese modo, sí. En todo caso —dijo tomándole el rostro entre las manos— quiero que te quede claro una cosa, señorita Reed-Jones.

Molly no podía articular una frase. Los dedos de Amir quemaban su piel. El calor que emanaba de su cuerpo parecía empezar a traspasar el suyo, envolviéndola en una capa de deliciosa plenitud.

—¿Y qué sería eso?

Con una sonrisa cargada de lujuria, Amir bajó la cabeza para besarla en los labios, mordiéndole el labio inferior consiguió que ella se abriera a él. El gemido que salió de lo más profundo de Molly fue inevitable, al igual que las manos de Amir descendiendo del rostro de la preciosa británica hasta los pechos de erectos pezones. Unos pezones que él pellizcó. La reacción de Molly fue apegarse a él, como si fuese una fuente de energía que necesitaba para continuar viva, la necesidad de tenerlo en su interior fue tan poderosa que tuvo que reprimir un gemido de frustración cuando él, en lugar de arrancarle la blusa de un solo golpe, se demoró en un beso tan erótico como los movimientos que él realizaba con sus caderas para que Molly fuera más consciente de la dureza de su miembro.

Un fuego líquido se acunó entre los muslos de Molly empapándola de deseo. Hacía mucho, mucho, tiempo desde la última vez que ella recordaba haberse sentido tan embriagada de la necesidad de aliviar su lujuria. Había tenido dos amantes en su joven vida, pero jamás podría comparar la sensación a lo que experimentaba en esos momentos con Amir.

Amir no podía controlar la adrenalina que corría por sus venas. Parecía que su cuerpo actuaba conforme a sus más bajos instintos y su cerebro no hacía, ni quería, hacer nada para controlarlo. Con facilidad le quitó la camiseta a Molly, sin pensárselo demasiado deslizó hacia abajo las copas del sujetador y se introdujo un pezón en la boca, mientras su mano diestra acariciaba el otro pecho con intensidad. La escuchó gemir y sintió los dedos de Molly enterrándose en su cabello, instándolo a quedarse entre los pechos orondos, chupando, lamiendo y brindándoles el placer que buscaban.

Cada roce de la lengua de Amir parecía romper con la poca resistencia que poseía. Quizá ya no le quedaba nada de sentido común en sus neuronas. De las consecuencias ya se encargaría después… mucho después. Por ahora necesitaba más placer, más caricias, más piel. Él le quitó el sujetador con rapidez, y pronto empezó a desnudarla con presteza. Ella lo ayudó en la tarea, en especial con las botas.

—Eres preciosa, Molly —susurró Amir, cautivado por las curvas y senderos que anhelaba recorrer con sus manos, con sus labios y con su cuerpo.

Ella sonrió.

—¿Y tú, piensas quedarte vestido? —preguntó acariciándole la mejilla, al tiempo que Amir recorría su piel con ardor.

Él experimentaba la sensación de haber bebido ocho vasos del más fuerte licor. Estaba embriagado del sabor de esos besos hechiceros, y nada deseaba más que probar la pura esencia del deseo femenino.

—No —replicó— y puedes ayudarme en la tarea antes de que actúe como un bastardo egoísta y te tome tal como estás, contra la pared.

—No me molestaría —dijo en un susurro.

—Diablos, Molly —murmuró quitándose la ropa a toda velocidad, entre besos y susurros, con la ayuda de ella.

La alfombra mullida era el sitio más suave para recostarse, pensó Amir a toda velocidad, tomó a Molly y la colocó sobre el costoso material. Pronto estuvo sobre ella, besándola de nuevo y con su mano derecha probando la entrada de su sexo húmedo. Soltó un gemido al notarla empapada. Acarició el clítoris con el pulgar, sin dejar de besarla, y bebió los gemidos de placer que ella emitía a medida que frotaba con intención los labios íntimos. Lubricó el esplendor de su feminidad hasta que estuvo seguro de que Molly estaba lista para él.

—¿Molly...? —preguntó, cuando la sintió removerse bajo el peso de su cuerpo. A modo de respuesta, ella enarcó una ceja y le hizo un guiño. Amir rio. La risa del príncipe fue como un caudal de agua fresca y limpia que recorrió la piel de Molly llenándola de la valentía necesaria para lo que deseaba hacer a continuación.

—Mi turno de conocerte, Amir, como lo has hecho conmigo.

—Falta mucho para decir que...

—Shhh —interrumpió poniéndole el dedo índice en los labios— no seas tan mandón. No ahorita.

Él, a modo de contestación, le dio un largo beso.

Ella estiró las manos para acariciarlo. Con una sonrisa lo apartó con soltura, y se colocó a horcajadas. Amir, acostumbrado siempre a estar en control, le permitió tomar las riendas. Molly lo tocó y memorizó el mapa de su piel. Cada músculo, cada pequeña parte de Amir. Era un hombre espléndido, pensó, mientras se maravillaba con el tacto de su cuerpo.

El miembro viril, erecto y palpitante, esperaba por sus atenciones. Después de recorrer la piel de Amir, y él que no dejó de robarle varios besos y tocar sus pechos con goloso empalago, Molly se aventuró hacia el sitio que había estado deseando probar. Deseaba conocer el íntimo sabor de Amir.

Deslizándose hacia abajo del cuerpo masculino, hasta que su boca quedó a la altura del glande y sus manos sobre las caderas, Molly probó la húmeda muestra inicial de la excitación de Amir. Mirándolo, mientras él la observaba también con la respiración entrecortada, Molly envolvió el miembro con su boca y empezó a succionar con suavidad. Sus dedos obraban magia sobre los testículos al tiempo que su lengua jugueteaba con el glande.

—Molly... —gimió Amir.

Ella no lo tomó en cuenta. Su boca se apartó de la punta roma, y con la lengua empezó a atormentar la longitud del sexo de Amir. Chupó y succionó, al tiempo que sus manos acariciaban los firmes muslos, los henchidos testículos, y combinaba sus caricias con la boca para masturbarlo y darle un placer más intenso.

Amir no creía poder soportar más tiempo, y no quería correrse en la boca de Molly. Al menos no ese día. Con su ágil destreza física, se incorporó hasta tomarla en brazos y ponerla bajo su peso.

—Eso no es justo —se quejó Molly.

—En otra ocasión, nada me gustaría más que terminar contigo dándome placer oral —expresó él, y Molly sonrió abiertamente.

Despacio, el príncipe se colocó entre sus muslos. Ella estaba más que lista para recibirlo. La punta de la erección penetró en Molly sin esfuerzo, y ella arqueó las caderas hacia él. Amir empezó a embestir en un vaivén tan antiguo como el universo; aquel era el lenguaje que podía llegar a ser mundano y sublime al mismo tiempo. Él llegó hasta lo más profundo de Molly.

—Mírame —pidió con fiera determinación, ella lo hizo—. Cuando llegues al orgasmo quiero que recuerdes que estoy yo provocando ese placer en ti. Nadie más que yo, Molly.

—Amir... Sí, lo sé... Solo tú...

—Sí —murmuró el príncipe inclinándose para llevarse un

pezón a la boca mientras sus caderas procuraban el placer de su amante—. Se siente tan bien estar dentro de ti.

—Amir, más… Te necesito ahora, por favor…

Él asintió con una sonrisa antes de apartarse de los exquisitos pechos para tomar la boca de Molly y asemejar con su lengua, los placeres que estaba prodigándole con su sexo. Se movieron como si fuesen un solo cuerpo. Jadeando y perlados de sudor, hasta que ninguno fue capaz de resistir la avalancha de placer que los cubrió.

El grito que Molly iba a dejar escapar fue absorbido por la boca de Amir. Ninguno de los dos supo en qué momento perdieron la capacidad de mantener los ojos abiertos, mirándose el uno al otro, pues se dejaron llevar por la sensación de plenitud que los sacudió.

Cuando los espasmos de placer los abandonaron, Amir abrió los ojos. Giró para observar a Molly. Era la mujer más hermosa con la que había estado. La deseaba de nuevo, porque sentía que después de esta vez nunca sería suficiente. No con Molly.

Si la realidad de ambos fuese distinta, nada le gustaría más que poder estar con ella más que solo unas horas. Sin embargo, no le era posible. Su pasado lo atormentaba, y no podía permitirse distracciones cuando su vida estaba orientada a cumplir con el deber, con su país, y aquello era algo que no podía ignorar. No podía.

—¿Amir? —preguntó Molly de pronto con una sonrisa dulce—, ¿qué ocurre?

—Nada —contestó apartándole un mechón de cabello de la frente.

—Te percibo inquieto, ¿qué te preocupa? —inquirió.

Por dentro la angustia la invadió al pensar que él pudiera considerarla un error que lo llevase a enviarla a casa. No se trataba de no tener la ayuda prometida por hacerse pasar como su esposa, no. Se trataba de que la idea de no volver a ver a Amir le causaba una sensación de vacío.

—Perdí el control. Y eso jamás me sucede, Molly —comentó antes de sentarse, ella no podía hacer lo mismo pues no existía alrededor manta alguna con la cual pudiera cubrirse, así que empezó a recuperar las prendas de ropa y a ponérselas. Amir la observó brevemente antes de actuar de forma similar.

Una vez que estuvieron vestidos, sin mediar palabra, él tomó la barbilla de Molly para obligarla a mirarlo.

—¿Y eso qué significa?

—Aunque no me arrepiento de haberme acostado contigo, quiero dejar por sentado que no volverá a suceder…

Ella se apartó, inexplicablemente dolida.

—Por supuesto, lo tengo claro —dijo con una valentía que no sentía. Quería acurrucarse y abrazarse a una almohada para disipar la sensación de angustia—. Pero también tú debes tener claro que yo no provoqué que me sedujeras. Y tampoco soy hipócrita para decir que no participé activamente. En todo caso, como bien mencionas, no ocurrirá de nuevo. Y un detalle adicional, Amir.

—¿Sí?

—La fecha del matrimonio será el viernes de la próxima semana.

—¿Qué te hizo decidir tan rápido?

—Entre más pronto termine este trabajo de ser tu supuesta prometida y supuesta esposa, entonces más pronto podré volver a mi país y empezar mi vida desde cero. Quizá pueda encontrar la forma de encausar mi vida desde otro ángulo en Londres…

Amir no esperaba una respuesta de esa clase. Frunció el ceño ligeramente, pero sabía que Molly estaba siendo tan sincera como le era posible.

—Hacer el amor contigo no ha tenido nada que ver con el trabajo.

Molly asintió, no sin antes recogerse el cabello en una coleta como si tan solo hubiese acabado de tener una satisfactoria charla, pero por dentro tenía una espina profundamente clavada en el orgullo. Se acercó a Amir, y le colocó la mano sobre el brazo. Lo miró con seriedad.

—Amir, también tienes que tener claro otro detalle.

—¿Cuál? —preguntó, confuso.

Estaba sorprendido de la tranquilidad con la que Molly había tomado su resolución. Su parte analítica estaba satisfecha, pero su parte emocional se sentía confusa. Era complicado combinar ambas hasta llegar a una conclusión adecuada.

—Tú y yo no hemos hecho el amor. Eso está destinado para las personas que se quieren o tienen algún tipo de emoción fuerte que los una. Pero ninguno de los dos tiene sentimientos hacia el otro más allá de la lujuria y creo que ya la hemos satisfecho. Lo que ha ocurrido aquí ha sido solo sexo. Muy bueno, por cierto, pero solo eso, Amir —dijo mirándolo a los ojos.

Molly se apartó de Amir y, con una sonrisa que había perfeccionado gracias a la guía de Gerth, se encaminó hacia su habitación. Iba a lamerse en solitario las heridas y luego procuraría hacer su mejor esfuerzo para que nadie en Azhat dudara de su capacidad como princesa. Una princesa falsa. Así como falsa era su idea de que se había empezado a enamorar de Amir Al-Muhabitti desde el momento en que lo reconoció como el hombre que la había rescatado de una pesadilla. Una total mentira aquella idea. Claro que sí.

CAPÍTULO 11

Los siguientes días pasaron en una suerte de vorágine. Molly apenas tuvo tiempo de respirar, por describir hiperbólicamente la situación, pues la fecha del enlace nupcial había acelerado los preparativos en el palacio. Restaban cuatro días para el enlace. Sin embargo, ella continuaba sus clases con Gerth, y también los estudios a distancia. No dejaba de estar al pendiente de los informes sobre Theo y el trabajo de los abogados para lograr que la abusiva de Harriet devolviera la herencia que le correspondía a Molly.

Cada mañana devoraba con avidez esos documentos que eran enviados de forma confidencial a su habitación. Puesto que el palacio estaba cumpliendo con su parte, ella pretendía dar lo mejor de sí para cumplir con la suya. La mayor tranquilidad que experimentó fue saber que los cargos contra Morantte, en Londres, ya se habían realizado. El juicio tenía fecha, y de momento Theo estaba a salvo. A menos que decidiera hacer alguna idiotez, lo que no la sorprendería, pero dado que estaba siendo vigilado, ella se enteraría y podría pedir que lo ayudaran en caso de que se metiera en líos... o al menos podría intentarlo.

Después de la tarde que había pasado en brazos de Amir, los contactos con él fueron superficiales y plagados de tratos diplomáticos. Como si ella jamás lo hubiera visto desnudo y perdiendo el control en medio de una sesión erótica, y él jamás la hubiera llevado al más intenso orgasmo que pudiera recordar.

Por si fuera poco, dos días atrás Amir y Abdul habían partido hacia Phautaja, el país con el que necesitaban dialogar temas económicos y el motivo por el que Molly y el príncipe Amir iban a casarse durante el lapso de tres meses. Así que ella no tenía forma de comentarle sus inquietudes o su estado de nerviosismo por lo que parecía fácil al principio. Con todos los preparativos y los medios de comunicación especulando sobre el enlace, por más de que el equipo de relaciones públicas del palacio hubiera limpiado su imagen y su pasado hasta conseguir que nada sobre ella se supiera en los buscadores de internet, Molly se sentía un poco a la deriva.

Había llamado a Martinna, y su amiga —ignorante de la verdad detrás de su matrimonio— explotó en hurras y enhorabuenas. Lamentablemente, no podía viajar a Azhat, aunque Molly le aseguró que podría obsequiarle el boleto aéreo en primera clase, debido a su trabajo. Acababa de tener vacaciones, y corría el riesgo de que la despidiesen en el caso de que tratara de tomarse días libres adicionales.

Así que, una vez más y como ya era costumbre, Molly estaba por su cuenta.

✳✳✳

—Es imposible que no sea capaz de darme audiencia cuando sabe que tengo veinticuatro horas en este palacio —dijo Amir a Abdul.

El rey Marenhon de Phautaja había enviado una invitación tres días atrás para convocar a Amir al palacio y entablar un diálogo comercial en vista de la situación que ambos países estaban atravesando. También estaba de por medio el enlace real. Aunque el rey Bashah Al-Muhabitti había lidiado con el asunto después de la llamada de Amir desde Londres, la presencia del tercer príncipe en la línea sucesoria de Azhat era una cortesía innegable a un monarca como Marenhon.

—La princesa, según me informó la consejera de esta, tuvo que salir de improviso hacia otra ciudad para inaugurar un orfanato. Está de regreso. Supongo que dentro de poco nos convocará a la sala de audiencias especial.

Amir, enfadado por estar perdiendo el tiempo, hizo un gesto para despedir a sus consejeros auxiliares, al jefe de protocolo, así como al resto del equipo de quince personas que solía acompañarlo en sus viajes de Estado. Una vez que todos salieron se giró hacia Abdul.

—Mi reunión no es con esa consentida princesa, sino con su padre.

—El rey Marenhon mira a través de los ojos de su hija, alteza. Quizá debería repensar un poco su forma de reaccionar con ella.

Amir caminó de un lado a otro sobre las baldosas de mármol con ribetes de oro que decoraban todo el piso en el que lo habían alojado. Era muy lujoso y amplio. Él estaba ocupando toda un ala del palacio de Phautaja con su equipo de trabajo. Al menos habían tenido la misma consideración que un Al-Muhabitti podría brindar a los integrantes de casas reales vecinas.

—Es una majadera de veinticinco años que cree poder manipular a otros.

Abdul se frotó la barba con los dedos de la mano izquierda, pensativo.

—Su país está por encima de sus emociones, alteza, no lo olvide. Es importante que esta reunión sea fructífera.

El príncipe asintió, y después llamaron a la puerta. Un enviado especial del rey Marenhon les pedía disculpas por la demora en convocar la reunión, y les solicitaba su presencia en el gran salón de audiencias del palacio en el que iban a reunirse con la princesa Cassiah y el rey Marenhon.

Vestida con un precioso traje beige que realzaba su esbelta figura, Cassiah Medana de Phautaja, lucía imponente al lado de su padre. Después de conocer que Amir tenía planeado casarse con una mujer, plebeya nada menos, ella decidió utilizar sus argucias con su padre como aliado.

Al ser la única hija, el rey jamás le negaba nada. Y lo que ella quería, desde que sabía de la existencia de Amir Al-Muhabitti, era que el príncipe de Azhat se casara con ella. El hecho de que la situación económica pendiera de un acuerdo de ambos países había sido un golpe de suerte para acelerar sus propósitos.

Estaba dispuesta a jugar sucio si con eso conseguía al hombre con quien estaba encaprichada desde hacía años. La habían formado para reinar, desde la muerte de su madre, y no existía nadie con mejor capacidad para expandir la influencia de su nación que Amir. No se trataba solamente del hecho de que él fuera un consumado negociador —algo que su padre tenía que considerar hábilmente durante esa reunión— sino que además era muy guapo. Ella solía tener pretendientes, incontables, pero cuando a su mente acudía la imagen de Amir, el resto de candidatos palidecía.

—Príncipe Amir —dijo el rey con una sonrisa que no tenía ni un ápice de calidez. Quizá tenía que ver un poco con el origen de Phautaja.

El reino que Amir visitaba en esos momentos había surgido de la unión de dos grandes tribus nómadas del desierto que decidieron utilizar las tierras para construir un sitio próspero y asentarse como habían empezado a hacer otros pueblos en los alrededores de Oriente Medio, cientos de años atrás. La densidad demográfica llegaba a los ocho millones de personas, y su economía —a pesar de los avances del siglo veintiuno— parecía estar en perenne despegue, pero no terminaba de cobrar fuerza.

—Majestad —replicó Amir con una ligera inclinación de cabeza.

—Por favor, toma siento —invitó el rey, no sin que antes Amir se acercara a Cassiah y besara su mano como parte del protocolo.

La mesa de reuniones poseía diez puestos. La cabecera la presidía el rey, y según el rango del visitante se ubicaba en la otra cabecera de la mesa. En el caso de Amir, por ser el representante del rey de Azhat y miembro de la realeza, ocurrió de ese modo. El resto de la comitiva de cada reino, incluidos Abdul y Cassiah, se ubicó en las sillas laterales. Los integrantes del equipo de trabajo de Amir que eran dispensables se habían quedado trabajando en informes de futuras reuniones para las siguientes semanas.

—Nos gustaría poder llegar a un acuerdo de mutuo beneficio sobre la producción y los precios de venta de los productos básicos para Azhat. El trigo y la lima del desierto, primordialmente.

Amir colocó las manos sobre la mesa, entrelazando los dedos y escuchando con atención al rey. Estaba muy consciente de que Cassiah lo observaba todo con calculada intención. Pero tenía que recordar que su visita tenía que ver con el bienestar de una población de millones de personas, y nada con él como individuo.

—Los precios han subido en un treinta por ciento en los últimos dos años, y esto nos ha traído el encarecimiento de las arepas clásica que son tradicionales en la alimentación de nuestra gente, así como en la elaboración del maikal tanger, la tarta de lima del desierto que se sirve cada domingo en el almuerzo familiar. Entendemos que la economía está atravesando momentos complicados, pero somos conscientes de que el nivel de lluvias y el crecimiento de Phautaja en el área agrícola no ha cesado.

El rey asintió, solemne.

—Nuestros ministros de economía ya se han reunido previamente, sin embargo, me sorprendió recibir hace poco la llamada del rey Bashah, para comentarme que te habías comprometido en matrimonio con una joven británica.

Amir controló el impulso de mirar a Cassiah y dedicarle una expresión hostil. Se preguntaba qué diablos le habría ido a decir a su padre.

—Así es.

—Eso nos causó gran pesar, príncipe Amir, porque teníamos grandes esperanzas de que las economías de nuestros países se expandiesen mutuamente. Además, la consideramos una de las razones principales para que podamos consentir darles el privilegio en una baja de precios que no tendrían los demás países de la liga árabe que integra esta zona del planeta.

Amir, habituado a los chantajes, manipulaciones y trucos, se limitó a esbozar una sonrisa cautelosa.

—Lamento que le haya causado pesar, majestad, pero mi decisión no ha tenido nada que ver con rechazar la honrosa posibilidad de formar parte de la familia de Phautaja, sino más bien con haber encontrado a la persona que considero idónea para mi corazón —mintió con desparpajo— y, aunque no espero que sea asumida como una explicación, pues es lo que honestamente sucede —volvió a mentir.

Abdul le dedicó al príncipe un asentimiento de aprobación.

—Comprendo —murmuró el rey—, en todo caso, puesto que la fecha no se ha oficializado, la de su enlace matrimonial, me gustaría proponerle una invitación.

—Muy amable de su parte —replicó Amir, mientras trataba de sacar sus conclusiones sobre qué podría querer ofrecerle el rey—. ¿De qué se trata?

—Mañana daremos una fiesta para conmemorar quinientos años de la fundación de nuestro reino, y nos gustaría que aceptara participar con nosotros.

—Me gustaría aceptar, majestad, pero me caso dentro de pocos días y tengo que estar presente en mi país para oficializar la fecha —replicó Amir—. Sin embargo, me siento muy halagado por su amabilidad. Por otra parte, quisiera proponerle que nos congele el precio de los dos productos mencionados anteriormente durante un lapso de dieciocho meses, y de los demás productos que no son tan caros en estos momentos, un congelamiento de doce meses. A cambio, Azhat enviará todas las provisiones de carne de res y cordero, pues usted es consciente de que tenemos la mejor producción en el campo ganadero, bajo las mismas condiciones de precios congelados de doce y dieciocho meses. Algo que bien pueden discutir ya en materia, nuestros equipos económicos.

Abdul contuvo una sonrisa. El príncipe Amir era muy sutil, pensó. No se le pasó por alto la mirada airada de la princesa Cassiah al no conseguir que su padre retuviera al príncipe más días de lo posible.

El rey de Phautaja se incorporó y al instante lo hicieron todos los presentes.

—Qué lástima que no podamos consolidar esta alianza, príncipe Amir. Acepto su propuesta y espero que los equipos de economía de nuestros reinos lleguen a un acuerdo de mutuo beneficio.

—Padre —intervino Cassiah— este tipo de desaires no pueden tener como consecuencia un acuerdo económico.

Un murmullo de desaprobación se elevó entre los presentes, pero fue rápidamente acallado por ellos mismos. No era la primera ocasión que la princesa Cassiah, dentro del palacio, tomaba ese tipo de posturas cuando no estaba de acuerdo con algo. No sorprendía a propios de Phautaja, aunque no ocurría igual con los invitados, en este caso de Azhat.

—No ha sido un desaire, princesa Cassiah —comentó Amir, fastidiado, aunque sin darlo a notar—, lo cierto es que si no hubiese conocido a la señorita Reed-Jones, mi prometida, me hubiera sentido honrado de poder proponerle matrimonio a usted y de esa manera unir fructíferamente los nombres de nuestros países en uno.

—Has escuchado al príncipe Amir, Cassiah —dijo el rey. Se dirigió hacia el príncipe de Azhat y le estrechó la mano—. Gracias por venir, príncipe, y espero recibir pronto la invitación a su enlace nupcial.

Con un asentimiento y las respectivas despedidas

protocolarias, el equipo de Azhat y el príncipe Amir, se retiraron del salón. Antes de regresar a su país tenían que departir en un almuerzo de Estado, tal como dictaba la tradición. Pero Amir no estaba de humor para esas tonterías. Una vez más, le tocaba anteponer el deber a sus deseos personales. Así había sido desde que recordaba, y así sería siempre.

Al caer la noche, ya dormido en la cómoda cama de la suite que le habían designado en el palacio de Phautaja, Amir se removió entre sueños. No podía explicar muy bien el motivo, pero algo lo impulsó a despertarse. Cuando vio una sombra en la esquina de la cama se abalanzó sobre ella y tumbó al intruso.

—¡Amir, soy Cassiah! ¡Suéltame! —jadeó la princesa. Amir la había reducido y estaba a horcajadas sobre el trasero de Cassiah al tiempo que le sostenía las muñecas en la espalda con una pasmosa facilidad.

Él respiraba profusamente. Cuando escuchó la voz de la princesa soltó una maldición y se apartó.

—¿Qué haces aquí, Cassiah? —preguntó dejando el protocolo de lado. No tenía sentido utilizarlo. Menos cuando estaban en una situación tan privada.

Amir elevó la mirada y notó que la princesa iba solo cubierta por una bata prácticamente transparente. La luz de la luna que se filtraba por el ventanal amplio de la habitación se lo dejó saber.

Ella se frotó las muñecas y lo miró con altivez.

—Creo que es obvio.

—Pude haberte matado de un golpe.

Cassiah se encogió de hombros, y al hacerlo sus pequeños pechos se movieron.

—No lo hiciste. Quería hablar contigo.

—¿Con tan poca ropa? —preguntó con sarcasmo.

Ambos continuaban sentados en la alfombra. Uno frente al otro.

—Amir…

—No, Cassiah. Puedes utilizar los embustes que

consideres propicios, pero no voy a casarme obligado.

—Podría lanzar un grito que alerte a los guardias y nos encuentren en una situación comprometedora. Eso haría que todo se resolviese más fácilmente.

El príncipe la miró con desprecio, aunque dudaba de que pudiera leer su expresión salvo por los resquicios de sombra que la luna dejaba observar.

—Haz lo que tengas que hacer. Y si consigues que me obliguen a casarme contigo, entonces haré de tu vida un infierno. Puedo garantizártelo.

—La última oportunidad, príncipe Amir. Cásate conmigo. Ten hijos conmigo. Expande tu reino y ayúdame a expandir la influencia del mío.

—¿O qué? ¿Con qué me amenazarás ahora?

Cassiah, con el ego femenino herido, se incorporó con la dignidad de la que era capaz una princesa.

—Lo sabrás pronto. Y lo sufrirá la gente que más te importa.

Él se incorporó también. Solía dormir en bóxer, pero en esos instantes no le importaba la poca ropa que llevaba. Además, ¿acaso no era Cassiah la que había irrumpido en su habitación como una vulgar ramera? Demonios. Odiaba esa clase de mujeres que, lejos de ser independientes y liberales, caían en el papel de personas sin dignidad ni orgullo. Todo por la ambición del dinero y el poder.

—Nos veremos en algún acto protocolario en un futuro entonces, Cassiah —dijo Amir apretando la mandíbula—. Ahora, prefiero tratar de olvidar este incidente. Y, si eres consciente de lo que está en juego, lo harás también.

—Tú no sabes nada de mí. Vas a pagar caro este desaire.

—Nos he ahorrado a ambos un mal momento. Buenas noches, princesa Cassiah. Que duermas bien.

Amir abrió la puerta en una clara señal de que no quería saber más de ella por lo que quedaba de la noche… o el resto de su vida.

La princesa apretó el cordón de la bata que servía para cubrir su cuerpo con la escasa tela, y salió con premeditada demora. Solo para irritar un poco más al príncipe, y quizá para darle oportunidad a la suerte de hacer su parte y conseguir que alguno de los guardias que, con éxito ella había evadido, notaran lo que estaba ocurriendo para llamar la atención y así Cassiah poder salirse con la suya: comprometer a Amir. Pero la suerte no llegó, y pronto ella no tuvo más remedio que aceptar la derrota de su plan... por el momento.

Amir apoyó las manos contra la puerta, ya cerrada. Agachó la cabeza intentando recobrar la calma. La princesa aquella estaba mal del cerebro.

El resto de la noche le fue casi imposible dormir. Tenía un inminente matrimonio a la vista. Una negociación en Tailandia por temas turísticos, otra en Brasil y después tenía que volver al Reino Unido para hablar con la primera ministra de Escocia. Venían meses complicados, y él carecía de tiempo para pensar en las argucias de Cassiah. Estaba seguro de que se trataba solo de una pataleta.

El reloj marcaba la una de la madrugada.

Pasándose los dedos entre los cabellos, Amir soltó una maldición y empezó a caminar de un lado a otro sobre la alfombra. Odiaba las encerronas.

No creía capaz conciliar el sueño, lo que hizo a continuación fue empezar a despachar en su portátil los asuntos concernientes a otros países que tuvieran varias horas de adelanto, en el horario, en comparación con Phautaja y Azhat. Abrió la tapa de la MacBook Pro, y empezó a trabajar.

***

Orianna miró con desconfianza a Abdul.

Aquella era la visita mensual que recibía del enviado de la casa Al-Muhabitti. O al menos clandestinamente. Orianna sentía frustración y dolor al mirar cada mañana a su hermano y verlo en aquel estado. Siendo pobres como lo eran desde que tenía memoria, ¿cómo habrían podido afrontar los tratamientos médicos sin el dinero sucio que depositaban cada mes a su cuenta?

Después de cada pago, Abdul se hacía presente. Como si quisiera constatar que su silencio estaba siendo comprado eficientemente, y que cumplía con todas las disposiciones legales del contrato que habían firmado muchos años atrás. En esa misma casa, en ese mismo barrio de las afueras de Tobrath. Un barrio en donde los niños ricos jugaban a ser poderosos y se divertían apostando. A veces solo era dinero, pero la mayor parte se trataba de quién se acostaba con la mujer más bonita de los alrededores, carreras de carros o algún desafío machista entre ellos.

Amir, aquel que alguna vez pretendió ser amigo de Tarek, no se había tomado jamás la maldita molestia de visitar a su hermano. No desde que prometió que jamás les faltaría nada… Claro, y era el viejo Abdul el que se encargaba de tapar cualquier error de su alteza real, el tercero en la sucesión al trono.

Pero Orianna estaba cansada. Su vida se remitía a esas cuatro paredes y al trabajo de mierda que poseía como cajera de un banco. Todos sus esfuerzos estaban destinados a contratar las mejores enfermeras y cuidados para Tarek. No quedaba jamás nada para su bolsillo. ¡Joder, ni vida sentimental tenía! ¿Quién querría involucrarse seriamente con una mujer de casi cuarenta años que tenía entre sus responsabilidades cuidar de un tetrapléjico para el resto de su vida?

Sus padres estaban muertos, así que solo se tenían Tarek y ella. Pero su hermano de veintiocho años prácticamente vegetaba en su silla y permanecía horas frente a la televisión. Las terapias servían, pero no para mejorar su estado por completo. La lesión en su columna había sido muy grave. Por más que ella intentaba, no lograba asociar las risas de años pasados, de tiempos felices, con su hermano. Era una persona distinta. Le dolía verlo así.

La cantidad de dinero que recibía mensualmente no le

alcanzaba para el tren de vida que pretendía llevar desde que recordaba haber conocido a Amir Al-Muhabitti. ¿Por qué tendría que continuar soportando, en silencio, la misma paga desde hacía más de una década?

—Eso no me basta a partir de ahora, Abdul —espetó. Como una de las rarezas de la vida, en lugar de hacerse el pago interbancario, Abdul le había entregado un cheque minutos atrás—. ¿Te crees que el costo de todo esto —abarcó con las manos el espacio de su casa readecuada para la condición de Tarek— se mantiene igual?

—Es el acuerdo que firmó de por vida, señorita Hamit —dijo con la misma paciencia de siempre—. Le propusimos incrementar la cantidad, usted, se negó.

Ella dejó escapar un improperio.

—Llevamos más de una década hablando, deja de hablarme como si fuera una desconocida. Quiero un cambio. Todo el dinero es para mi hermano, y yo no puedo salir de este agujero todavía. No me puedo quedar enclaustrada mientras Amir anda de rositas por el mundo. Y en el momento de la oferta, jamás creí que fuera a ponerse todo tan caro. Tampoco quería pensar, ¡oh, imbécil de mí!, que estaba aprovechándome de Amir. Pero si hubiera sabido que era un maldito príncipe el día del accidente de mi hermano, entonces las cosas las hubiese negociado de forma distinta. Aunque tú siempre has estado del lado del dinero.

—Aquí tiene el cheque de siempre —expresó a modo de respuesta, tomando el papel que ella había dejado con desprecio sobre una mesilla de café, para dárselo.

Orianna se lo arrancó de las manos prácticamente y lo hizo trizas.

—Quiero hablar con los abogados. ¡Quiero una nueva cantidad! Quiero un nuevo acuerdo económico.

Abdul no se mostró contrariado ni afectado por la pataleta de la mujer. No tenía por qué explicarle que su lealtad, con o sin dinero de por medio, siempre estaría con la familia Al-

Muhabitti. El fallecido rey Zahír lo había rescatado de las calles cuando era solo un crío de ocho años de edad; le dio educación, comida y un techo bajo el cual vivir. Eso no se pagaba con dinero; se pagaba con lealtad. De por vida.

—No habrá más cheques este mes. Ni tampoco existirá depósito bancario. Al romper el documento usted acaba de romper el contrato. Tengo testigos —dijo observando a los tres guardaespaldas que lo acompañaban y cuyo silencio estaba garantizado—, así que será mejor que procure leer de nuevo el acuerdo que firmó. Un sobresalto o salida de tono, y queda cancelado.

Furiosa, y sin importarle que las enfermeras escucharan sus gritos ni menos su hermano, barrió con la mano todos los adornos que estaban sobre la consola.

—¡Entonces puede decirle a su príncipe protegido que se prepare para escuchar todo lo que tengo que hablar a la prensa!

Abdul hizo una ligera inclinación de cabeza a modo de despedida.

—Le enviaré a nuestros abogados. No para negociar, sino para cancelar el acuerdo de forma legítima e irrevocable. En la casa real no toleramos escándalos. Espero que tenga una buena vida, señorita Hamit.

—¡Una buena vida, y una mierda, Abdul! ¡Vuelve aquí, maldita sea! —gritó cuando el secretario de Amir cerró la puerta tras de sí, dejándola con su realidad. Ahora más dura que antes. No tenía el dinero para el pago de las cuentas médicas de Tarek de las próximas semanas.

Una mujer desesperada era una mujer de cuidado.

CAPÍTULO 12

—Molly —llamó Amir al verla regresar de la piscina.

Intentaba no reparar en las curvas que él había recorrido con pasión días atrás, y le escocía saber que no podría volver a tocarla. No tenía ningún derecho. Había traspasado sus propios límites y aquello lo consideraba una inadmisible debilidad. No obstante, no pudo evitar contemplarla mientras salía del agua de la piscina privada que había en su rihad. Le había dicho que se sintiera como en su propia casa y disfrutara de las instalaciones del palacio. Pues le había tomado la palabra, y él se alegraba, aunque no su libido. «Ver y no tocar.»

Ella elevó la mirada, ya estaba abrigada con la salida de baño, y le dedicó una de esas sonrisas acartonadas a las que parecía haberle tomado afecto. Él quería su naturalidad, no esa maldita pretensión. Se aguantó sus comentarios. No tenían cabida.

—Hola, ¿qué tal te fue en Phautaja? —preguntó secándose el cabello con una de las toallas que Qalina le ofreció. Con un gesto del príncipe, la muchacha se retiró al igual que el resto del personal, dejándolos a solas.

—Bien —contestó Amir—, ¿has elegido el vestido de novia?

Molly dejó de lado su cabello y colocó la toalla sobre una tumbona. Nadar le había ayudado a quitarse la tensión que sentía en los hombros. Todo lo que se vendría al siguiente día, el dichoso matrimonio en especial, la tenía con los nervios de punta. Le quedaba un evento esa tarde como parte de los previos a la ceremonia.

—Se supone que es secreto lo que llevará la novia —dijo mirándolo. ¿Podía conseguir una bolsa de papel para taparle la cara?, se preguntó, porque no quería sentirse atraída por su atractivo, ni mucho menos recordar lo que esos labios provocaban en los suyos ni en su piel.

—Molly…

—¿Amir?

—Estás enfadada por lo que ocurrió aquella tarde… ¿Es eso?

Ella suspiró con desgano.

—Entiendo perfectamente el contrato que tenemos. Al menos sé que eres un hombre íntegro, y eso me basta para continuar esta charada que irá en beneficio de mi familia y tal vez de mi futuro. No lo sé.

Amir se acercó a ella y le acarició la mejilla. No pudo evitarlo. Ella no se apartó.

—Molly… —susurró antes de besarla.

El simple roce de su aliento estremeció su cuerpo de placer. La boca de Amir se deshacía en movimientos cálidos y sensuales que Molly correspondía sin ocultar el ardor que experimentaba por él. Por el recuerdo de aquella tarde entre sus brazos. Apoyó las manos sobre el pecho de Amir, y este deslizó las manos hacia abajo para tomarla de la cintura y apegarla a su calor.

Estuvieron besándose durante incontables minutos. El pulso de ambos traicionaba las intenciones de pretenderse indiferentes hacia el otro. Una fachada que llevaba días consumándose y ahora caía en saco roto. El vibrante deseo y la química que se fraguaba entre los dos era innegable. Tocarse o estar demasiado cerca podía compararse a una yesca del campo al encontrarse con una ligera llama de calor. Un pequeño vestigio de fuego y todo ardía sin retorno.

Pero uno de los dos tenía que ponerle fin a algo que podría írsele de las manos. Y en esta ocasión fue Molly. Respirando con dificultad apartó la boca de Amir y giró la cabeza para no perderse en el ardor de esos ojos que parecían desnudar su alma.

—Esto… —se aclaró la garganta—, nos veremos mañana. No te haré quedar mal, Amir.

Al príncipe le tomó un rato entender las palabras, pues su cerebro se había impregnado de imágenes eróticas de Molly sin ropa en la piscina y él penetrando su cuerpo con ímpetu.

—Lo sé —dijo escuetamente—. Si necesitas algo…

—Te lo haré saber a ti o a Abdul.

Eso fue lo último que se dijeron aquella tarde. Molly tenía que prepararse para el evento con niños autistas que habían organizado una exposición de escultura en honor a ella por ser la próxima princesa de Azhat. Se llevaría a cabo en una zona humilde de Tobrath que era muy leal a la casa real.

***

Quizá, después de todo, existía la justicia cósmica, pensó Orianna mientras esperaba, entre el gentío, a la prometida del príncipe Amir Al-Muhabitti. Cuando se enteró de la noticia del enlace casi escupe el trozo de papa que estaba masticando en la cena. Una de las cotillas de las enfermeras de su hermano se lo comentó. Era la sensación noticiosa en todo el mundo, en especial de la liga árabe.

Para Orianna, el saber que la muchacha británica atendería el evento de los niños de su barrio para recibir la escultura hecha en honor al enlace nupcial fue la oportunidad que necesitaba. Así que en ese momento estaba rodeada de un fuerte cerco de seguridad con una carta en mano. La Plaza Jut estaba llena de curiosos, medios de comunicación, y las familias de los infantes.

—¿Usted es madre de familia? —le preguntó un guardia al

notar cómo intentaba hacerse un espacio entre el gentío inútilmente, y por el modo ansioso con el que observaba a los niños que en esos momentos estaban saludando uno a uno a la prometida del príncipe.

Orianna miró al guardia, y sin pensárselo dos veces asintió. El hombre era muy joven y parecía nuevo en las filas. Ella estaba segura de que si hubiese sido otro gendarme ni siquiera hubiera reparado en su existencia o en su gesto de desespero. Esos detalles solo estilaban notarlo las personas que empezaban su carrera y procuraban hacerlo todo bien y con buena predisposición. El tiempo corrompía, la ambición, la frustración…

—Sí, sí —contestó.

—Venga, la ayudo a llegar hasta el centro donde están las madres de los niños.

—Gracias.

—Para eso estamos —respondió abriéndole paso entre el gentío que blandía banderines con los colores nacionales.

Cinco minutos más tarde, Orianna estaba cómoda en una silla con al menos cuarenta mamás que contemplaban a sus críos con adoración y orgullo. Ella solo quería hacerle llegar la carta a la tal Molly. Viéndola bien era bastante guapa. ¿Cómo podría ser de otra manera cuando Amir, aunque cretino, era un bombón?

—¿Cree que nos dejen saludar a la prometida del príncipe? —le preguntó a la señora regordeta que estaba a su lado.

Con una sonrisa, la mujer la miró.

—No lo creo.

—¿Cuál es su pequeño? —preguntó fingiendo interés.

La mujer señaló a un niño de cabello negro ensortijado y piel morena.

—Admiro mucho a la familia real —mintió Orianna—, así que me gustaría poder darle una carta diciéndoselo a la prometida del príncipe. Qué pena que no nos dejen acercar.

—¡Oh! Yo también respaldo a los Al-Muhabitti. Han

hecho mucho por nuestro país, y el príncipe Amir merece haber encontrado el amor. Siempre tan trabajador. —Orianna se cuidó de no poner los ojos al cielo, así que sonrió—. ¿Sabe? Le puedo decir a mi pequeñín que le entregue su carta a la futura princesa.

—¿Haría eso por mí? Oh —se colocó la mano en el pecho con sorpresa— es usted una persona muy generosa.

Halagada por el cumplido, la mujer hizo un gesto con la mano para desmerecer el comentario. Las mejillas se le tiñeron de rosa.

—Claro que sí. ¿Acaso no estamos todos aquí para celebrar el enlace? Seguro que a la señorita Reed-Jones le hará mucha ilusión que le felicitemos. No se preocupe por nada. Va a ver que su carta le llega. Mi hijo es un niño maravilloso, y se ve que la futura princesa tiene un toque con ellos y con la gente.

«Eso se veía», pensó Orianna con sinceridad. Y por eso más que nunca necesitaba que ella supiera la verdad.

***

Molly llegó agotada al palacio. La carta que llevaba en el bolsillo de la chaqueta verde oliva le quemaba. La había leído varias veces durante el trayecto ante la mirada curiosa, aunque discreta, de Qalina y Shambot. Al final era solo una carta que le había sido entregada por un niño en el evento. Ellos quizá pensaban que se trataba de algún dibujo o detalle similar.

Nada más lejos de la realidad. Molly estaba consternada, y así permaneció durante la cena en la que ella y Amir pretendieron estar enamorados para los ojos de los fotógrafos que hicieron una sesión oficial de fotos que saldría publicada durante los siguientes días después del enlace nupcial.

Molly conoció casi por accidente a una mujer muy hermosa llamada Adara, cuando salía de su habitación para ir a la recepción. Era majestuosa y el aire inalcanzable que la rodeaba parecía embrujar a quienes se acercaban o intentaban acercarse a ella. Como si tuviese una especie de magnetismo. También logró atisbar el modo en que el rey Bashah observaba a Adara; era evidente que la historia entre ambos no había terminado.

Ella no creía que una mirada tan decidida y posesiva como la que el rey dirigía a la guapa mujer de ojos azules implicara rencor u odio. Las emociones eran profundas. La química entre ambos se hacía evidente a metros de distancia. Solo alguien necio no la vería. El tema del hijo ilegítimo del rey Bashah no era más un rumor en el palacio. Ella no había conocido al niño, pero Qalina le había mencionado que la información no circulaba en el exterior y que pronto se haría un comunicado oficial para presentar al pequeño Samir.

—¿Señorita Molly?

—Dime, Qalina.

—¿Se encuentra bien? Ha estado muy silenciosa desde que volvimos de la cena… Entiendo que no es asunto mío, pero…

—Estoy nerviosa porque mañana en la noche es el enlace con Amir —interrumpió con amabilidad.

—Hacen una pareja muy guapa.

Molly la miró con una sonrisa.

—Gracias… Puedes retirarte si lo deseas, has sido de gran ayuda durante toda la jornada. No quisiera retenerte más tiempo.

—Es un honor servir a la futura esposa de su alteza, el príncipe Amir.

«Apuesto a que sí, pero si fuera real y no una impostora.»

—Hasta mañana, Qaliana —dijo con suavidad, despidiéndola.

Una vez a solas sacó la carta de su bolsillo. La releyó. Estaba un poco arrugada ya de tanto manipularla.

¿Quiere saber la verdad detrás del hombre que finge mantenerlo todo bajo control? ¿Le interesa saber qué clase de persona es Amir Al-Muhabitti? Llámeme al número que está debajo de este mensaje. Le contaré todo. Y no le pediré más que su discreción a cambio. Al final usted decidirá si le he mentido o no. Llámeme antes de que se tenga que arrepentir.

Prácticamente podía recitar el contenido de la carta a ojos cerrados, pensó Molly dejándose caer sobre la cama. Podría conversar con Amir al respecto. ¿Qué beneficio podría traerle eso a ella?, se preguntó cerrando los ojos. Saciar la curiosidad. Aquella era la respuesta más obvia.

Se incorporó y buscó su teléfono móvil. Amir le había entregado, como parte de su trabajo explicó, un flamante iPhone. Molly abrió Skype y se conectó a su cuenta. Debería enviar una carta a los creadores del programita. Solo tenía que ponerle crédito con la tarjeta y llamaba donde quisiera. Ese era un modo seguro, al menos ella lo creía así, para llamar sin ser identificado por la contraparte.

Marcó y esperó con ansiedad.

—Diga —contestaron desde la otra línea.

Una mujer. ¿Sería que querían ponerla en contacto con la amante de Amir?, se preguntó, no sin experimentar la non-grata sensación de celos.

—Me pidieron que llamara a este número…

Del otro lado se mantuvieron en silencio un instante. El corazón de Molly estaba agitado por la incertidumbre. Miraba a uno y otro lado ante el temor, infundado, de que alguien —a las once de la noche— fuese a abrir la puerta de su habitación y la descubriera indagando sobre cotilleos.

—Molly Reed-Jones, supongo —dijo la voz del otro lado. Sonaba juvenil y un poco rasposa, notó la prometida de Amir.

—Sí… ¿Quién es usted?

—Le voy a contar una historia.

—Espere…

—Si me interrumpe de nuevo cortaré la comunicación y nadie podrá decirle la verdadera naturaleza del hombre que prometerá mañana honrarla y respetarla. —Ante el silencio de Molly, la mujer continuó—: Soy Orianna Hamit. Y no tengo ya nada que perder, después de esta comunicación no me importa lo que ocurra. Lo más valioso, mi hermano Tarek, está en una silla de ruedas de por vida, así que me da igual lo que ocurra.

¿Comprendido?

—Lo siento, sí…

—Somos de una familia humilde, pero honrada. Trabajadora. Tarek había ganado una beca escolar para estudiar en una de las escuelas de élite más reconocidas de Tobrath. Uno de sus compañeros de clase era nada menos que el príncipe Amir Al-Muhabitti. Jóvenes e impulsivos los chicos solían reunirse en nuestro barrio después de clases, porque aquí no había ley para unos chavales de dieciséis o quince años con afán de divertirse. Jugaban a las cartas, apostaban, bebían hasta estar ebrios como una cuba, y al final incluso se prestaban a participar en alguna que otra carrera ilegal de automóviles a varios kilómetros de este lugar.

—Entiendo… —murmuró Molly con las sensaciones en vilo.

—Una noche, después de apostar quién se acostaría con la mujer más guapa, y con un par de tragos haciendo efecto, Amir retó a Tarek a debatir el resultado.

—¿Porque su hermano había ganado…? —preguntó con suavidad.

En lugar de cerrar la comunicación, Orianna soltó un suspiro.

—Sí. A Amir no le gusta perder. Era un chico con un temperamento fuerte, decidido, pero con un par de tragos, la volatilidad de sus acciones resonaban. Mi hermano, tan idiota, aceptó el reto de una partida adicional. Le dijo que primero tendría que venir a la casa a por una baraja de cartas nuevas porque no confiaba en que Amir no hiciera trampas. Eso fue suficiente para que explotara el caos.

—Oh…

—Amir llegó a la casa donde vivíamos, subió de dos en dos las escaleras hasta alcanzar a mi hermano, lo agarró del cuello de la camisa para exigirle que se disculpara por dudar del honor de un príncipe de Azhat. Ninguno de los dos esperaba que el pasador del calzado de Tarek se enredara y él trastabillase.

Para tratar de evitar caerse con él, Amir se apartó, pero al hacerlo impulsó a mi hermano hasta que rodó por las escaleras. No volvió a levantarse... Tarek quedó tetrapléjico. Tu considerado prometido se lavó las manos de la responsabilidad y decidió pagarme una mensualidad de por vida para los cuidados de mi hermano. Firmé un contrato para ello. Una de las cláusulas me impide hacer público el detalle. Lo que me jode no es que sea el limpia desastres de Abdul el que se haya encargado de todo. Eso no. Me jode que Amir, siendo amigo de Tarek, jamás, *jamás*, lo visitó en el hospital. Nunca escribió a preguntar por él. Jamás ha venido en estos años a verlo. Amir disfruta teniéndolo todo bajo control. Cualquier detalle sucio, él prefiere borrarlo y no enfrentarlo. ¿Te suena conocida la historia?

Molly estaba a punto de llorar. El tono desgarrado y frustrado de Orianna le había calado profundamente. Lo último era cierto... Amir lo había hecho con ella. Un contrato. Cubrir el rastro sobre su pasado. Pretender que eran las formas y costumbres ante otros más importantes que las emociones o los deseos personales.

—Orianna... Lo siento tanto...

—He puesto en venta la casa en la que vivimos —dijo sin más—, así que los abogados de tu futuro esposo no pueden tocarme. Abdul rompió el acuerdo cuando le pedí más dinero, el resto es mera formalidad, me iré de Azhat. No puedo seguir esclavizada, quiero una vida, pero no puedo tenerla cuando los ingresos se van por completo en Tarek. Quiero mucho a mi hermano, no lo dudes, y por él y por mí estoy haciendo esto.

—¿Por qué necesitabas contármelo? ¿Por qué ahora?

—Abdul. El viejo cretino no quiso ayudarme. Quiero una compensación económica suficientemente fuerte para iniciar una nueva vida sin apuros. Poder salir y respirar. Voy a cumplir cuarenta años, ni siquiera recuerdo la última vez que tuve una cita decente sin que tuviera que volver corriendo a casa porque Tarek tuvo un ataque de alguna de sus condiciones.

—Yo… Yo no tengo dinero…

—Entonces el cretino de Amir se ha enamorado de verdad. —Molly se mantuvo en silencio—. A menos que haya algo que no me puedas contar.

—Orianna, si me dices qué puedo hacer por ti. Intentaré ayudarte.

—No te cases con Amir.

—Yo no…

—Si lo haces, entonces estarás condenando tu vida a una existencia llena de perfecciones y bajo un estricto control de lo políticamente correcto. Te vi con esos niños, te vi hablando con las madres y departiendo con la gente. Tienes el don natural con la gente. No perteneces a ese palacio. Necesitas la libertad que tenías en tu país.

—¿Es eso? ¿Un acto de altruismo al pedirme que no me case con él?

—Claro que no —dijo soltando una carcajada—, en mis venas no corre ni un ápice de solidaridad. No te equivoques, muchacha. Si no te casas con él, seguro escaparás de una aburrida existencia; pero en mi caso particular va más allá de eso. Será un placer que trate de callarme cuando quiera hablar con la prensa.

—¿Contarás lo ocurrido a tu hermano a la prensa solo porque Amir jamás fue a visitarlo? —preguntó, incrédula, Molly.

—A menos que no te cases con el príncipe y me consigas el dinero antes de abandonar Azhat.

—¿Cómo te encontraré?

—De eso me encargo yo.

—Pero…

—Queda en tus manos. Un escándalo de monumentales proporciones que ponga en entredicho a la familia real o volver a donde puedes ser feliz: Londres. Y ayudarme económicamente, no lo olvides.

—No tengo dinero…

—Eso es todo. Buenas noches, señorita Reed-Jones.

Molly se quedó con la vista fija en la pantalla. Impactada.

No sabía qué la sorprendía más, si la falta de humanidad de Amir o el intento de ponerla entre la espada y la pared de Orianna para que decidiera salir de Azhat o permitir que las negociaciones de Amir se fueran al diablo perjudicando a todo el país. Empezó a dolerle la cabeza. Molly no creía que el dolor fuese a remitir pronto.

Todas las personas que había conocido en su vida la habían decepcionado. El príncipe Amir, a pesar de haberle salvado la vida, se acababa de convertir en uno más de aquella lista que, muy a su pesar, parecía interminable.

Volvía a sentir el peso de otros sobre sus hombros. En esta ocasión, el bienestar de todo un país a cambio de renunciar a un futuro más prometedor para sí misma y recuperar la herencia que le correspondía. Era una luchadora innata, eso sí, pero no estúpida. No podía aferrarse a lo que nunca sería para ella, y tampoco podía pretender ser algo que, por más que se esforzara, no era: una princesa. Carecía de importancia la cantidad de horas que pasara recibiendo los tutoriales de Gerth. No contaba tampoco el don de gentes que según Orianna había notado en ella.

La decisión a tomar ahora no era en absoluto fácil.

Había empezado a enamorarse de Amir, y sabía que un hombre como él la vería como una compañera sexual, pero jamás como una compañera de vida. Y quizá tenía veintiún años de edad, quizá había vivido más que muchas chicas de su misma generación, sin embargo, todavía creía que existía un pedacito de esperanza de encontrar un hombre que pudiera compartir con ella algo más que solo el placer y el éxtasis de un orgasmo y unos besos ardientes.

El amanecer llegaría pronto.

Molly prefirió tratar de dormir porque lo que sucedería al día siguiente iba a marcar un precedente. Tenía que tomar una decisión. Urgentemente.

CAPÍTULO 13

Molly estaba nerviosa. El matrimonio se celebraría a las siete de la tarde. Ni bien amaneció, apoyándose en la tradición de que el novio no debía ver a la novia antes de la boda, le envió un mensaje de whatsapp a Amir diciéndole que esperaba que todo estuviera bien de su parte. El príncipe le envió un mensaje de voz comentándole que esa mañana tenía que ir a hacer bendecir los anillos por un antiguo bereber como mandaba la tradición y que eso lo mantendría fuera del palacio hasta las cuatro de la tarde.

Aquello fue un alivio completo para Molly pues estaba segura de que, si encontraba a Amir por accidente en el palacio, la idea de enfrentarlo sobre lo que Orianna le había contado estaría tentándola y no sabría si podría resistirse. No quería armar escándalos. Tenía que pensar en la gente de ese país. Por otra parte, el hecho de que Amir la tuviese cautivada con su atractivo e inteligencia no haría mucho a favor de sus deseos de hacer lo mejor para todos los involucrados en la situación.

—Señorita Reed-Jones, su majestad, el rey Bashah Al-Muhabitti, va a recibirla en este momento —anunció con ceremonioso tono de voz de Najib, el secretario y consejero del rey.

A Molly no le había costado trabajo concertar una cita esa mañana, con rapidez, con Najib. El hombre no le inspiraba confianza, pero no tenía nada que ver con sus asuntos, así que prefirió remitirse a su interés: dialogar con el rey. Le parecía que era lo más justo considerando las circunstancias y el modo tan agradable con el que ella había sido recibida en el palacio.

—Gracias —murmuró incorporándose.

Fue escoltada hasta el interior de un estudio hermoso. Como jamás lo había visto, ni siquiera en fotos. El nivel de lujo se comparaba con el buen gusto con que había sido distribuido cada ostentoso y exquisito adorno. Las paredes revestidas de figuras de yeso bellamente talladas, en relieve, con tanta delicadeza que la idea de tocarlas y causar daño inhibía las ganas de rozar con las yemas de los dedos tan preciosas muestras pequeñas de arte.

Tan alto como sus hermanos, el rey Bashah se incorporó. Con un gesto ceremonioso la invitó a acompañarlo a una pequeña salita contigua muy agradable y que recibía la luz a través de dos gigantes ventanales con vistas a un jardín magnífico. Todo en ese palacio dejaba boquiabierta a Molly.

—Por favor, Molly, toma asiento.

—Gracias, majestad.

Bashah, con sus profundos ojos, parecía verlo todo con facilidad. Más allá de la fachada. Como si le fuese sencillo leer el corazón de las personas. Molly no sabía si acaso aquella era solo un engaño de su propio miedo que la hacía sospechar que otros podían conocer sus pensamientos. Una ridiculez, pero no era ridícula la situación —para nada— en la que estaba inmersa sin haberlo deseado en absoluto. ¿Qué culpa tenía de las burradas de Amir?

—Hoy es el día de tu matrimonio con mi hermano. Me sorprende que necesites una audiencia conmigo, así que solo puedo pensar que el caso es importante.

—Lo es —dijo mirándose las manos. Tomó una imperceptible respiración muy profunda y elevó el rostro hacia el rey—. Majestad, lo que vengo a decirle solo puede quedar entre nosotros. Por favor —murmuró mirando de reojo a

Najib—, es importante que así sea.

Con un gesto de la mano de Bashah, Najib hizo un ligero asentimiento y procedió a retirarse. Una vez que la puerta estuvo cerrada a cal y canto, Molly sintió que podía respirar. Estaba ahora más calmada al creer que podía ser sincera sin sentirse observada por Najib.

—¿Bien? —preguntó Bashah.

—No puedo casarme con Amir.

Cuidadoso siempre de sus expresiones, Bashah se limitó a enarcar una ceja.

—Me contactó una mujer llamada Orianna. Es una historia algo larga, sé que no tiene mucho tiempo, pero…

—Cuéntamela. Y así llegamos al fondo de este asunto. Tienes mi atención.

Veinte minutos más tarde, con los hombros livianos por la carga que había sido quitada de su espalda, Molly salió del estudio del rey. Jamás imaginó que fuera a encontrar un aliado tan generoso, y menos cuando el perjudicado iba a ser Amir. O al menos, ya no en la medida que hubiera sido de no haber contado con el respaldo de Bashah Al-Muhabitti. Él iba a encargarse de que el impacto mediático no tuviera mayores repercusiones en la imagen de su hermano ni del país. Para Molly no hubo mejor apoyo que las palabras del rey. «Déjalo todo en mis manos. Tu hermano mantendrá todos los beneficios. Y espero que comprendas que, dado que el acuerdo que firmaste no fue conmigo, no puedo darte las garantías de ayudarte económicamente más que una compensación para que te mantengas a flote durante los siguientes dos meses. No puedo hacer más, y espero que lo comprendas. Gracias por tu sinceridad.» Esa había sido la última explicación del rey.

Sin dar explicaciones a nadie, con el equipaje listo, Molly salió en una limusina con vidrios tintados hacia el hangar privado. La esperaba el jet de la familia real. Al menos uno de los tantos que había a disposición. Sin mirar atrás, tal como había manejado su vida desde que podía recordarlo, se acomodó en uno de los ocho asientos de cuero blanco revestidos con brazos de madera fina.

Era la única pasajera del día.

El rey le había dado una compensación económica, después de que supiera que ella solo cumplía con un trabajo. En un inicio la sensación de vergüenza pareció querer ganar la batalla y detener su relato, pero una ligera sonrisa amable que esbozó Bashah la acalló, y la invitó a continuar.

Además de ese dinero, el rey le dejó claro que Theo no perdería el trabajo a menos que él, por su cuenta, renunciara. También le explicó que la clínica de rehabilitación en la que recibía asistencia sicológica estaba pagada durante un año. Molly estaba sorprendida de que, con una simple llamada, el rey tuviese más datos de los que ella pudiese recabar para sus estudios de literatura con una profunda investigación durante un mes. «El poder y la influencia.»

—Por favor, ajústese el cinturón de seguridad, señorita Reed-Jones, que vamos a iniciar el despegue hacia la ciudad de Londres.

Molly obedeció. Cerró los ojos y recostó la cabeza contra el respaldo.

***

Amir estaba furioso.

No. Furioso, no. Lo siguiente.

Molly, la desagradecida e hipócrita, lo había dejado plantado a solo tres horas de que se celebrara el matrimonio real. Un matrimonio por el que él había pagado una considerable suma de dinero para cumplir con todos los requisitos que ella exigió desde un principio. Una vez más, ¿cómo confiaba en las puñeteras mujeres? No se lo esperaba de Molly, y quizá fue ese su más grande error. Debió estar preparado para algo así, pero se había dejado llevar por la falsa impresión de honestidad y candidez.

Y ahora, el idiota de Bashah, le estaba diciendo que sería

mejor que eligiera el camino que se habían planteado en un inicio. Casarse con Cassiah.

Aunque el ego herido lo impulsaba a hacer precisamente eso e ir en busca de la manipuladora de Cassiah, lo cierto es que no le apetecía en absoluto acostarse con esa mujer con la finalidad de tener herederos. No se trataba solo de Cassiah. Tenía que ver con el hecho de que, desde la tarde en que se acostó con Molly, ninguna mujer, por guapa o deseable que fuera, despertaba un interés en él tan visceral como para ceder a sus instintos más primitivos y básicos.

Hasta en eso lo había fastidiado, pensó Amir con rabia, mientras miraba furioso a su hermano mayor.

—¿No te dejó ningún tipo de explicación? —preguntó, airado.

Bashah lo miró un largo instante antes de esbozar una media sonrisa. Un gesto que consiguió que Amir soltara un puñetazo contra la pared que tenía detrás en el estudio del rey. Este último ni siquiera se inmutó.

—Creo que tienes un problema más grande, querido hermano, que el solo hecho de sentirte abandonado o humillado.

Amir soltó una carcajada.

—No me digas, ¿ahora eres experto?

—Claro que no. Me resulta más fácil observar la escena desde el exterior y sacar conclusiones.

—Ilumíname o magnánimo señor y amo de Azhat —dijo con burla.

—Estás enamorado de ella. Ese es el único motivo por el que estás tan dolido, y por el que, a pesar de que sabes que sería la solución más conveniente y creíble ante la prensa para justificar la partida de Molly, no consideras casarte con Cassiah.

—La idea de ver de nuevo a Adara Rizik está nublando tu juicio, hermano —comentó haciendo mención de la mujer que había estado, desde que él y Tahír tenían memoria, en el corazón de Bashah. Se habían reencontrado, pero la situación no era nada fácil, en especial considerando que el hijo ilegítimo del rey iba a ser titular en todos los periódicos nacionales e internacionales.

—Debería soltarte un puñetazo similar al que acabas de dar a la pared —comentó sin un gramo de humor ni el vestigio de amabilidad que había estado presente desde que le comunicó a Amir lo ocurrido con Molly, pero sin dar detalles, tal y como le había prometido a la muchacha—, pero en lugar de eso, lo que haré será mucho más importante.

—¿Ah, sí? —indagó con sarcasmo.

—Instruiré a Najib para que coordine con la prensa que ha habido un cambio de planes. Mi hijo será públicamente reconocido por mí. En lugar de tu matrimonio se resolverá hacer una sesión para que Samir sea respetado como mi heredero, y por ende, el primero en la línea de sucesión al trono de Azhat.

—No es necesario…

—No solo es la única forma de acallar la polvareda que desatará la cancelación de tu matrimonio, sino que conseguirá que disminuya el impacto, y a cambio mi hijo ocupe los titulares de la prensa.

—Te conozco, Bashah, y sé que no es una muestra de altruismo. ¿Qué me ocultas, hermano? —preguntó Amir con desconfianza.

Nada era tan fácil en ese palacio. Así que estaba seguro de que su hermano conocía mucho más de la situación de Molly de lo que quería admitir.

—Todo lo que debes saber es que la señorita Reed-Jones es una persona honorable. A diferencia tuya que, me parece, deberías empezar a revisar ciertos episodios del pasado y enmendar tus acciones.

Amir sintió como si le hubiesen dado un puñetazo en el pecho.

—No sé de qué demonios hablas, Bashah. He sido siempre transparente con mis gestiones.

—Piénsalo. Todos tenemos secretos, hermano. El problema es cuando nos explotan en la cara y afectan a nuestro país.

—¿Eso es una forma de auto-confesión?

Bashah se incorporó. Se acercó a Amir y le dio una palmada en el hombro.

—No. Solo quiero que hagas memoria. ¿Qué episodio de tu pasado has dejado sin concluir?

Amir frunció el ceño. No contó ni veinte segundos. ¿Orianna y Tarek?, se preguntó frunciendo el ceño. No sabía de ellos desde hacía años. Era imposible que su hermano se hubiera enterado. ¿Qué tendrían que ver...?

—No me hables con acertijos...

—Estoy enterado de la vida de los hermanos Hamit, a quienes intentaste ayudar económicamente, pero dejaste la tarea más dura, como siempre, a Abdul. La parte moral y humana, Amir. Lo esperaría de un muchacho. Aunque en un príncipe de veintiochos años de edad, lo que me parecería más que justo sería que este revisara sus acciones pasadas y procurara enmendarlas.

—¿Cómo te has enterado de ese episodio? No lo sabe nadie... —preguntó con incredulidad.

—No hay crimen perfecto, hermano. Las consecuencias siempre nos alcanzan. Ahora, yo arreglaré la situación, y tú ve a buscar a Orianna Hamit. Creo que tienen una charla pendiente sobre Tarek.

—Quiero saber por qué Molly canceló el matrimonio. La verdad. Y por qué prefirió hablarlo contigo.

—Eso es todo, hermano —zanjó Bashah, antes de apartarse y llamar a Najib —. Confío en que hallarás la forma de dar con las respuestas por ti solo.

—Bashah... ¿Pretendes que te agradezca que me dejes con dudas sobre Molly?

Con su mayestático porte, el hombre que reinaría por muchas décadas Azhat, inclinó la cabeza hacia un lado. Aquel era un gesto muy característico de los tres hermanos. Quizá no se habían dado cuenta de aquel detalle, pero existía.

—Para eso estamos los hermanos mayores, para intentar que las fallas se enmienden y la conciencia pese menos —murmuró el apuesto rey con una sonrisa que solía sacar de quicio a Tahír, pero no a Amir. Este último disfrutaba guardándose sus emociones fuertes, aunque no había logrado hacer un buen papel después de hacer sangrar sus nudillos al golpearlos con fuerza contra la pared momentos atrás.

Consciente de que la reunión había acabado, Amir salió del despacho de su hermano. Estaba furioso, sí, pero también experimentaba un desasosiego al no saber el verdadero motivo de Molly para acabar con el contrato de un empleo que podría darle a ella cuantiosos beneficios para su vida. ¿Sentiría vergüenza de él por lo ocurrido con Tarek? La sola idea le escocía… Aunque peor era la duda que lo invadía sobre el modo en que se había enterado.

Caminó hasta su oficina con brío. Abrió la puerta sin mediar llamado alguno. Tampoco tenía por qué hacerlo, después de todo era un príncipe. Abdul estaba sentado en el escritorio contiguo al suyo, uno más pequeño y modesto y con suficiente distancia para brindarle privacidad a Amir.

Abdul, al verlo, se incorporó de inmediato.

—Su alteza. Buenas tardes.

—No tienen nada de buenas. —Abdul solo se limitó a asentir—. Quiero saber qué es lo que ocurrió con Molly Reed-Jones. El contrato estaba blindado. No podía deshacerlo hasta que hubiera pasado el tiempo estipulado. ¿Cómo es posible que se haya salido de esas cláusulas legales?

—Porque los abogados no lo consideraron un detalle importante, alteza. En ninguna parte del contrato de trabajo se agregó que una de las partes podía solicitar al rey de Azhat la disolución del contrato… Al no haber considerado la posibilidad, entonces eso implica que cualquiera de las partes podía pedir la disolución del contrato sin incurrir en un incumplimiento legal…

Amir maldijo por lo bajo.

—Un contrato que es, y era, confidencial —replicó el príncipe apretando los puños a los lados.

—No cuando se trata del rey, su alteza. Usted mejor que nadie sabe al respecto.

Amir apoyó las manos sobre la madera tallada de su escritorio, de espaldas a la puerta, mientras observaba a través de la ventana los dominios heredados desde hacía cientos de años por todos los Al-Muhabitti que habían reinado en Azhat.

—Eras el único que sabía de la existencia de nuestro pacto con los Hamit.

—Sí, alteza.

Amir se giró y elevó las manos al techo pidiendo paciencia.

—¿Entonces? ¿Cómo demonios se enteró Molly, Abdul?

Abdul calculó qué podría decir a continuación. Ningún común ciudadano podía chantajear a un empleado real, mucho menos si este representaba la voluntad y pensamiento del príncipe, como era su caso. Tenía experiencia, mucha, en tratar asuntos delicados de la realeza. No creía posible que le hubiera fallado al príncipe, al pecar de ufano y creerse superior.

—Este mes decidí ir a dejarle personalmente el cheque a la señorita Hamit. La situación se volvió un poco incómoda. Tuve que cancelar nuestra ayuda ante un descarado intento de chantaje de su parte.

—Continúa.

—Le dije que las amenazas de ir a la prensa o hablar sobre nuestro acuerdo discreto tendría como consecuencia la anulación inmediata de la ayuda.

—¿Por qué querría chantajear, Orianna?

—Dijo que el dinero no era suficiente. Porque toda la ayuda se la entregaba a su hermano, pero para ella apenas quedaba nada y estaba agotada.

—¿Nunca incrementaste el monto anual?

—Firmó un contrato que…

—¡Te equivocaste! ¡El costo de la vida aumenta! ¿Cómo pensabas que podrían vivir dos personas con la misma cantidad durante más de una década, Abdul? —gritó Amir fuera de sí.

Asustado, porque era la primera vez desde el accidente de Tarek que Abdul veía al príncipe en ese estado, se incorporó e hizo una venia larga.

—Alteza, por favor, discúlpeme…

—Quiero que investigues las consecuencias de tu error, Abdul. —El secretario de Amir se irguió, y asintió—. No voy a casarme con Cassiah, ni remotamente. Que lo lleves claro. No me importa si acaso Azhat queda sin agua sin comida o lo que sea —expresó apuntando con el dedo a un aterrado Abdul—, y si acaso esa princesa de pacotilla intenta dañar la imagen de mi familia o la mía, entonces serás tú la única pieza de todo mi entorno a quien sacrifique echando del palacio.

—Me encargaré de arreglar toda la situación, alteza.

—Ahora, fuera de mi vista, Abdul. Y enmienda ese contrato con Orianna.

—Ellos… Tengo entendido que han abandonado Tobrath.

—¡Encuéntralos! No me traigas problemas. Tu trabajo es darme soluciones.

—Alteza —murmuró con una venia y retirándose a toda prisa.

***

Los titulares al día siguiente de la presentación del príncipe heredero, Samir Al-Muhabitti, eran de primera plana. Grandes fotografías. Editoriales llenos de palabras halagüeñas hacia la realeza, y ensalzando —sin razón en particular— la responsabilidad paterna del rey y su falta de reticencias a la hora de reconocer a un hijo suyo. Todo fue halagos para el rey Bashah. Ninguna línea fue dedicada especialmente, salvo una mención bastante breve, a la madre del heredero, Adara Rizik. La prensa quería hurgar en la vida de la viuda que había ocultado al primogénito del rey, pero el palacio real había trabajado arduamente blindando posibles fugas de información en Londres, la ciudad en la que Adara había vivido durante los últimos ocho años.

La cancelación del matrimonio entre Amir y Molly había sido eclipsado por completo por el príncipe Samir. En el anuncio se informó que el tercero en la sucesión al trono, Amir Al-Muhabitti, y la estudiante inglesa de literatura habían roto su compromiso debido a la disparidad de sus agendas de vida, aunque mantendrían el respeto que había caracterizado a la fugaz relación desde un inicio.

Amir, cuando pasó de uno a otro periódico, sintió deseos de romper algo. Había intentado comunicarse con Molly, sin éxito. Abdul ya había conseguido toda la información, y Amir —personalmente— había ido a ver a Tarek y a Orianna a una ciudad llamada Yannuen, a dos horas en carro de Tobrath. La conversación no fue del todo cálida. El príncipe tampoco hubiera esperado algo diferente, al menos no después de su proceder durante esos años. Les pidió disculpas.

Después de casi cuatro horas con los hermanos Hamit, finalmente Amir sintió que había hecho las paces con su pasado. Les extendió una invitación de por vida para que fueran al palacio a verlo cuando desearan, también les extendió una línea de crédito para solventar sus deudas y necesidades. Y si querían lujos, no importaba.

—Lo que más me importa en realidad es algo que el dinero jamás podrá comprar, Orianna —le había dicho casi al final de la visita.

—¿Qué sería eso, Amir?

—Tu perdón, ya que Tarek no puede entenderme.

—Oh, él entiende. Su mirada lo dice todo. —Orianna había dirigido la atención a su hermano—. En todo caso, Amir, lo que necesitas no es mi perdón, sino tratar de comprender el pasado desde otra perspectiva.

—¿Cuál?

—Fue un accidente que no provocaste. Pudo haber sido Tarek u otra persona.

—Yo lo reté por haberme llamado tramposo.

Orianna había soltado una carcajada.

—Bah. Estabas con algunos tragos de más, tal como mi hermano. Fue un accidente. Creo que quizá deberías explicárselo a tu exprometida. Pero si te da tranquilidad, Amir, tanto Tarek como yo, disculpamos el pasado. Que hayas venido, solo, sin tu equipo de seguridad, conduciendo tu automóvil hasta esta ciudad perdida de la mano del universo, es más que suficiente compensación para nosotros. Agradecemos el dinero, porque nos ayudará...

—¿Qué te dijo Molly? —había preguntado sin poder contenerse.

—Quizá deberías ir a buscarla y preguntárselo en persona. Mi intención fue vengarme. Me avergüenzo ahora de que haya sido así, pues al parecer lo que tenían tú y Molly era más real de lo que me hubiese esperado.

—¿A qué te refieres?

Orianna lo había mirado con incredulidad.

—Príncipe Amir, si aún no lo has descubierto, entonces cuando lo hagas te va a golpear en el pecho de tal manera que entenderás sin palabras lo que he querido decirte hoy.

Así había acabado la conversación con Orianna. Así había hecho las paces con su pasado, Amir. Pero el pasado ya no existía, el futuro era incierto, y su presente estaba tan patas arriba que no tenía idea de dónde empezar a componerlo. Peor todavía, ignoraba cómo podría recuperar algo que no sabía que había perdido.

Quizá por todo lo anterior, Amir llevaba cinco días con un humor de perros.

Por más de que su vida personal fuese un desastre, no podía abandonar a su país. Una vez que la niebla de estupidez había cesado de obnubilar su cerebro, Amir retomó el mando de su agenda de trabajo, algo que Abdul agradeció —pues seguía conservando su empleo— y también el resto de su equipo de ayuda.

La negociación con Phautaja estaba detenida, y no había otro culpable que él. La princesa Cassiah se había apresurado a comentarle a la prensa que quizá Amir rompió su compromiso con Molly porque en realidad estaba pensando en desposarse con alguien nacida en Oriente Medio y preparada para reinar. Como ella. Por supuesto que obtuvo cobertura mediática, pero la noticia de Samir —tal como Bashah lo pronosticó— consiguió bajar el impacto de esas declaraciones.

¿Lo único bueno de la situación?

Iba a tener que lidiar con el rey de Phautaja y su equipo económico sin la intervención de la bruja de Cassiah. La muy cretina había quemado sus últimos cartuchos tratando de pescar a río revuelto.

Él no quería tener tratos con una mujer de esa clase, por más guapa o adinerada o linaje ancestral que llevara en la sangre. La había juzgado —erróneamente— por su serena apariencia y su notable habilidad para lidiar con situaciones de Estado, considerándola una persona proba. ¿Dónde había quedado su buen juicio para hacer perfiles de las personas que lo rodeaban? Era evidente que el día que conoció a Molly Reed-Jones en Barcelona su vida no había vuelto a ser igual.

No iba a dejarle sus líos a Abdul ni a un equipo de investigación. Esta vez iba a actuar de forma diferente. Encontraría a Molly por su cuenta. La enfrentaría y le haría ver que un contrato de trabajo con él era mejor que vivir en las calles de Londres tratando de coordinar salarios paupérrimos, la manutención de una casa en ruinas, las noticias de un hermano conflictivo y una carrera universitaria que consumía sus noches. No era del todo altruista. Claro que no.

Después de haber recorrido la suave piel, y de haber conocido los secretos del placer de Molly, nada quería más que ser él quien ocupara un sitio junto a la cama de ella… Pero primero tendría que encontrarla, explicarle el episodio con

Orianna y entender por qué prefirió huir a hablar con él.

CAPÍTULO 14

Londres, Reino Unido.

Tres semanas más tarde.

Molly terminó de dar el último examen del semestre con esfuerzo. Sentía que las horas del día no alcanzaban para todo lo que tenía que hacer. En las noches había conseguido trabajo como cuidadora de una anciana. El turno era matador, pero no tenía que abrir los ojos hasta las once de la mañana en que tenía que ir a la universidad. No sabía cómo iba a poder mantener el ritmo lo que quedaba de su carrera. Menos mal su hermano continuaba trabajando, y ella —por algún extraño milagro— recibía los informes desde Azhat de los avances en la terapia con el sicólogo a la que Theo acudía. No quería tentar a su suerte, y aprovechaba leer cada detalle que a diario le llegaba y no cuestionaba la generosidad del rey Bashah.

Echaba de menos a Amir, ¿por qué mentir? Pero haberlo dejado era mejor a que él hubiese sido puesto en escarnio público, o peor, ese pequeño príncipe que acaba de ser encontrado, Samir, puesto en ridículo por un error del pasado de su tío. Ella no necesitaba, ni ahora ni nunca, protagonismo alguno.

Lo único que buscaba Molly era sobrevivir y pagar sus cuentas. El resto llegaría por añadidura, porque pensaba trabajar muy duro para hacer realidad su sueño: abrir una cafetería y librería incorporadas en un mismo espacio con toques de decoración de la Regencia. Quizá un cliché para unos, pero para ella, su sueño. ¿Por qué debía de importarle lo que otros pensaran? Ni que esos otros fuesen a darle apoyo económico.

Le hubiera gustado quedarse ese sábado en casa tratando de encontrar el título de propiedad. Necesitaba vender todo ese espacio. Con cuatro habitaciones. Tres baños completos. Una cocina inmensa. Patio trasero y delantero. Una piscina que estaba sin usarse. Un estudio pequeño y una biblioteca muy completa, esta última era su tesoro particular, eran demasiado para una sola persona. Demasiado coste para poder mantenerlo en pie. Así no lograba ahorrar nada. Por otra parte, le daba pesar cómo los alrededores se destruían sin ella poder hacer algo para renovarlo.

Había ido al banco una semana atrás para pedir un préstamo, pero se lo negaron. ¿El argumento del agente? Le dijo que, si tenía tres empleos esporádicos y ni un título académico, no creía que su salud pudiese resistir ese ritmo. ¿Cómo se le ocurría a un cretino hablarle de ese modo? Ir a consultar al supervisor hubiera sido una pérdida de tiempo. Así que, a pesar de su entusiasmo por verle el lado positivo a la vida, se sintió derrotada.

Algunas noches se ponía nostálgica al pensar en las circunstancias que la habían empujado a renunciar a un empleo prometedor. Su madre siempre le había dicho que lo más honesto que podía hacer era seguir su conciencia. Molly eligió anteponer las necesidades de un país y la reputación de una casa real a las suyas. ¿Acaso no resultaba irónico que una persona con menos influencia y dinero renunciara a lo poco que había conseguido en beneficio de otros?

Así estaba su vida.

En el plano amoroso, sin embargo, no le iba del todo mal.

Esa noche tenía una cita con Leroy Pascall. Al principio había dudado de darle una oportunidad al jinete de reconocida trayectoria nacional, pero Martinna la convenció de que tenía que dejar ir la idea de que Amir y ella volverían a encontrarse. Le dio la razón.

Después de haberlo dejado en ridículo, por más que el rey Bashah se hubiera encargado de todo tal como le prometió que haría, Molly sabía que Amir no le perdonaría una afrenta de ese tipo. Había cometido el mayor error posible en la vida de una persona que pretendía mantener las apariencias y la buena imagen a toda costa: exponerlo públicamente.

Molly consideraba todo lo anterior como un mal menor. ¿Acaso no era más valedero el hecho de que el pasado del príncipe, así como las amenazas de Orianna se quedarían en la sombra? Eso era más que conveniente para las personas de un país que estaba en el clímax de una intensa negociación para salvaguardar la paz interna a causa del alto costo de la vida.

Entre todas las tareas que se había agendado para trabajar durante su estancia en Azhat, Molly procuró pedirle a Gerth que la instruyera también sobre la realidad socio-económica que atravesaba el reino. Le daba pena que por unas alianzas de carácter caduco se pusiera en jaque las necesidades de los pobladores que, aunque creyeran lo contrario, no tenían voz ni voto.

Así que ella había hecho un sacrificio menor por un beneficio mayor. Esa era una filosofía un poco Zen, o quizá un poco estúpida, pensaba Molly, pero dejaba su conciencia en paz y eso no tenía precio.

—¡Voy! —exclamó cuando llamaron a la puerta de su casa.

Molly llevaba un vestido color turquesa, en forma de A, con mangas tres cuartos y unas bonitas botas negras. Bolso a juego y el cabello recogido en una coleta alta. Ese estilo de peinado dejaba a la vista su elegante cuello, y los pendientes de fantasía resaltaba con gracia. «Esta es una nueva oportunidad», se dijo con una sonrisa antes de abrir la puerta.

—Hola, Molly —dijo la voz calmada de Leroy al verla. Le entregó una hermosa rosa de color rosado.

—Qué lindo detalle, muchas gracias, Leroy —comentó cerrando la puerta tras ella. No tenía idea de dónde irían esa noche, pues él le pidió que solo vistiera algo semiformal porque tenía una sorpresa para su primera cita.

De cabellos rubios y ojos azules, Leroy era un hombre que lejos de ser atractivo como indicaban los cánones de belleza masculina, poseía cierto aire de misterio. El tabique de la nariz, ligeramente lastimado por un accidente ecuestre, en lugar de afear su rostro le aportaba carácter. En conjunto llamaba la atención e invitaba a querer descifrar qué misterios ocultaba una persona aparentemente muy solitaria, pero que tenía habilidad innata para desenvolverse en actos sociales.

Ella lo había conocido una semana atrás mientras reemplazaba a una compañera de la universidad en la entrada de una muestra de autos clásicos de carreras, registrando a los invitados. Al terminar el encargo, lista para abandonar el salón ubicado en un gran hotel del centro de Londres, él se le acercó. Apenas lo había sentido, pues su única meta era llegar lo antes posible al metro.

—¿Puedo invitarte a tomar un café? —le había preguntado él sin cortarse—. Las mujeres de belleza natural como la tuya difícilmente se encuentran en estos círculos sociales, y nada me gustaría más que poder conocerte.

Ella se había quedado sorprendida por un instante.

—No creo que sea adecuado —había mirado el reloj de pulsera— y tengo que llegar al metro en quince minutos o tendré que irme a dormir a alguna banqueta o terminar descuartizada en el Támesis.

—Ah, una fanática de la novela negra.

—De la supervivencia más bien.

Él había reído con espontaneidad.

—¿Al menos me puedes dar tu número telefónico? Tal

vez cuando vuelva a llamarte no creas que esta invitación ha sido producto de un estado etílico.

Después de dudarlo un par de minutos, y sopesando las consecuencias de darle su número celular a un extraño, decidió arriesgarse. ¿Qué era la vida sin un poco de aventura? ¿Acaso no le habían pasado ya suficientes situaciones dignas de un reality show? Ese par de preguntas la impulsaron a responderle como el esperaba. Le había dictado su número telefónico y luego, jamás como Cenicienta porque Molly aunque era optimista no pecaba de estúpida como las bobas de los cuentos de hadas, cual alma que llevaba el demonio salió corriendo para llegar a la estación.

***

Llegaron a The Clink, un restaurante ubicado en el sur de Londres. No era un sitio cualquiera. Se trataba de un local ubicado en las inmediaciones de una de las cárceles más antiguas, Brixton, y amurallado con vallas, además de contar con tres puertas de seguridad. Aquel proyecto había sido estructurado para rehabilitar a los reos, quienes atendían a los comensales que se daban cita en el restaurante abierto en el año 2014. Era curiosa la historia que había detrás del sitio, pues si uno observaba alrededor, tan solo encontraba sillas de piel, mesas de cristal y un menú con precios dignos de cualquier otro restaurante de élite londinense.

—¿Estás seguro de que no va a pasar nada? —le preguntó Molly acomodándose en su asiento. Miró a uno y otro lado. Los cubiertos eran de plástico negro, y en la entrada les habían solicitado dejar sus teléfonos celulares antes de ingresar. Tampoco se servía alcohol.

—No. Todo está muy controlado e incluso tienen los cuchillos a buen recaudo.

—Ya… ¿Por qué me trajiste aquí? —quiso saber, casi susurrando la pregunta. No pensaba contarle sobre su padre, ni el pésimo recuerdo que le traía la idea de verse inmersa en una

172

cárcel con un restaurante instalado en el interior. Paradojas de la vida.

—Consideré que podrías querer tener una experiencia diferente… Pero si te sientes incómoda, no pasa nada, podemos irnos a otro lugar —expresó al observar el rostro ligeramente contrito de ella. Como si hubiera percibido la vibra de recelo que había surgido de la estudiante de literatura inglesa.

Molly hizo una negación con la cabeza y le sonrió a Leroy. Tenía que procurar avanzar sin que el pasado la detuviese, porque no era justo. Ni para ella, ni para el entorno en el que desarrollaba su vida.

—Aprecio que te tomaras el tiempo de pensar en algo distinto para mí.

—Un placer cuando la compañía merece la pena —dijo más relajado.

Molly rio.

—¿Siempre eres así de coqueto?

—Solo digo la verdad —replicó fingiéndose ofendido—. Lo cierto es que me gustas mucho, y no creo que deba tener cuatro citas contigo para decírtelo. Me gusta ser frontal y directo. Cuando digo algo es de verdad.

—Uno en tu clase —dijo sonriendo de medio lado con vivacidad—. Sorpréndeme nuevamente entonces, y ordena tú lo que creas que pueda gustarme. Tal vez logres adivinar… o no —comentó. Coquetear se sentía bien. Ayudaba a la autoestima y elevaba un poco su ego femenino. ¿Acaso no era sano regalarse un baño de vanidad de vez en cuando, en especial cuando la vida golpeaba tanto?

Leroy, siempre muy seguro de sí. Un jinete que vivía para ganar carreras y trofeos alrededor del mundo, y en especial en el Reino Unido, no podía ser temeroso. Estaba acostumbrado a fijarse una meta y alcanzarla. No había tiempo para dudar. Lo había aprendido desde pequeño. Un tipo de enseñanza que no se olvidaba.

—Me gusta tu idea. Si acierto, ¿qué me darás a cambio?

Puedo hacer una sugerencia…

Molly, sonrojándose, rio.

—Escucho.

—Si acierto con el primer plato. Quiero un beso. Si acierto con el segundo, quiero un beso adicional en cualquier otro momento que estemos juntos…

—¿Por qué estás tan seguro de que aceptaría otra cita contigo?

—Porque si yo no te gustara ni un poquito, ni siquiera hubieras accedido a la primera… Así de sencillo.

—Ya veo —murmuró sin evitar esbozar una sonrisa.

Molly no pensó que después de Amir pudiera sentirse a gusto con otro hombre, pero se había equivocado. La atracción que sentía por Leroy tenía que ver con una química sosegada, y un entendimiento calmo. En el caso de Amir era todo fuego y ardor, como si al tenerlo cerca respirar se volviera complicado y la idea de tocarlo un constante brote de adrenalina en su cuerpo. Dos opuestos muy marcados.

—No me has dejado terminar.

—¿Es que hay más…? —preguntó de buen humor.

—Si acierto en la elección del tipo de postre que te gusta, entonces yo elegiré el sitio en el que iremos a comprarlo.

—¿Por qué no aquí?

Una expresión sensual se apoderó de Leroy.

—Porque eso también será una sorpresa.

Con una carcajada, llena de una renovada vibra, Molly decidió que era momento de darle vuelta a la página y empezar a creer que las cosas buenas de la vida podían durar. Y si acaso no duraban, por lo menos podían dejarle una experiencia grata y sin espinas que escocieran durante meses.

—De acuerdo, Leroy. Inténtalo —dijo antes de que el camarero se acercara para entregarles el menú y así pudieran ellos ordenar.

✳✳✳

No pensaba acudir más a esas terapias estúpidas. Ya estaba

cansado de escuchar a una imbécil intentando meterse en su vida y diciéndole cómo vivirla. ¿De dónde habría sacado Molly el dinero para pagarle a ese siquiatra de pacotilla? Porque era la única información que la siquiatra le había dado sobre cómo se estaba costeando esas inútiles visitas. De hecho, Theo se preguntaba cómo le iría a su hermana con ese príncipe árabe. Porque era capaz, la muy boba, de echar a perder las oportunidades de la vida. Él no.

Theo necesitaba encontrar el modo de contactar al jeque o príncipe o como sea que se llamara, porque pensaba contarle el único secreto que Molly creía que nadie conocía. Todas las personas tenían algo que esconder. En el caso de su hermana ese secreto iba a servirle a él para poder librarse del trabajo de pacotilla que había conseguido por algún conspirador del universo.

Durante años había callado lo que sabía. Incluso en sus momentos más desesperados, porque bajo las circunstancias en que tanto él como Molly vivían, ¿a quién le importaba lo que una pobretona con aspiraciones intelectuales hubiera hecho en su pasado? Pero la espera había valido la pena. La oportunidad había llegado para que él sacara beneficio.

Estaba convencido de que iba a recibir una buena compensación por ese secreto. ¿Qué futuro esposo, en especial alguien con tanto dinero e influencias, querría que un vergonzoso secreto de su futura esposa se conociera? El silencio tenía un precio. En su caso particular, muy alto. Aunque, claro, Theo podía dar garantía de que una vez que recibiera el dinero no abriría la boca nunca más…

Su idea era largarse del Reino Unido.

Después de ver a su padre en un estado deplorable y derrotado, en una deplorable cárcel, a él no le quedaba otra que valerse por sí solo. En este caso con un empujoncito: los trapos sucios de Molly.

—¡Theo!

«Aquí vamos de nuevo», se dijo con fastidio al escuchar la

175

voz de su jefe.

—Ya llevo el informe, señor. No tardo —replicó con un tono simple. Tan simple como era su vida desde que no tenía acceso a la cocaína. ¿En qué endemoniado trabajo le hacían controles de orina? ¡Ni que trabajase en un laboratorio o en un organismo estatal por los mil demonios!

***

Amir pensó en el tiempo que le había tomado coordinar la compra de equipo bélico y armamento en Alemania con Tahír. El muy cretino se había deslindado de una petición de último momento por un tema de tiempo. Así que Amir tuvo que quedarse varios días más de los previstos, mientras Abdul le informaba que la negociación con Phautaja empezaba a dar frutos. Caracterizado por su poca inclinación a creer en palabras, sin hechos de por medio, Amir pedía informes medidos y precisos cada ocho horas.

Después de un viaje a Brasil, además de una parada en otro país latinoamericano para intentar estrechar lazos culturales, Amir finalmente pudo tomar un vuelo hacia Londres. Jamás había experimentado tanta ansiedad en su afán de ir en la búsqueda de un objetivo.

En un inicio, Abdul se mostró reacio a que él fuera solo, salvo por tres guardaespaldas, a Londres. Le explicó que si la prensa se enteraba harían un festín con las especulaciones. Pero él estaba decidido a confrontar a Molly, así que desestimó las sugerencias de Abdul y en esos momentos estaba en Belgravia.

Faltaban dos horas para la medianoche. Tenía tiempo suficiente para ir hasta el barrio en donde Molly vivía. Podría esperarla. De lo que recordaba haber hablado con ella, el horario en que llegaba a casa solía ser a las diez y treinta de la noche. Así que le quedaba media hora exacta para llegar a tiempo.

—Jamit —dijo a su chofer, llamándolo por teléfono—, por favor, prepara el automóvil que voy a salir.

—¿Dónde desea que lo lleve, alteza?

—Iré solo conduciendo. Los guardaespaldas pueden ir en otro vehículo. Y tú ya tienes la noche libre.

—Alteza, si me lo permite, el señor Abdul Zhartam me indicó que…

—Es todo, Jamit —zanjó Amir, y el hombre murmuró una disculpa desde el otro lado de la línea.

El príncipe tomó su chaqueta azul. Se había dado un baño rápido ni bien entró en su ático. No llevaba la molesta corbata, Amir no entendía cómo a la gente le parecía elegante semejante atrocidad para la libre circulación del oxígeno en el cuerpo.

A esas horas vestía un poco más informal de lo que solía estilar. Usaba un pantalón negro que marcaba sus poderosas piernas. La camisa con rayas verticales sobre un fondo blanco, creaban la sensación de estar viendo a un genio de los ordenadores en lugar de a un príncipe heredero. Amir podía camuflarse fácilmente en países en los que su legado familiar era desconocido. Aquello le brindaba una sensación de libertad que disfrutaba y le era más preciada que el oro.

Ignoraba cuáles serían las reacciones de Molly al verlo, pero de lo que sí estaba convencido era de que ella iba a escuchar un discurso muy enfático de parte de él. Con paso ágil, Amir abrió la puerta del automóvil y se instaló detrás del volante.

Encendió la radio para escuchar alguna novedad que hubiera podido escapársele al equipo de monitoreo de medios internacionales de la agencia de comunicación que trabajaba para el palacio real. El grupo de profesionales solía enviar un informe diario a todos los consejeros de los príncipes y miembros del gabinete real. La agencia tenía una sucursal en casi todas las regiones del mundo.

Amir llegó a las inmediaciones de la casa de Molly. Las luces de la casa estaban apagadas. Hasta que, a punto de bajarse del automóvil, se detuvo de repente. Un vehículo de vidrios tintados se parqueó justo a la entrada de la propiedad. Con el ceño fruncido, y protegido por los vidrios —también tintados— de su carro, Amir observó cómo un tipejo rodeaba el BMW para abrirle la puerta a Molly.

Parecía haber cambiado en las últimas semanas. ¿Se habría hecho un nuevo corte de cabello?, se preguntó, mientras trataba de no reparar —sin éxito— en la forma en que el hombre joven colocaba posesivamente la mano en la cintura de Molly, y ella no parecía incómoda en absoluto. Amir podía increparlos argumentando que Molly parecía estar en peligro, pero lo cierto era que ella parecía a gusto. Apretó los dientes con fuerza. No iba a sacar conclusiones.

Esperó, como un leopardo, agazapado en la sombra. Sentía que de pronto su espíritu posesivo tomaba el sitio que le correspondía al sosiego y la calma. Fue entonces cuando fue testigo de cómo Molly se besaba con otro hombre, y creyó verlo todo rojo.

No se dio cuenta de lo que estaba haciendo hasta que reaccionó por el dolor en los nudillos y las lágrimas de Molly mientras le pedía que se detuviera. Ante él tenía un escenario muy parecido al que tuvo que presenciar cuando Tarek rodó por las escaleras. Jadeando, Amir observó al hombre que yacía en el suelo, con un hilillo de sangre en la nariz y el labio. Se lo había partido. Molly estaba acuclillada a su lado, tratando de reanimarlo.

Preso del pánico, Amir no dudó en llamar a emergencias.

—¿Qué has hecho? —preguntó Molly, mirándolo con tal reproche que Amir se sintió como un hombre de los bajos mundos. Sin autocontrol. Llevándose solo por los instintos. Solo por el deseo de querer reclamar lo que, sin justificación, creía suyo—. ¿Y qué rayos haces aquí, Amir? —le increpó asustada por la reacción del príncipe.

Ella, que durante su infancia vivió abusos físicos —golpes— de su padre, la sola idea de la violencia le causaba arcadas. Pero más que eso, Molly revivía antiguos miedos y pesadillas en los que, a toda costa, a su corta edad había procurado esconderse mientras su padre disfrutaba de las drogas, el alcohol y prostitutas como si se tratara de un tren normal de vida. Solía escabullirse detrás de la mesa de costura de su abuela, antes de que ella hubiera empezado a hacerse cargo de ella y Theo al completo, cuando Richard empezaba a tambalearse por el efecto del licor y las drogas en el afán de buscarla para castigarla por el mero hecho de parecerse a su desaparecida madre. La culpaba, la injuriaba, y —cuando Molly no lograba escapar— la golpeaba hasta que ella, con el orgullo magullado de tanto rogar, lloraba para que dejara de lastimarla ante la mirada impávida de un pequeño niño como era Theo en ese tiempo.

Y ahora, observando cómo Amir, siempre tan contenido y lleno de mesura —salvo por la noche que pasaron juntos en Azhat— actuaba como si fuera un salvaje, se llenó de miedo y se operó en ella un rechazo que no creía posible experimentar hacia él. No era un rechazo consciente.

Amir acababa de activar recuerdos y temores escondidos en Molly. Ella veía a Leroy como una víctima, que lo era en esos momentos, y analizaba al príncipe bajo la luz de una imagen similar a la de su padre; un padre que jamás fue el referente que ella necesitó durante sus años de crecimiento.

—Yo... —se pasó los dedos entre los cabellos—, lo siento...Molly... He llamado a emergencias —señaló con obviedad mirando a las dos personas que tenía frente a él—. Deben llegar pronto.

Molly le quitó el teléfono sin mediar palabra. Marcó a emergencias para cancelar la petición de auxilio de Amir. No era necesario, porque Leroy estaba consciente, y breves segundos después pudo incorporarse con la ayuda de Molly. Cuando Amir quiso prestar ayuda tendiendo la mano al jinete de carreras, Leroy lo reconoció. Lo apartó de un puñetazo, por obvios motivos sin demasiada fuerza, en la mandíbula. No era extraño que Leroy conociera a la realeza de Oriente Medio, pues tenían los mejores establos del mundo.

—Maldito seas, ¿qué crees que haces, Al-Muhabitti? —preguntó Leroy sin contenerse, mientras Molly lo abrazaba de la cintura y lo instaba a entrar. Ella no quería más embrollos. Solo deseaba quedarse sola para respirar un poco de paz.

—Molly... —ella apenas lo miró—, lo siento —murmuró Amir, sin poder explicar su estallido. O si acaso podía explicarlo, no deseaba hacerlo.

—Será mejor que te marches si no quieres que presente cargos —dijo Leroy con seriedad. Ninguno de los tres dudaba ni un momento de sus amenazas.

Con las manos en los bolsillos, sin importarle que la tela del pantalón le raspase los nudillos heridos por los golpes que le había propinado sin piedad a Leroy, Amir se quedó observando cómo le cerraban la puerta en las narices. «¡Joder! Joder...». Debió haber hecho caso a Abdul, se dijo, contrariado, cuando empezó a alejarse y un par de flashes —salidos de la nada— casi lo cegaron. «Paparazzis.»

Él, que cuidaba su imagen pública con más esmero que el tesoro nacional de Azhat, acababa de ser visto liándose a golpes con un hombre en plena acera de una casa particular en Londres. Salir en los periódicos no iba a importarle tanto como el hecho de que la persona a quien había ido a buscar desde Azhat, y cuya opinión podía redimirlo, acababa de condenarlo con una mirada impregnada de decepción.

***

Inexplicable.

No había otra forma de calificar el comportamiento de Amir, se dijo Molly mientras terminaba de leer el periódico de la mañana. No solo el comportamiento, sino la presencia de Amir en Londres. Irrumpía en su vida cuando ella había pensado que podía dejar todo atrás y empezar de nuevo en el plano sentimental.

En su pasado había experimentado muchos reveses. Quizá si se dedicase a escribir varios volúmenes de su corta vida, tragedias incluidas, su cuenta bancaria sería más que apetecida por los grandes bancos. Aunque solo había un episodio que le causaba pesadillas, porque no tuvo opción. Porque la decisión que ella eligió, en ese momento de su juventud, había sido la más justa para todas las partes involucradas.

Dejó el periódico a un lado. Era consciente de que, al ser la exprometida de un príncipe, iban a perseguirla los medios de comunicación. Pero ella se había cuidado mucho de los sitios a los que iba y no tuvo ningún altercado o encuentro desagradable. Hasta esa mañana cuando salió a recoger el periódico. Las inmediaciones de su casa estaban rodeadas por paparazzis que estaban a la caza de sus declaraciones sobre el incidente del día anterior. Era tal el revuelo que su teléfono móvil tenía ciento cincuenta llamadas perdidas de diferentes números desconocidos.

La única llamada que decidió atender fue la de Leroy, porque después del incidente de la noche anterior sentía que se lo debía de algún modo. Él le preguntó qué relación tenía Amir con ella para ir a buscarla a esas horas y tan de repente. La interrogante surgió en un tono calmado, pero la calidez habitual en la voz masculina hacia ella había desaparecido por completo. Molly le tuvo que explicar, contar, la verdad. Al final, Leroy le dijo que ella le gustaba, pero no podía someter su vida al escarnio público y menos con un príncipe que —debido a su influencia en el mundo ecuestre— podía destruir su carrera profesional con una sola palabra. El puñetazo, argumentó Leroy, fue instintivo y no creía que hubiese repercusiones, pero no podía estar tan seguro de lo mismo si Amir volvía a verlo en otro escenario en el que ella estuviera involucrada de nuevo.

Así que Molly estaba sin prospecto romántico, lo que implicaba que una posible noche de sexo se había extinguido en un tris tras, y además estaba siendo acosada por los medios de comunicación. No podía salir de su casa, y ya había llamado a sus trabajos para explicarles que ese día no podría ir... ¿Consecuencias? En la biblioteca podían reemplazarla sin problemas durante el turno de ella, pero solo tres días. Los hijos de la señora que cuidaba en las noches, salvo el día libre que le daban una vez por semana, le dijeron que su madre no podía quedar desatendida y que tendrían que reemplazarla por otra persona que pudiera cumplir sin falta su trabajo. Pues a ver cómo le iba con esa falta de ingresos.

Todavía podía llamar a Abdul y exigirle ayuda, porque lo que estaba ocurriendo era culpa del bobo de Amir. De mala gana dejó la taza de té sobre el mesón de la cocina y lanzó el periódico al bote de basura. Fue hasta su habitación y se escondió bajo las sábanas. No quería saber del mundo. Que se mataran fuera de su casa, le daba igual, pensaba quedarse encerrada hasta que todo —por algún milagro— volviera al apacible silencio que ella tan alegremente había estado disfrutando hasta hacía solo unas horas atrás.

CAPÍTULO 15

—¡Abre la puerta, Molly!

Aún bajo las sábanas, consciente de que esa voz que llevaba gritando varios minutos pertenecía a la única persona que no esperaba ver: Theo. Sabía que su hermano era un oportunista y a pesar de ello su habitual costumbre de atender los problemas en los que él siempre se metía parecía querer impulsarla a apartar las sábanas y bajar corriendo para dejarlo entrar.

Sin embargo, su parte consciente, aquella que no olvidaba que había vivido hacía pocas semanas uno de los peores episodios de su vida, no quería tener nada que la relacionara con él. Estaba cansada de ser el escudo de las balas que Theo impulsaba a otros a dispararle, y quedar ella tan mal herida que le tomaba días o semanas asimilar que su vida había sido puesta patas arriba. Molly se sentía incapaz de llevar la carga de la vida de otros sobre sus hombros, por más de que esos "otros" fueran su propia familia. No más. Necesitaba respirar un nuevo aire.

—¡Abre la maldita puerta o le pienso contar a los periódicos de Gran Bretaña sobre tus hazañas juveniles! —insistió el muchacho.

«Como si yo tuviera alguna», pensó Molly.

Su hermano, a diferencia de los periodistas, conocía la

puerta lateral envejecida que estaba en la parte trasera de la casa. Se podía acceder a ella desde un callejón poco transitado, pero solo era posible abrirla desde dentro. «Dios, ¿por qué simplemente un rayo no desaparece todos mis problemas?», pensó apartando las sábanas de mala gana. Aún a pesar de su reticencia conocía a su hermano, y no quería continuar escuchándolo gritar que le prestara atención. Corría el gran riesgo de que atrajera la atención de alguno de los periodistas y no quería que su dolor de cabeza aumentara.

Se calzó unas sandalias de andar en casa.

—Cállate, Theo. Voy a abrirte la maldita puerta.

—Claro, hermanita —dijo al escucharla.

—Y vas a escucharme de una buena vez.

—Yo también te he echado de menos —comentó con sarcasmo.

—Se nota —repuso ella agarrando un trapo para no ensuciarse las manos con el óxido de la manigueta de la puerta.

Con un empujón certero, Molly consiguió abrir la estructura metálica que chirrió debido a la falta de aceite y uso. Iba a dejar escapar un fluido discurso con todas las recriminaciones que Theo se merecía.

Se sorprendió al ver a su hermano. Había ganado un poco de peso. Parecía haberse recuperado de las noches de insomnio, o al menos las ojeras apenas se le notaban. Sintió el poderoso impulso de preguntarle cómo estaba o si acaso necesitaba algo de ella. Su ayuda o su apoyo. La costumbre no era sencilla de erradicar.

Se mordió la lengua, literalmente, antes de tomar la fuerza para hablar de todo menos del estado del día a día de Theo. De todas maneras, ella conocía los pormenores del día a día de él, pero no tenía por qué comentárselo, ni tampoco quería escuchar más mentiras.

—Iba a preparar un té —mintió mientras avanzaba hacia la puerta deslizante que daba a la cocina desde el patio trasero. Theo la siguió sin mediar palabra.

Ella le hizo un gesto, y él se acomodó en uno de los taburetes de plástico alto que estaban alrededor del mesón central de la modesta cocina. Molly trató de estirar un poco el tiempo antes de enfrentar a su hermano poniendo la tetera en la estufa. Cruzada de brazos, y consciente de que había paparazzis rondando la casa, intentó concentrarse en la persona que estaba con ella en esos momentos.

—Estaban interesantes los titulares de esta mañana —soltó a bocajarro con tono sardónico—, así que decidí hacerte una visita. ¿Te das cuenta? Soy un hermano que se preocupa.

—La casa está rodeada de paparazzis, aunque imagino que la prudencia no es una de tus virtudes.

—Claro. ¿Qué esperabas? ¿Que al leer las noticias de primera plana no quisieran más detalles? —soltó una carcajada al tiempo que agarraba la oreja de la taza de té y bebía un sorbo—. Puedes ser muy ingenua a veces...

En ese momento, el genio de Molly estalló en un modo que jamás lo había hecho. Como si un dique se hubiese roto y la fuerza del agua estuviera dispuesta a arrasar con todo a su paso.

Con la mano, Molly barrió todo el contenido que estaba sobre el mesón. Incluida las tazas de té de ambos. Todo se hizo añicos sobre la moqueta de la cocina, ante la sorprendida mirada de Theo.

Ella rodeó el mesón y tomó a su hermano de los hombros, sacudiéndolo.

—¡No tienes idea de la cantidad de mierda que he tenido que soportar por culpa de tus irresponsabilidades, Theodore Reed-Jones! —lo apartó con furia, y él se tambaleó sobre el taburete. Ella lo encaró de nuevo, no quería tocarlo porque estaba segura de que lo golpearía y eso no podría perdonárselo a sí misma jamás—. Te he cuidado tratando de darte un hogar digno. Te he acompañado siempre que has necesitado de mí. No he dejado ni un instante que sintieras la carencia de comida, vestimenta e incluso me privé durante años de muchas posibilidades de disfrutar de mi vida por ti. Porque te quiero y porque eres mi única familia en el mundo. ¿Cómo me lo pagaste, Theodore? —gritó—. ¿Cómo? Siendo un jugador, consumiendo drogas, creando problemas, y empujándome a casi ser violada y vendida como una esclava sexual por tu amiguito Morantte que no es, si no, un traficante de personas además de distribuidor de drogas —espetó a viva voz. Respirar le costaba. Y apenas se había dado cuenta de que las lágrimas rodaban por sus mejillas a borbotones.

Pálido, Theo, no se movía al escuchar todo lo que su hermana estaba confesándole. Los detalles del secuestro. La presencia de Amir. El fingido compromiso. Todos los pormenores que jamás él se hubiera imaginado que su hermana hubiera tenido que vivir... para protegerlo. Por primera vez en toda su vida, Theodore experimentó vergüenza de sí mismo. Sus ganas de lucrarse con el secreto de Molly ahora le parecía una vileza...

—Molly...

—¡Molly, nada, Theodore! —dijo secándose las lágrimas con el dorso de la mano—. Estoy cansada. Es tiempo de que te hagas cargo de todos tus problemas. Se acabó. Búscate una forma de salir a flote.

La conciencia de Theo empezó a crearle la urgencia de confesarle a Molly lo que había hecho horas atrás cuando, sorpresivamente, el príncipe Amir Al-Muhabitti envió por él antes de que abriera la oficina en la que trabajaba. El mensaje del príncipe era claro. Quería que se mantuviera alejado de los medios de comunicación e iba a instalarlo en un hotel durante la siguiente semana. Cuando le preguntó por el tema de su trabajo, el príncipe le advirtió que si abría la boca o hacía algún comentario a terceros lo último que iba a tener era un salario mensual para cubrir sus necesidades.

Theo, que no entendía cómo podría un miembro de la realeza estar siquiera interesado en él, no era tan estúpido como para no atar los cabos correctamente. Fue en busca de los titulares en los medios electrónicos y entendió. Al final, no tendría que tirar de los hilos para encontrar gente que —quizá hubiera podido ayudarlo a conectarse con el príncipe— entonces, como el caradura que era, Theo le dijo a Amir que tenía un secreto sobre su hermana que podría hundir aún más la situación en que se encontraban ambos en esos momentos.

—¿Qué sería eso? —le había preguntado el príncipe por teléfono con un tono carente de calidez.

—Tiene un precio, claro —había osado contestarle.

Después de un largo silencio en el que Theo creía que había presionado demasiado las cuerdas, volvió a escuchar la voz del jeque y príncipe de Azhat.

—Por supuesto. Le diré al chofer que lo conduzca hasta mi propiedad en lugar de hacerlo al Ritz como hubiera esperado que acordase usted a cambio de mantener un perfil bajo. Hablaremos entonces, señor Reed-Jones.

—Bien —le había contestado, al tiempo que sonreía de oreja a oreja.

Ahora, con la mirada de su hermana arrasada por las lágrimas de rabia, comprendía que había cometido un tremendo error. No solo porque el príncipe había pagado una gran cantidad por su silencio, sino porque la condición de ese jeque incluyó que Theo abandonara el Reino Unido al siguiente día. Y ese era el motivo por el que estaba esa mañana en casa de su hermana.

—Me gustaría decirte que... Me voy de Inglaterra —anunció. Era valiente para unas cosas, pero en general, un cobarde para enfrentar los avatares de su vida personal. Entre esas cosas los problemas que le acarrearía, por millonésima ocasión, a Molly. Pero sabía que ella podría arreglárselas.

Durante un instante ella mantuvo el ceño fruncido.

—¿Por qué? Tienes un empleo asegurado.

—Imagino que es una de las cosas que conseguiste por tu compromiso matrimonial... Siempre has sido demasiado generosa...

—Y tú demasiado estúpido. Ahora, explícame, ¿cómo es

que te vas del país?

—Solo vine a despedirme. No tengo por qué contarte los motivos —mintió.

—Sí que tienes —insistió con furia.

—Me cansé de ese trabajo.

—Apenas llevas un par de semanas, ¿cómo se hostiga alguien de un empleo tan reciente?

—El asunto es —continuó Theo como si su hermana no hubiese hablado— que apliqué una sucursal de la empresa en Glasgow. Me aceptaron.

—Ni siquiera te gusta Escocia, Theodore.

—Me pagan bien. Además, estaré alejado de problemas, ¿no es lo que quieres?

Molly cerró los ojos. Todo a su alrededor era una estúpida broma de mal gusto.

—Tienes que continuar con la terapia…

—Lo haré. La doctora de pacotilla hace sesiones por Skype.

—Quiero estar informada de todos los detalles, Theo.

—¿Me dirás qué otras cosas has hecho por mí?

Los hombros de la guapa británica se encorvaron ligeramente.

—Ya eres un adulto. Te deseo suerte en donde sea que emprendas tu nueva vida. No sé qué diablos habrás hecho para conseguir ese trabajo tan pronto, pero me alegro de que hagas algo por ti. Estaba informada de todos tus movimientos porque estuve prometida con un príncipe, y parte de mi trato con él fue que tú tuvieras un empleo, una terapia, a cambio de que te protegieran de posibles efectos colaterales de la gente de Morantte y quién sabría qué más —confesó con monotonía— y el hecho de que hubieras ido a visitar a papá a la cárcel me pareció bien, aún a pesar de que ignoro, y lo prefiero así, tus motivos ulteriores para haberlo hecho.

Sin mediar palabra, consciente de que su hermana iba a odiarlo cuando el jeque y príncipe Amir le dijera que conocía el pasado que ella tanto se había esforzado en ocultar, Theodoro asintió. Sabía que quizá otra persona hubiera ido hasta su hermana y la hubiera abrazado. Él, no. La testarudez y el orgullo absurdo tenían conquistado su ego…

—Adiós, Molly.

—Escribe de vez en cuando. Solo para saber que estás vivo —dijo con voz rota y observando la tensión en el rostro de su único hermano. Ahora iba a quedarse sola por completo en una ciudad que su exprometido, falso, había convertido en un circo a su alrededor.

—Lo haré.

Esa fue la última palabra que los hermanos intercambiaron.

Molly avanzó hasta la sala y se quedó sentada un largo rato en el sillón con el rostro entre las manos. Después de un instante consiguió incorporarse.

Creyó escuchar a alguien llamando a la puerta por la que tiempo atrás su hermano había entrado, pero ella no recordaba que alguien más supiera de esa vía para entrar a su casa. Aunque, por cómo le estaban yendo las cosas, no creía tener en absoluto algo asegurado o concreto.

Seguro era el tonto de su hermano que quería pedirle algo. Siempre armaba algún lío para después volver sobre sus pasos, o arrepentido o para que le diese dinero.

—¿Qué quieres? —preguntó a bocajarro y de mala gana ni bien abrió la puerta del jardín.

—Molly.

Ella creyó estar viendo fantasmas. O personas que no pensó que volvería a encontrarse.

—¿Leroy? —preguntó retóricamente. ¿Qué era eso? ¿Un reality show?

Él, sin ser invitado y mirando de un lado a otro, entró. Le ayudó a Molly a cerrar la puerta con firmeza. Después fue por una banqueta que estaba cerca y la acercó para trabar la entrada.

—Leí los titulares —dijo—, te llamé varias veces al celular

para saber cómo estabas, pero me enviaba directamente al buzón de voz. Recordé que mencionaste el sitio en el que trabaja tu hermano, lo fui a buscar hace poco, y ya no estaba... El mánager me reconoció, la ventaja de ser un jinete famoso a veces —sonrió— y me facilitó el número de celular de Theodore. Que había renunciado... Todo parece demasiado confuso.

«Dímelo a mí», pensó Molly.

—Vaya —murmuró ella cerrando los ojos—, imagino que Theo es muy popular estos días.

—Tu hermano me dijo que había una puerta lateral —continuó Leroy acariciándole la mano a Molly— pensé que lo encontraría aquí —se encogió de hombros después de mirar alrededor—, supongo que no ha llegado todavía.

—Llegó y se fue —murmuró Molly en voz baja.

—Me aseguré de que no pudieran verme los periodistas.

—Gracias... No creía que volvería a verte, al menos no después del incidente de la otra noche.

—Quería saber cómo estabas. Y lo que sucedió no fue culpa tuya. No debí dejarte sola dándole vueltas a la escena... Lo lamento.

Ella suspiró y se pasó la mano entre los cabellos.

—He estado intentando quitarme esa plaga de periodistas —dijo señalando al exterior—. Imagino que no se puede tener todo lo que se desea en esta vida.

—Puedes venir conmigo. Quédate en mi casa un tiempo —ofreció.

Molly sonrió.

—Tienes una competencia en Kentucky dentro de dos semanas, Leroy. ¿Cómo vas a ocuparte de una persona mientras en tu mente debe primar la concentración para ganar la carrera? Además, apenas hemos salido una vez. Me parece demasiado apresurado...

Él sonrió.

—Todo depende de la persona. Anoche no me comporté

del mejor modo al irme de tu casa sin dejarte claro que quería volverte a ver. No voy a tratar de ser lo que no soy, me gustan las mujeres y he salido con muchas, aunque lo más sincero que puedo ser es decirte que ninguna de ellas me ha impactado tanto como lo has hecho tú... Y no es una línea de flirteo. Es la verdad.

Molly había dejado de creer en ese tipo de palabrerías mucho tiempo atrás. Pero estaba tan necesitada en esos momentos de un poco de fantasía, que decidió creer que era cierto.

—¿Estás enamorada de Amir? —preguntó Leroy de pronto, y sin ningún tipo de filtro. A modo de respuesta, Molly giró la cabeza hacia un lado. No tenía sentido mentirle. Ni mentirse a sí misma.

—Sí... Aunque ya te diste cuenta que las cosas no son precisamente coherentes entre él y yo.

—¿No tienen nada serio?

«Nunca fue nada serio.»

—Ya no.

—Ven conmigo a Estados Unidos —pidió con dulzura, mientras le acariciaba la mejilla a Molly—, me gustas, mucho. Y creo que tú y yo podemos construir una relación sólida a largo plazo. No te hablo de amor, porque sería una completa mentira, pero sí me atrevo a hablarte de un compromiso para conocernos mejor y manejar también la atracción que sentimos el uno por el otro. Con el tiempo quizá pueda empezar a transformarse en algo más profundo.

—No lo sé, Leroy... Todo esto es demasiado para mí... —dijo mirándose las uñas de las manos. Era un milagro que, de la tensión, no se las hubiera arrancado.

Sin ocultar la decepción en la mirada, el joven jinete le dedicó una sonrisa.

—Tienes mi número de teléfono. Por favor, llámame cuando tomes una decisión. Estaré en Inglaterra, como bien sabes, una semana más antes de partir para entrenar en

Kentucky. Estoy seguro de que te gustaría Louisville.

—Tengo una vida aquí... Londres es mi hogar... Tengo que terminar mi carrera...

—Aventúrate. Puedes retomar tus estudios cuando regreses.

—Perdería un semestre, Leroy.

—No tendrás que gastar ni un centavo —insistió con su persuasivo encanto— serás mi invitada. No tienes que compartir habitación conmigo tampoco, no si no es lo que quieres. ¿Qué puedes perder?

Con esa frase flotando en el aire, Leroy se inclinó y depositó un suave beso en la boca de Molly. Ella permaneció en silencio cuando él se marchó. Los murmullos en el exterior daban cuenta de que, por más que Leroy fuese astuto, los periodistas habían logrado verlo y ahora iban detrás de él. «Más leña atizando el fuego», pensó Molly con resignación.

Volvió al interior de la casa.

Todavía existía una persona que era capaz de enseñarle el mejor modo de salir adelante en esa situación. Fue hasta la mesita de noche de su habitación y rebuscó entre los cientos de tarjetas que había recibido durante su estancia en Oriente Medio.

Abrió una pequeña bolsita y sacó la tarjeta de Gerth. Su profesor de Azhat, a quien también consideraba un amigo, debía conocer los entresijos precisos para escabullirse o hacer una declaración a la prensa sin causar más revuelo. Una contención de crisis en la que, sin ella desearlo, se había visto inmersa. Lo que necesitaba en esos momentos era entender cuáles eran sus posibles aliados, y cuáles las soluciones inmediatas para que regresara la paz a su existencia.

***

Amir intentaba digerir la información que Theodore le había proporcionado en la mañana. Le había pagado una cuantiosa cantidad de dinero que no estaba para nada relacionada con obtener el secreto de Molly porque desconfiara de ella, pero sí tenía que ver con el hecho de que finalmente ese parásito que tenía por hermano menor dejara de pulular por Inglaterra interrumpiendo la vida de Molly. Él, menos que nadie, carecía de derecho para juzgar el pasado de la preciosa mujer que era, sin duda, más valiente que cualquier guerrero que pudiera haber conocido. Porque era valiente en el ámbito que los hombres tendían a ser unos cobardes: amor. Y no creía que ella lo amase, lo más probable era que lo odiase y lo considerara un monstruo irresponsable.

Ahora que conocía ese secreto que ella había guardado experimentaba compasión y empatía. Estas últimas eran dos emociones que jamás utilizaba si no era con fines lucrativos para sus negocios. En su vida personal todo solía ser desechable... Hasta que cometió el error de creer que Molly lo era...

Los datos de Theo eran imprecisos, pero Amir había comprobado la información con el investigador privado de Bashah. Se encontró en la posición de tener que hacerlo para constatar los datos. No por el dinero que había pagado, era calderilla para sus cuentas bancarias, sino porque necesitaba encontrar el modo de enfrentar a Molly sin herirla, sin ofenderla... Por más que hubiera sido una situación tan difícil la que ella había pasado con tan solo dieciséis años, él no tenía derecho a juzgarla, pero sí tenía a tratar de entenderla y pedirle que se lo permitiera.

—¿Abdul, hasta cuándo puedo dilatar mi regreso al palacio? —preguntó a su secretario cuando este lo llamó desde Azhat para comunicarle que el rey Bashah iba a contraer matrimonio en las próximas semanas y que Amir no podía faltar.

Durante sus días de trabajo, él y Tahír habían tenido un altercado con Hassam Al-Pakrith, un joven rey de un país vecino. Hassam intentó sugerir que Amir contrajera matrimonio con su hermana, y exesposa de Bashah, Moesha Al-Pakrith. ¿En qué cabeza podía ofenderse a un príncipe con semejante propuesta?, se había preguntado Amir con frecuencia después de que finalmente regresaron a Azhat.

Fue todo un caos la dichosa negociación en territorio extranjero. De hecho, la mujer australiana que había robado el corazón de su hermano Tahír había estado a punto de morir. Si Amir no se equivocaba, la muchacha estaba pasando los días de recuperación en el riad privado de Tahír.

Todo un cuadro dramático y digno de su hermano Tahír, pensaba Amir cada vez que recordaba el episodio. Ambos tenían una relación estrecha, y los tres hermanos podían llegar a ser muy cabezotas y obcecados. Cada uno en su propio mundo y con sus variopintas personalidades.

—Seis días, alteza. Debe regresar porque el acuerdo con Phautaja ya tiene todas las directrices acordadas.

—¿Qué ha ocurrido con la princesa Cassiah? ¿Ha vuelto a hacer declaraciones veladas a la prensa de Azhat?

—No, alteza. De hecho, el rey de Phautaja ha anunciado el compromiso matrimonial de su hija con Farah Jal-Al-Lakaht, el príncipe heredero de Trameh. Ocurrió hoy en la mañana.

Amir frunció el ceño. Aquel era un reino nuevo, y por nuevo se consideraba que tendría al menos cien años, y no siglos como otras naciones árabes vecinas. No era tan próspero, y decían que Farah era un príncipe con pocas pulgas, aunque su pueblo lo adoraba. Era el único heredero, así como Cassiah, del territorio.

—Es un alivio saberlo —dijo Amir—, al menos no tendré que lidiar con la tensión que implica tener a esa mujer cerca.

—Alteza, en referencia al acuerdo económico, pues falta su rúbrica como representante del rey Bashah —comentó. Siempre procuraba evitar darle demasiadas vueltas a temas que consideraba personales. No volvería a cometer otro error como lo hizo con los hermanos Hamit. Había logrado el perdón del príncipe, pero aquello no era suficiente para remediar su cargo de conciencia.

—Comprendo. No olvides la orden que te pedí que

ejecutaras esta mañana.

—No, alteza, no se me ha olvidado para nada. Ya contacté con Numen Kabrah el líder de los bereberes más antiguos y respetados. Pero, si me permite una pregunta… ¿Está seguro de su petición?

—Totalmente.

Sin más, el príncipe Amir cortó la comunicación con su secretario. Acababa de decir la verdad. Jamás había estado tan seguro de lo que tenía que hacer como lo estaba ahora. Quizá tendría que recurrir a una técnica bastante barbárica y arcaica para lograr su cometido, pero el objetivo final valía la pena.

Estaba cansado de tratar de ser el que contenía la marea. Le gustaría ser el causante de una marejada que dejara como saldo su propia satisfacción. ¿No podía acaso un príncipe ser egoísta por una sola oportunidad e intentar ser feliz después de haberlo sacrificado todo durante tantos años por su pueblo?

CAPÍTULO 16

—¡Debes estar de broma! —exclamó Molly cuando se encontró cara a cara con Amir en la oscuridad de la noche.

—Nadie está riéndose —replicó Amir, cautivado por el halo de luz de luna que creaba alrededor de Molly un aura sensual. Ella, con el cabello despeinado y una de las hombreras de la bata de dormir hacia un lado, lucía tan hermosa que lo que deseaba era tocarla y besarla. Se contuvo a duras penas.

Molly no era poseedora de una capacidad de clarividencia, pero estúpida no era, e instintivamente había abierto los ojos y ahogado un grito cuando vio una figura, alta y robusta, acercársele. Claro, la mano grande que tapó su boca le impidió soltar un quejido de rabia, pero no impidió a su cuerpo debatirse hasta que, ante la implacable fuerza de aquella mano, tuvo que dejar de pelear. Con la respiración agitada, al fin enfocó a quien tenía ante ella.

—No sé qué demonios quieres. De verdad. No tenemos nada de qué hablar.

—Hay mucho sobre lo que tú y yo tenemos que hablar.

—Quiero que te deshagas de esta persecución mediática que me ha tenido retenida en esta casa durante tres noches. Tampoco he podido ir a abastecerme de ciertas cosas que necesito, y he perdido mis empleos. ¿Estás esforzándote en arruinar mi vida? Porque no necesitas continuar haciéndolo, ya lo has conseguido con creces.

Amir, al notar los ojos llenos de lágrima, comprendió que había tardado demasiado en acudir a ella. En intentar protegerla. Se acuclilló y le tomó las manos entre las suyas. Fue un alivio que Molly no se apartara.

—Eso está resuelto. No volverán a molestarte. ¿Has notado que hay silencio? —le preguntó con suavidad.

Ella asintió.

—¿Cómo lo conseguiste? Hasta anoche estaban prácticamente acampando fuera a la espera de que, en medio de mi desesperación, saliera corriendo o quién sabe qué otra cosa... Yo no estoy habituada a este tipo de situaciones. No entiendo...—dijo haciendo una negación con la cabeza, y alborotando sin querer sus ondas que llegaban por debajo del hombro—, yo no entiendo esta vida, Amir. No la pedí...

—Molly, tengo una propuesta para ti —interrumpió apretándole los dedos de las manos con los suyos.

—No pues, ¿otro trabajito? —preguntó con sarcasmo, zafándose del calor de las manos elegantes del príncipe, quien la observaba a su vez con cautela.

—Quiero que me acompañes al desierto, Molly.

—¿Otra vez? ¿Y ahora para qué? Fui yo quien rompió con el acuerdo. Eso debería dejarte claro que no quiero saber de ti.

Eso penetró en el ego del príncipe, pero él lo dejó pasar.

—Fuiste muy honorable al hacerlo y también generosa.

—O muy estúpida —murmuró.

—No, Molly, el estúpido he sido yo. Quiero que me llegues a conocer. No al príncipe, sino al hombre detrás del título.

Ella ya había sufrido demasiados contratiempos a lo largo de su vida. Solo quería tranquilidad. Todavía tenía pendiente una invitación lejos del Reino Unido. Quizá era ahora cuando debía tomar una decisión.

—¿Por qué?

—Si me acompañas al desierto, te lo diré —expresó con

su encantadora sonrisa. Ella no podía dejarse convencer tan fácilmente.

—¿Cómo entraste?

—¿Acaso importa?

—Debería cambiar todas las cerraduras... Oh —dijo de pronto al notar el silencio de Amir—, tú mandaste a que cambiaran las cerraduras. Por eso no encontraba mi juego de llaves, y antes de irme de Azhat, Qalina me entregó las llaves con un nuevo llavero. El modelo del llavero no solo era nuevo, sino todas las llaves.

—Fue un recurso por seguridad.

—De la que ahora te has aprovechado. Has entrado a mi casa como un ladrón.

—Un hombre tiene que hacer, lo que un hombre tiene que hacer.

Molly soltó un bufido nada elegante. Se cruzó de brazos. Lo miró con furia.

—No deseo ser una prisionera en una jaula de oro. Abandonada en una marea de personas, amables claro, pero sin realmente entablar una genuina relación con nadie. Quizá creas que soy desagradecida, aunque en este caso se trata de preservar mi cordura. Llegué a apreciar tu cultura y tu pueblo, pero no quiero saber más de jugar a ser una princesa.

—Lo comprendo. Por eso te pido esta oportunidad. Seremos solo tú y yo. Nos conoceremos mejor, de verdad, y...

—No, Amir. No.

—Te daré hasta mañana para que lo pienses.

—He hablado con Gerth.

—¿Gerth? —preguntó, desconcertado, y frunciendo el ceño.

—Me dijo que lo mejor sería que no apareciera contigo bajo ningún concepto si quería que la prensa se olvidara de mí. Me sugirió que te contactara a ti o a Abdul para que tú decidieras, de verdad o de mentira, empezar a salir con alguien para que las fotografías con esa chica menguaran el impacto de la escena que montaste con Leroy. Ahora, quiero que dejes las copias de las llaves de mi casa, las que tienes tú o las que cualquier otro miembro de la familia real pudiese tener, aquí. ¡No deseo más intrusos! Dios, si esto parece una película de Mr. Bean en su versión más ridícula.

Amir no pudo evitar soltar una risa. Al notar que ella no encontraba en absoluto gracioso lo que acababa de decir, se calló.

—Molly... ¿Por qué no me llamaste?

Ella puso los ojos en blanco.

—Quiero dormir. ¿Es acaso demasiado pedirte? Además, llamarte hubiera implicado otra complicación adicional. Si ya consiguieron alejar a la prensa desde el palacio, bien. Si no lo han conseguido y mañana vuelven a estar fuera, entonces te pediré que consideres hacer lo que sugirió Gerth.

—No volverán a molestarte los paparazzis, Molly.

—¿Cómo puedes estar tan seguro?

—Lo estoy —afirmó con rotundidad. Él no iba a darle explicaciones sobre las negociaciones que tuvo que llevar a cabo Abdul y su equipo legal, así como el de relaciones públicas internacionales, para conseguir que la prensa accediera a dejar de atosigarla. Amir estaba muy confiado de su plan con Molly en los próximos días y por eso negociar con los editores y productores no fue tan complicado —al menos esas fueron las palabras de Abdul; aquello ya era bastante decir— ahora le tocaba cumplir con su parte del trato.

—¿Sí? —preguntó Molly frunciendo el ceño.

—Fallar jamás es una opción —replicó.

Amir la quedó mirando un largo rato. Absorbiendo su belleza y calidez. Esperaba que un poco de sueño la hiciera entrar en razón, pensó. Después de todo, no podía apresurarla. Le daría un día. No. Le daría hasta la mañana siguiente, pero no tenía por qué comentárselo. No se caracterizaba por ser paciente, había descubierto, en su vida privada. Y Molly había logrado colarse por las más estrechas grietas que llegaban hasta su endurecido corazón.

—Vete, por favor... No compliquemos las cosas. Ya no tenemos ningún tipo de atadura... Amir, me confundes, y no puedes entrar y salir de mi vida cuando lo estimas pertinente. Vete... No es un pedido tan fuera de lo plausible, ¿verdad?

—No. No lo es... —susurró acercándose—, ¿me dejarás besarte? —preguntó muy cerca de la boca de ella, mientras apoyaba una mano a cada lado de las caderas femeninas, sobre el colchón—. Necesito besarte.

—Besarnos no va a garantizar que acepte ir contigo al desierto. Y además sigo enfadada contigo. Adicional a eso, ¡te has olvidado por completo de mi existencia durante semanas, y ahora creas un caos en mi vida y crees que tienes derecho a pedirme que vaya contigo al desierto de nuevo! Eres osado.

—Los príncipes tenemos que serlo.

—Pues buena suerte... Con otra persona —rezongó.

—Molly...

Ella lo miró. Las chispas que solían encenderse cuando sus rostros estaban tan cerca cobraron fuerza. Ambos fueron conscientes del calor que empezó a bullir entre ambos en esos momentos.

—¿Qué? —indagó, perdida en el aroma tan varonil entremezclado con la cara colonia, y la fuerza que conocía que ese guerrero del desierto llevaba en la sangre.

—Bésame, para que sepas cuánto te deseo yo, y para que tú te sinceres contigo misma dándote cuenta de cuánto me deseas tú —susurró.

—Estás asumiendo que quiero besarte —replicó a pocos milímetros de la boca de Amir.

—¿Y me equivoco?

—No iré contigo al desierto —afirmó.

—Entonces me quedaré con tus besos como recuerdo hasta que recapacites y te des cuenta de que es una oportunidad para los dos.

—No existe un "los dos" ni un "nosotros", Amir.

Empiezas a delirar.

—Entonces dale el antídoto a este pobre hombre y cúralo de su locura con tu deliciosa boca —susurró tomando los labios femeninos con los suyos en un beso que no tenía nada de tierno y cálido. Era una posesión completa.

Molly respondió al beso con ímpetu. Si acaso era posible sentir cómo el pasado se evaporaba para dar paso a un instante de plenitud absoluta, ella lo estaba viviendo en esos momentos al saborear la boca de Amir. Hasta ahora no había sido consciente de cuánto echaba de menos el contacto con esa piel cálida y la sensación de encontrarse rodeada de la virilidad sensual del príncipe.

Volver a besarla, pensó Amir mientras acariciaba la cintura femenina, era beber agua fresca de manantial en una calurosa tarde en el desierto. Los gemidos que emitía Molly mientras la besaba, lo excitaron. Se imaginó teniéndola nuevamente a su merced, dándole placer, y observando cómo sus mejillas se sonrojaban, sus ojos se volvían de una tonalidad intensa, antes de alcanzar el orgasmo. Estaba duro y solo había una mujer capaz de calmar el clamor de su sexo enardecido. Solo una persona podía acallar la urgencia de su deseo.

Con renuencia, y jadeante, Molly lo apartó.

—Amir…

—Eres tan bella, Molly —expresó mirándola con una mezcla de ardor apasionado y ternura contenida—, te he echado en falta.

—Por favor, vete —susurró— no quiero tener esta conversación. No tiene ningún sentido para ambos…

—¿Estás decepcionada de mí? —preguntó recordando el incidente con Leroy. Había pensado en sacar a la luz el tema cuando estuvieran en otro contexto, porque le era más digerible llevar la carga de toda la sociedad pensando mal de él, pero no experimentaba la misma filosofía en relación a Molly.

Ella dejó escapar un suspiro.

—Hay muchas cosas de mi pasado que ignoras, Amir. Lo

201

más probable es que tú termines decepcionado de mí si llegases a enterarte —confesó con un matiz de pesar en su voz—, y de todas formas, ¿qué más da? Lo que hiciste ya no puede ser eliminado de los periódicos ni del internet, tampoco de la memoria de los que participamos, voluntaria o involuntariamente, en la situación. Así que de poco o nada sirve intentar buscarle los por qué.

—Deberías ponerme a prueba y confiar en mí.

—Confiar en otros es lo que he hecho toda la vida. No ha resultado una decisión acertada en absoluto como podrás darte cuenta si analizas los eventos que nos llevaron a encontrarnos en Barcelona…

Amir le acarició la mejilla.

—Mañana vendré por ti.

Ella hizo una negación y colocó la mano sobre la de Amir. Le gustaba su tacto, su aroma, sus besos, y le parecía que tenerlo lejos generaba una sensación de angustiante vacío que tan solo él podía suplir con su presencia.

—No me presiones —susurró—, todo esto ha sido demasiado para mí, Amir… Además, no importa cuántos besos comparta contigo, nuestros mundos son realidades tan opuestas que, si la prensa empieza a escarbar a conciencia, todo lo que has deseado construir para la reputación de tu país se podría venir abajo. Todos los negocios, las entrevistas, los acuerdos… A lo mejor no se verían en riesgo, pero tu capacidad de gestor tal vez sí —comentó apartando la mano de la de Amir.

—Molly… Estás muy agobiada —murmuró sin alejarse del todo. No podía porque esa mujer encendía su sangre y confundía cada precepto sobre las relaciones que se había formado en la mente desde que tenía memoria.

—Imagino que si quisieras ejercer de adivino te habrías muerto de hambre. Solo señalas lo obvio —refunfuñó, nerviosa ante la imposibilidad de ser más firme y apartarlo de su lado. Seguro que aquellos que vivían años en la oscuridad, ante un pequeño indicio de luz eran incapaces de resistirse. Exactamente así se sentía sin él, a pesar de que había intentado —con dudoso éxito— de dejar de lado los recuerdos de sus manos marcando a fuego su piel.

—Quiero quedarme esta noche contigo…

—Amir…

—Te deseo —confesó fervientemente—, y mi capacidad para contenerme contigo jamás ha sido una de mis fortalezas.

Él inclinó la cabeza para besarle la mejilla. Se quedó varios segundos posando sus labios en la suave piel.

—No tenemos un futuro juntos, Amir. Solo pasión. ¿Acaso es suficiente?

—Quiero tenerte a mi lado. Y si para ti solo es un asunto de lujuria, entonces tomaré eso que me das.

—Amir… ¿Qué estás diciendo? —preguntó con la garganta seca y acunando la mejilla del príncipe con la palma de su mano derecha. Le acarició la piel con la yema del pulgar.

—Cuando era joven cometí un gran error con un muchacho a quien consideré mi amigo… Yo no fui lo suficientemente valiente para enfrentar mis acciones y le di la espalda… —bajó la mirada—, entiendo que ante tus ojos no sea más que un príncipe tal vez cobarde y distante —aferró su mano a la de Molly y la miró a los ojos con ferocidad—, pero este príncipe que está ante ti, es capaz de muchas cosas por las personas a quienes ama. Dime que no es demasiado tarde para redimirme ante ti.

—No tienes que redimirte, Amir. No tienes que darme explicaciones. Tu pasado es tuyo.

—¿Por qué te fuiste? ¿Por qué me dejaste?

—No era correcto que permaneciera contigo cuando eso hubiera podido poner en riesgo a muchas personas que dependían de ti…, que siguen dependiendo de ti como príncipe negociador, Amir.

—¿No fue porque estuvieras decepcionada por la historia de los Hamit?

Ella sonrió con tristeza.

—Mi pasado es peor que una acción como la tuya. Y no estoy decepcionada de ti… Lo que hiciste con Leroy el otro día…

—Fue un impulso estúpido. Sentí celos…

—Amir…

Él frotó la mejilla contra la mano de Molly y después giró el rostro para besarle la palma. Se acomodó de tal forma que para ella era fácil percibir su erección y el calor que emanaba de su pelvis. El cosquilleo inmediato que experimentó en sus partes íntimas femeninas resonó en forma de líquida tibieza entre sus muslos.

—Me muero por tomarte y acariciarte.

—No soy un buen partido para la imagen de un príncipe. En cualquier momento la prensa escarbará en mi pasado. Solo es cuestión de tiempo, ¿qué ocurrirá entonces? Debes buscar una mujer que cumpla con los estándares de un reino como el tuyo, Amir.

Después de meditarlo brevemente, y sin estar convencido, Amir decidió arriesgarse. Podía postergar hasta el día siguiente, cuando tenía planeado ir al desierto con ella, la información obtenida de la conversación que había tenido con Theo, pero ya no quería dilatar más la situación. La necesitaba con él. Bajo cualquier título que ella quisiera. Pero a su lado.

—Esta mañana, Theo habló conmigo, y esa charla fue productiva, porque ahora me será posible protegerte mejor.

Las barreras defensivas de Molly se levantaron de forma automática.

—¿Sobre qué hablaste con mi hermano, Amir? —Él le explicó cómo había sido el encuentro, pero aún sin responder a la pregunta en concreto. No era fácil hacerlo. Nada, desde que conoció a Molly había sido fácil—. Y por eso ahora sé lo que ocurrió cuando tenías dieciséis años…

Un incómodo silencio se operó entre ambos, mientras él aguardaba una reacción de Molly. La sentía tensa, no era para menos, y no le gustaba haber enfriado la atmósfera a pesar de estar tan juntos el uno con el otro.

—No sé de qué me hablas —mintió. El corazón le palpitaba de forma acelerada. No creía posible que Amir estuviera refiriéndose a los oscuros meses que rodearon gran parte de su adolescencia. ¿Cómo podría siquiera saberlo entonces Theo, cuando él era apenas un crío en ese tiempo?

—Abortaste —expresó con cautela.

Ella se quedó patidifusa.

—No sabes lo que dices —susurró, angustiada.

—Eso no te hace menos ni más ante mis ojos, Molly —dijo Amir con sinceridad—. Tuviste tus razones, aunque…

—¡Basta! ¡Silencio! —exclamó tratando de apartarlo, pero él era más fuerte, le sostuvo la mirada y la sujetó de las muñecas, afianzando de ese modo el peso de su cuerpo sobre el de Molly—. ¡Suéltame, Amir! ¡Suéltame! ¡No tenías ningún derecho a hablar con mi hermano, no tenías derecho a escuchar lo que escuchaste, no tenías…! —gritó con las lágrimas rodándole por la mejilla porque, de repente, los difíciles momentos que había vivido parecieron arroparla como una manta de clavos, hiriéndola y haciéndola sangrar en su alma.

—Molly, tu hermano no tiene una reputación que sea precisamente buena. Tuve una charla con mis asesores legales y los de relaciones públicas. Con los antecedentes de Theo lo más probable iba a ser que quisiera venderle la información a la prensa.

—¿Entonces preferiste comprársela tú? —preguntó con rabia y sintiendo una inexplicable traición y vergüenza. Creía haber superado esa etapa después de tantas terapias, pero al parecer no era suficiente.

—Se llama control de daños, Molly. Era preciso que hablara primero con él, antes que otras personas sin escrúpulos lo contactaran al enterarse de su existencia… o quizá Theo los contactara a ellos… Fue eso lo que ocurrió. No se trataba de espiarte o tenderte una trampa. Está en juego la reputación de mi país, y por más que sean las personas a mi alrededor importantes, lo que cuenta es la repercusión de las acciones. Aquello es algo inevitable en mi posición. No tiene que ver con afectos o intereses. Es quien soy... Me debo a mi pueblo, pero también buscaba protegerte a ti, Molly. ¿Comprendes? Puedo enlazar varias situaciones y procurar el menor daño posible para todos los involucrados.

—Ya, claro...

Amir suspiró tratando de controlar su temperamento.

—Molly, empezaremos de nuevo —dijo Amir con voz calmada. Al ver cuán alterada estaba, él se temía que la historia tenía otro matiz muy distinto al que Theo había querido darle. Quizá por ignorancia de las circunstancias reales o quizá...

—¡Te inmiscuiste en algo que no debiste!

—Era imposible haber creído que tu hermano podía manejar una información tan sensible como aquella, Molly... ¿Quieres hablar de ese capítulo de tu vida conmigo? Puedes confiar en mí.

—¿Otro control de daños? —preguntó con sarcasmo.

—Cariño, no es así...

—¡No me llames de ese modo! ¡No soy nada tuyo!

—Tú y yo sabemos que desde que te conocí nada ha sido igual.

—¿Ahora escribes diálogos de romance?

—El sarcasmo no va contigo.

—¡Tú no vas a decirme lo que puede o no ir conmigo! —exclamó fuera de sí. Se sentía más desnuda que si hubiera estado tal como el universo la envió al mundo.

—Solo quiero brindarte mi comprensión...

Molly, con los ojos arrasados de lágrimas, soltó una carcajada cruel. No por Amir, no por Theo, sino por ella misma. Cuánto tiempo creyó haber dejado ese episodio enterrado en los confines de su vida, aún cuando la desesperación la asaltaba, siempre procuraba pretender que todo había sido un mal sueño... Ahora volvía a atormentarla.

—¡Te detesto por haberte inmiscuido! ¿Entiendes?

—Molly, no intento juzgarte, solo quiero…

Ella volvió a tratar de empujarlo para quitárselo de encima, sin éxito.

—¡Déjame!

Finalmente, ante la desesperación que observaba en la mirada de Molly, Amir le soltó las muñecas con suavidad. De inmediato, como un gato ágil y astuto, ella se apartó de él como si creyera que podría causarle daño. Esa reacción apenó a Amir.

—Molly —murmuró él, sentándose en el colchón, sintió el corazón contraérsele de dolor por ella. Se temía que nada de lo que ocurriría a continuación tenía que ver con una simple decisión por un error de juventud…

Pasaron incontables minutos. Quizá cinco. Quizá diez… o quince.

—Mi hermano era pequeño —empezó de pronto cuando su incesante caminar de un lado a otro en la habitación cesó. Él no la apuró en ningún momento, a lo largo de los años había aprendido a ser paciente. La observó—. Así que quizá habló contigo cosas que él no lograba entender del todo… Interpretaciones de un niño.

—Posiblemente —comentó él, con cautela, invitándola a continuar.

—Es una historia sórdida —dijo mirándolo, al fin.

Amir tan solo asintió con el corazón en vilo por lo que vendría a continuación.

CAPÍTULO 17

—Antes de que hubiera denunciado a mi padre por maltrato y tantas otras cosas, yo tuve que soportar golpes, humillaciones y ser un adulto cuando mi edad era para jugar y hacer cosas de niñas —dijo con tono monótono. Sin emoción.

—Siéntate a mi lado. Prometo no tocarte, Molly. Solo deseo tenerte cerca. No quiero que sea una historia que vivas sola, o revivas sola —comentó con suavidad, tal como lo haría una persona tratando de llegar hasta un cervatillo asustado.

Tras dudar un par de segundos, ella se acercó y se sentó en el colchón junto a Amir. El mundo alrededor no existía. Tan solo el sonar de un lejano reloj, el ulular de un búho en algún sitio en el exterior, y los pensamientos de ambos, eran los únicos participantes en esa escena.

—Mi padre solía permitir que sus amantes y sus amigos fuesen a la casa a la hora que se les diese la gana. Theodore y yo sufríamos de problemas de sueño, entre otras cosas —dijo con una risa hueca—, pero intentábamos arreglárnoslas. Mi hermano veía a mi padre como un ídolo, pues a su corta edad en aquellos tiempos no lograba hacer un panorama completo entre lo que yo le contaba para mantener, o intentarlo, su inocencia y lo que sus ojos inocentes veían. Todo ello sumado a la muerte de mi madre en años que precedieron el desmadre que solía orquestar papá cada que se le antojaba.

—Eran muy pequeños…

—Una tarde cuando yo llegaba del colegio, mi padre estaba ebrio como una cuba, y mi hermano lloraba porque al parecer se había golpeado. Theodore estaba sucio, había echado todas sus pertenencias al suelo, y papá gritaba a viva voz al son de una canción de los Rolling Stone. Papá jamás estaba solo. Si no era una mujer medio desnuda con los pezones a la vista y paciencia de quien quisiera vérselos, o a mi padre chupándoselos, pues una se encontraba con algún amigote. Moteros de preferencia, porque al parecer disfrutaban de las fulanas que tenía mi padre como amigas o quizá las extravagancias y estupideces que solía orquestar él.

—Ya veo… —murmuró Amir. Estiró la mano para tomar la de Molly cuando ella, inconscientemente, alargó sus suaves dedos hacia los de él.

—Esa tarde mi padre no tenía conciencia de absolutamente nada. Un amigo de él, Ernest, solía mirarme de un modo extraño. Yo siempre encontraba el modo de huir de sus intentos de hacerme conversación. Mi novio del instituto me decía que debía denunciar a mi padre y largarme de la casa. Debí hacerle caso…

Amir apretó los dedos de Molly con ternura, infundiéndole fuerzas.

—Esa tarde, la posibilidad de esconderme en mi habitación no fue posible.

—Dios… —susurró Amir imaginándose lo que venía a continuación.

—Ernest me estaba esperando. Se había colado, imagino, y me miró con lascivia al verme con mi uniforme. Al verlo, me quedé de piedra, y reaccioné muy tarde al tratar de alejarme. Él me tomó de la mano con fuerza, me tiró sobre la cama, y me tapó la boca… Me violó.

Amir sentía ganas de matar a alguien. Necesitaba asesinar a alguien con sus propias manos y se iba a encargar de encontrar al malnacido que se había atrevido a herir a Molly. A dañar su vida… Dios, ¿cómo era aquello posible siquiera? Sentía tal nivel de rabia y deseos de venganza, que se creía capaz de aniquilar a cualquiera a punta de puñetazos.

—Molly —dijo él con los dientes apretados, entrelazando los dedos con los de ella—. Cariño, yo…

—Quedé embarazada —comentó, ignorándolo— y después de cuatro semanas, perdí al bebé. No aborté… Aquella situación del aborto, por vergüenza quizá, fue la historia que le he contado a Martinna, mi mejor amiga, y la que quizá escuchó Theodore… —elevó la mirada y la cruzó con la de Amir. Había tanto dolor y culpa en Molly que él sintió el dolor como suyo—, yo no aborté. Perdí al bebé. A pesar de que fue una violación, no podía deshacerme de él… —dijo con la voz rota, las lágrimas corriendo por sus mejillas, y sus dedos apretando tan fuerte los de Amir que le hacía daño, pero él no se quejó—. No podía —continuó con tono desesperado— y entonces, cuando lo perdí, me sentí culpable porque experimenté una sensación de alivio. Como si deshacerme de un ser humano, porque lo era, era una vida…, hubiera sido lo mejor.

—Molly, eso no fue culpa tuya… Sentir alivio, o lo que fuera, no tiene por qué causarte congoja. Fuiste una víctima.

—¡Era mi bebé! Quizá con el pensamiento y con la rabia que sentía provoqué que mi cuerpo lo odiara tanto como yo a mi violador… Él está libre, porque jamás tuve el valor de denunciarlo. Fui una cobarde. Soy cobarde —sollozó.

—Molly…

—¡No puedo estar contigo a largo plazo! ¿No lo comprendes? Quizá la situación con los hermanos Hamit fue lo mejor que pudo haber ocurrido para que nos alejásemos. Me tomó sendas cantidades de terapia poder estar con un hombre sin creer que podría destrozarme la vida. Involucrarme emocionalmente con alguien es lo más difícil que alguien puede ponerme delante, sin embargo, he hecho todo para no… No importa. Esa es mi nefasta historia. Seguro que los medios de comunicación se sentirían en la gloria de poder contarla. Es mejor que te alejes de mí. Quizá nunca debimos encontrarnos. Yo solo soy un problema, y tú lo que menos deseas es una mujer que te los cause.

Amir, pacientemente, secó las lágrimas de Molly con sus dedos. Besó sus mejillas húmedas y después la tomó en brazos para sentarla en su regazo. Ella no protestó. Parecía exhausta. Como si hubiera expulsado todos sus demonios de una sola vez en un relato que, a pesar de parecer corto, le había tomado casi media hora.

—Te amo, Molly.

—No puedes amar a un ser roto como yo... —dijo haciendo una negación con la cabeza, mientras ocultaba su rostro en el cuello de Amir, aspirando su aroma. Aquel aroma, ahora comprendía, era el que causaba sosiego y excitación al mismo tiempo... En este caso, le brindaba calma. Como si hubiera llegado a un puerto seguro. Sin embargo, era consciente de que en cualquier momento podían arrebatárselo y desintegrar su mundo. No podía lidiar con una pérdida de esa magnitud. Amar a Amir era un riesgo, y ella llevaba las de perder. Necesitaba que él fuera libre porque lo amaba tanto que no podría desear otra cosa que la felicidad y la tranquilidad del príncipe, aunque no fuera a su lado.

—Soy bastante obcecado, y será muy difícil que logres alejarme de ti.

—¿Acaso no te es suficiente con lo que acabo de contarte?

—Creo que eres una sobreviviente, una mujer apasionada, valiente, libre y vivaz. Infundes en mí un deseo de cambiarlo todo, mover mar y tierra con tal de estar a tu lado. A pesar de haber tardado en darme cuenta, yo te amo. Y eso no lo va a cambiar una confesión sobre tu pasado, menos cuando has sido la víctima.

—Estuve a punto de acostarme con Leroy —dijo de pronto como si, diciéndole aquello, pudiera conseguir que él la mirara con ojos de odio.

Él le sonrió con dulzura.

—No puedo tener reacciones sobre posibilidades no concretadas —comentó ocultando los celos que lo carcomían. No era momento para mostrar su ego herido.

—Supongo que no…

—No tuviste la culpa de lo que ocurrió. Denunciaste a tu padre. Te hiciste cargo de tu hermano. Saliste adelante después de la muerte de tu abuela y ahora te abres espacio en un mundo académico intentando sacar tu título profesional. Si esa no es una mujer valiente y digna de admiración, entonces no sé cómo catalogarlo. Si alguien debería avergonzarse ese es el ser humano que te causó tanto daño. Si todavía corre libre por Londres, créeme, lo encontraré, Molly y va a pagar lo que te hizo.

Ella se apartó y colocó una mano en el corazón de Amir.

—No hace falta. El universo se encargó de él… Durante una pelea le dispararon y murió…

—Se lo tenía merecido —rezongó.

—El día en que Morantte iba venderme, sentí morir. No creía que podría sobrevivir nuevamente a un infierno como ese… Entonces, llegaste tú. Salvaste mi vida aquella noche y cambiaste mi destino.

—Un imbécil que te propuso como negocio ser mi esposa. Vaya salvador —dijo con amargura.

—No podrías haber sabido la verdad, Amir.

—¿Me estás tratando de disculpar?

Ella asintió.

—Al final, aquel trato fue lo mejor para ambos. Tú también cometiste errores juveniles, Amir.

—Lo que te ocurrió a ti no fue un error. No fue tu culpa. Fuiste una víctima.

—Todavía, cada vez que siento angustia, voy donde mi terapeuta…

—¿Tu amiga, Martinna, sabe la verdad?

Ella negó.

—Creo que he tenido suficiente carga en mis hombros estos años… Ella sabe que aborté, pero no los motivos detrás de todo eso. Me apena que mi hermano haya escuchado tras la puerta. Aunque no me sorprende... Vivíamos en una casa caótica... Era mi secreto... Y el cretino de Theo quiso vendértelo.

—Nadie lo sabrá jamás, Molly.

—Eso no lo sabemos.

—Te lo puedo garantizar. Utilizaré todo mi poder y urgiré a mis hermanos a hacer lo mismo.

—No quedaron registros de mi paso por la clínica, al menos no con mi nombre real. Utilicé el de mi madre... Estuve sola sintiendo el frío de la habitación desolada en la que me atendieron. —Amir apretó el puño de la mano libre. Sentía cada palabra de Molly como un puñal—. Habértelo contado a ti ha contribuido a dejar ir, al menos en parte, ese episodio y las emociones que implicaron.

—Molly, yo te amo. ¿Lo comprendes? —dijo con ferocidad—, porque, indistintamente de qué título o cargo yo posea, soy solo un hombre. Y estoy enamorado de la mujer que eres: inteligente, valiente y con una vena de bondad que me hace sentir un maldito egoísta.

Conmovida, impactada por lo que acababa de ocurrir entre ambos, Molly rompió a llorar. Era demasiado. Como si una avalancha la hubiera perseguido y de pronto encontraba el calor de una fogata capaz de calentar cada centímetro de su ser.

—Shhh —susurró Amir contra el cabello de Molly—, todo está bien ahora. Todo estará bien ahora, mi vida.

Permanecieron abrazados un largo rato.

Cuando llegó el amanecer, Molly se encontró sola en la cama. Abrigada con las mantas y con una rosa roja en la almohada junto a ella. Cerró los ojos. Sabía que estaba sola. Desde hacía muchos años no dormía tan plácidamente.

Te llamaré más tarde. Descansa.

Te amo.

A.A.

Amir podía amarla, o eso creía él, pero ella era consciente de que tratar de arrastrarlo por el fango de su pasado sería egoísta de su parte, en especial cuando era un príncipe a cargo de la reputación de una nación tan preciada como Azhat. Molly no necesitaba tiempo para tomar una decisión sobre si ir o no al desierto con él. Tomó la nota escrita a mano y la besó con lágrimas sin derramar.

Se incorporó y fue hasta el clóset de su habitación. Lo abrió y contempló sus pocas pertenencias. Iba a dejar hecha la maleta de viaje. Tenía un destino por visitar y este no tenía nada que ver con dunas ni príncipes.

A pesar de lo ocurrido horas antes con Amir, Molly sabía que no podía retener a un hombre como él, y con la carga de responsabilidad de su linaje real, en una trampa como la que ella implicaba. Molly le daría la libertad que él necesitaba. No era difícil encontrar el modo de hacerlo, pues ella tenía ya un plan.

***

—Esto es imposible… ¡Imposible! —dijo Molly para sí misma cuando revisó su correo en la mañana y encontró una carta de los abogados de Azhat, cuya oficina tenía representación en Londres.

Los expertos legales le anunciaban que el caso sobre la recuperación de la herencia de su abuela había sido resuelto, y que los fondos se transferirían a su cuenta bancaria a lo largo de las próximas dos semanas. Le explicaban que Harriet tendría, debido al tiempo que había transcurrido desde la muerte de la abuela de ambas, un lapso de cinco años para reponer el monto que había utilizado arbitrariamente. No solo eso, sino que Harriet estaba obligada a enviarle de regreso un cuadro del Renacimiento que estaba valorado en doscientas mil libras esterlinas. Esto último, Molly no se lo esperaba.

Leyó varias veces los pormenores legales hasta que estuvo segura de que no estaba imaginándose la situación. Porque eran tan fuera de este mundo los eventos que se le presentaban que ella ya empezaba a dudar de su cordura.

Llamó al número que venía en el dossier.

—Necesito que me comunique con el abogado Frigmund Joyce, por favor. Soy Molly Reed-Jones… Una clienta.

—Le transfiero.

Segundos más tarde una voz varonil contestó.

—Señorita Reed-Jones, imagino que ya ha recibido nuestra comunicación.

—Sí. Estoy sorprendida, porque ya no tenía ningún tipo de acuerdo con el palacio de Azhat para continuar esta gestión legal. Espero que no me envié la cuenta —dijo con una risa cauta y nerviosa— o de lo contrario tendré que empeñar ese cuadro que tanto dinero al parecer vale.

—Se nos indicó desde las oficinas en Oriente Medio que no dejásemos de trabajar hasta resolver el caso. Las directrices no han sido cambiadas y nosotros ignoramos detalles adicionales que no sean los concernientes a los legales.

—Claro, claro. Solo que me ha parecido que… En todo caso, le agradezco por su trabajo…. No tiene idea lo que esto significa para mí… —dijo con la voz entrecortada.

Para Molly iba más allá del dinero. Se trataba de que, aunque sea en un aspecto de su vida, la justicia había caído de su lado. Aquello era tan inusual que le estaba costando contener las lágrimas. Tragó en seco y se aclaró la garganta. Al abogado no tenía por qué importarle la cantidad de desastres personales que había vivido.

—Es nuestro trabajo, y nos complace haberla ayudado —le dijo el abogado, interrumpiendo los pensamientos que empezaban a fraguarse en la mente de Molly.

—Gracias… —murmuró sin salir de su asombro.

Ahora estaba segura de que la gestión de los abogados no tenía nada que ver con el hecho de que Amir le hubiese pedido que lo acompañara al desierto la noche anterior. Tampoco tenía nada que ver con la dura confesión que ella le había hecho sobre su triste pasado, porque un caso legal no se resolvía de la noche a la mañana, mucho menos cuando su prima, Harriet, era taimada y podía llegar a ser muy recursiva en su afán de dilatar situaciones que le pudieran causar impacto en sus intereses personales. «La justicia en Londres, existía.»

No estaba interesada en saber cuál habría sido la reacción de Harriet en todo ese embrollo. La sola idea le causaba risa a la par de intriga. En muchas ocasiones solía ser preferible ignorar los medios cuando ya se había conseguido el fin. En su caso se trataba de haber recuperado la herencia de su abuela. Al menos la parte que le correspondía por derecho legítimo. Cómo habrían o no batallado los abogados era un asunto completamente diferente.

Más serena, como hacía un buen tiempo no lo estaba, Molly se acercó hasta la ventana de la sala. Descorrió, ligeramente, la cortina hacia el lado izquierdo. Frunció el ceño. La calle estaba por completo vacía. Ni sombra de lo que, días anteriores, ella había considerado un circo mediático en toda su gloria.

La prensa no había hecho acto de presencia en las afueras de su casa. Exactamente como Amir le dijo que ocurriría.

CAPÍTULO 18

Se había anunciado el vuelo por los altavoces del aeropuerto de Heathrow. Todos los pasajeros empezaron a hacer la fila para el embarque. Molly llegaba con un poco de retraso, pero Leroy le había explicado que, debido a que ambos irían en primera clase, podía llegar un poco tarde sin problemas.

A ella le tomó poco tiempo dejarlo todo organizado en Londres. Estaba de vacaciones por el semestre y, gracias a la imprudente reacción de Amir, desempleada. Sin embargo, su contradictoria existencia le impedía estar enfadada con él. Al final, sin tener que hacerlo, el príncipe había mantenido su palabra de devolverle lo que le pertenecía por derecho: su herencia.

Ahora no tenía nada que perder. La casa le pertenecía y estaba en mucho mejor estado de lo que recordaba en años. Por otra parte, una cuantiosa suma de dinero reposaba en su cuenta bancaria. Después de tantísimos años, podía tener un respiro. Pensó, en uno de esos instantes de estúpidos sentimientos cándidos, en ir a ver a su padre a la cárcel. Decían que el perdón ayudaba a sanar el alma, pero, ¿por qué tendría que perdonar al hombre por el que había vivido un infierno constante?

Ella solo le debía a una sola persona el perdón: a sí misma.

No podía cargar con los fantasmas de otros. Esa era parte de la vieja Molly Reed-Jones. Amir le había robado su libertad al quedarse con su corazón, y al mismo tiempo le había entregado las llaves para abrir un nuevo inicio. Empezaría de nuevo. Podría retomar su carrera quizá en otro país. Podría vender la casa familiar. Adoraba a Theodore, pero ya no era más su responsabilidad. Se pondría en contacto con Martinna por whatsapp o por email. Lo que les viniera mejor a ambas. Aquel era el único lazo fuerte y constante, por eso pensaba mantenerlo. Los amigos eran parte de la familia que, sin compartir un ADN, lograban estar más cerca que aquellos que sí compartían generaciones de ancestros.

Los pasajeros del vuelo 4311 de British Airways con destino a Nueva York y conexiones, por favor, presentarse en la puerta de embarque. Última llamada.

Ante el anuncio, Molly prácticamente corrió por la terminal hasta que llegó a la puerta de embarque, jadeante, aunque esperanzada. Divisó a Leroy y le hizo de la mano, este le devolvió el gesto con una sonrisa.

—Hola —expresó tratando de recuperar el aliento—, casi no llego —murmuró antes de que Leroy se inclinara para darle un abrazo.

—Estás preciosa, Molly.

Ella sonrió. Alrededor era un hervidero de idas y venidas de pasajeros. Solía decirse que el aeropuerto de Heathrow era uno de los más transitados del mundo. En ese momento, Molly no podía estar más de acuerdo. Los murmullos. Las tazas de café de los locales cercanos. Las bolsas de patatas fritas abriéndose. Niños llorando. Parejas discutiendo. Personas que perdían vuelos por culpa de las mismas aerolíneas y reclamaban airados…

—Una aventura en los Estados Unidos de América puede poner feliz a cualquiera que visite ese país por primera vez, ¿no crees? —comentó riéndose.

De pronto, todo el bullicio empezó a desvanecerse. Molly, indiferente a lo que fuera que estuviese ocurriendo, le entregó el pasaporte a la azafata del *counter*. En su mente solo existía la idea de embarcarse pronto. Con buen talante se giró para mirar a Leroy y decirle lo mucho que la ilusionaba viajar. Pero no fue al famoso jinete a quien vio, sino a un séquito de ocho guardaespaldas vestidos de impecable negro, haciendo espacio al príncipe Amir Al-Muhabitti.

La mirada ámbar del apuesto hombre del desierto era muy coherente, al menos para Molly que lo conocía tan bien. Las azafatas parecían embobadas, y los hombres alrededor parecían mirarlo con envidia. Él sonrió a Molly, sin embargo, aquella sonrisa no transmitía alegría. Ella experimentó un ligero escalofrío. Su cuerpo estaba pendiente de Amir y sus sentidos no lograban descifrar lo que ocurría más allá de esa mirada fija que gritaba a todas luces que quizá si Molly se desmayaba en esos momentos probablemente las cosas serían más fáciles..., para ella.

Su alrededor se movió en slow motion. Él avanzó con un porte innato de una persona que conocía su lugar en el mundo y que iba en busca de lo que consideraba suyo. En ese caso, Molly. Los pasos de Amir eran confiados, firmes y largos. Cuando llegó hasta ella, consciente de que tenía la mirada de muchos sobre él, se inclinó hasta que sus labios quedaron cerca de la oreja derecha de la muchacha inglesa.

—¿Pretendías escaparte? —preguntó en un tono que sonó como ronroneo, pero la furia contenida era palpable.

Molly se apartó ligeramente y buscó a Leroy con la mirada. Amir le tomó el rostro con una mano y lo giró para que solo pudiera mirarlo a él.

—Amir...

—Tu amiguito en estos momentos está charlando con alguno de mis guardaespaldas y está siendo escoltado a su destino en un vuelo privado.

—¿Cómo sabías que estabas aquí?

—Te conozco mejor de lo que crees —replicó— y tu constante mirada hacia el clóset a medio cerrar de tu habitación fue muy elocuente antes de que te quedases dormida.

—¿Espiaste…?

—No, la puerta del clóset estaba abierta, y entonces vi tus maletas curiosamente más prolijas de lo normal y con los candados predispuestos sobre tu cómoda en donde supongo guardas ropa o algo así —dijo, sorprendiéndola, aunque no debería, después de todo Amir se ganaba la vida negociando y para hacerlo bien tenía que anticiparse a la jugada de los otros… En este caso, de ella.

—Yo…

—Será mejor que evites agrandar una escena. Que no me importa, por supuesto a estas alturas, pero me gustaría obviar el paso siguiente y obvio.

Molly aferró los dedos a la manigueta de su bolso de mano.

—¿Qué quieres?

—Tus maletas están siendo desembarcadas del avión de British Airways. Y ahora tú, voluntaria y sonrientemente, vas a seguirme a mi hangar privado y viajaremos a Azhat.

—Amir…

—Voy a contar hasta tres.

—No soy la persona que necesitas…

—Uno.

—Cuando me haya ido, déjame ir por favor, entonces te darás cuenta de que no me amas a mí, sino a la idea de haber rescatado a una damisela en apuros, y…

—Dos.

—¿De qué me serviría irme contigo cuando lo único que traigo son problemas? Mira nada más, una escenita en un aeropuerto, y…

—Tres. Se te acabó el tiempo y mi tregua. Nos vamos a Azhat.

Lo siguiente que supo Molly fue que estaba siendo llevada en brazos por un área del aeropuerto, mientras cientos de teléfonos celulares disparaban instantáneas que en pocos segundos iban a recorrer el mundo. ¿Acaso Amir estaba loco?

Después de todo lo que había hecho para tratar de contener los daños causados por los golpes a Leroy, ahora se le ocurría hacer semejante tontería... Ella no comprendía nada.

—¡Bájame! —exclamó. Menos mal ese día había optado por unos vaqueros, porque el príncipe la llevaba en el hombro como si no pesara más que una pluma. Ella golpeaba la espalda de Amir en un intento, sin efecto, de que la dejara en el suelo.

—Creo que no —replicó el príncipe, mientras sus guardaespaldas hacían un cerco que se movía al compás de los pasos del sexy jeque de estirpe real.

—¡Maldición! ¡Bájame!

Ella siguió protestando sin efecto. Cuando llegaron al hangar, incluso subiendo al avión, Amir no la dejó. Ante un equipo de vuelo indiferente, pues la familia real hacía lo que se le venía en gana, Amir no dejó de moverse hasta que la dejó sobre una suave superficie, pero no sin antes haber cerrado la puerta de la suite del jet privado de una sola patada.

Molly rebotó sobre el colchón y de inmediato se arrellanó contra el respaldo de la cama. Estaba despeinada, llevaba las mejillas arreboladas y la camiseta de botones con cuello en V estaba arrugada. Se cruzó de brazos.

—¡Eres un neandertal! ¿Dónde quedaron tus modales? ¿Cómo te atreves a llevarme frente a toda esa gente al hombro como si estuviésemos viviendo en la época de los Picapiedras?

A modo de respuesta, Amir soltó una carcajada. Empezó a reírse y no pudo parar un buen rato. Molly lo miraba como si se hubiese vuelto loco. ¿Qué le pasaba?

—Ay, Molly, Molly, las cosas que hago por ti.

—¿Humillarme es divertido?

Él dejó de reír. Se acercó hasta ella, acomodándose sobre el colchón.

—Bajo ninguna circunstancia pensaba dejarte ir. ¿Acaso no recuerdas lo que te dije ayer?

Molly bajó la mirada.

—Te amo. No voy a dejar que te apartes de mí. Tampoco

voy a permitir que te conviertas en una persona que no eres, así que no importa la cantidad de problemas, líos o disparates que puedan ocurrir, ni mucho menos las reacciones impensadas que causan en mí… Quiero tu caos, quiero tu calma. Quiero tu alegría, y tus lágrimas. Quiero que seas mía para siempre.

—Amir…

—Quiero que seas mi esposa. Mi esposa de verdad. Si no quieres firmar un papel, no importa. Por eso quiero ir al desierto contigo.

—¿Para raptarme? —preguntó con dulzura y consciente de la mirada cargada de deseo y amor de Amir—. Porque no necesitas hacer eso, ni salvarme, ni mucho menos intentar matar los dragones por mí…

—No lo hago para ganarme tu admiración ni mucho menos, lo hago porque a pesar de que he sido criado bajo estrictas reglas, contigo no puedo hacer otra cosa que ser espontáneo. Arrancas de mí el lado cauto y prudente…

—Imagino que eso no es tan malo.

—Hasta el momento no sabría decírtelo —comentó, riéndose—. ¿Sabes? Hay una tradición en nuestro país. Muy antigua y propia de las tribus de los bereberes. Quería que vinieras voluntariamente conmigo, por eso te invité anoche… Y así no tendrías opción de escapar.

Molly rio e hizo un gesto abarcando la elegante suite del avión, mientras alrededor escuchaban cómo los motores se encendían. Les quedaba poco tiempo para conversar antes de volver a la cabina y ajustarse los cinturones de seguridad.

—Ya hemos dejado en claro que escaparme no habría sido posible. Cuéntame de esa tradición.

—El hombre que estaba enamorado de una mujer que no fuera de su tribu debía conseguir que ella, voluntariamente, acudiera al desierto con él. No importaba la excusa, si era falsa o verdadera, y una vez que el hombre conseguía que la mujer que amaba lo acompañara, le pedía matrimonio.

—¿Y se supone que la mujer siempre accedía a casarse?

—Sí.

Incrédula, aunque sin mofarse de las tradiciones de un país como Azhat, Molly frunció el ceño.

—¿Por qué?

—Porque el llamado del desierto clama el corazón de quienes visitan las dunas y dejan expuesta la verdad de su ser.

—¿Es esa una metáfora?

Él negó.

—Es una verdad, y te la voy a demostrar.

—¿Porque me amas como yo a ti? —preguntó ya más calmada, y sonriendo.

Amir la quedó mirando. Era la primera vez que ella le decía que lo amaba. Reptó hasta abrazarla.

—Repite eso.

—¿Es una orden real? —indagó, bromeando.

La mano de Amir se aferró a la de Molly, tan pequeña que se perdía entre la fuerza de sus dedos bronceados al sol.

—Más te vale que la consideres así de ahora en adelante —dijo con una sonrisa—. ¿Te casarás conmigo?

—Solo lo sabrás si dejas que la tripulación ponga en marcha este avión y nos lleve hasta el desierto.

—Ah, una mujer llena de aventuras.

—¿Qué otra hubiera podido conquistarte si no?

—Ninguna. Solo tú, Molly —dijo con rotundidad.

La voz del piloto, con suma prudencia a través de un pequeño interfono de una sola vía, le informó al príncipe que el vuelo estaba listo para empezar y que por temas de seguridad debían estar en sus asientos.

Con una mirada cargada de promesas para las siguientes horas y días, Amir tomó a Molly y la besó a conciencia. Un beso que no solo enardeció el deseo que parecía a punto de explotar como fuegos pirotécnicos a cientos de pies de altura si continuaban tocándose con ese fervor, devorando sus labios como si fuese el manjar más exótico y sensual, y sintiendo el calor del amor fraguándose en su forma sublimada más especial cuando existía: placer y pasión.

—Vamos o tendremos problemas —susurró Amir contra la boca ligeramente hinchada de Molly.

—Me gustan los problemas de este tipo —murmuró ella deslizando una mano que rodeó, sobre la tela del pantalón blanco, el miembro duro de Amir.

—Será un largo vuelo a Azhat.

—Podremos aprovecharlo muy bien —replicó sonriente, antes de incorporarse para avanzar hasta la cabina principal y cumplir con los lineamientos de seguridad del piloto.

***

Amir llegó con Molly casi al anochecer, ya cuando el sol acababa de dejar las últimas pinceladas de luz sobre el firmamento del desierto. Las carpas en donde vivían los bereberes estaban esparcidas e iluminadas. Una preciosa carpa, evidentemente utilizada por la familia real, estaba apartada para tener privacidad.

—¿Cansada? —preguntó él cuando al fin estuvieron solos después de la ceremonia oficiada por Numen Kabrah, el líder bereber a quien Abdul había contactado para que recibiera al príncipe y a la mujer que este deseaba que se convirtiera en su esposa bajo las antiguas tradiciones de las dunas.

Había sido un oficio lejos de las convenciones sociales y sin tanta pompa. Algo fuera de lo común para Amir, pero muy significativo. Aquel matrimonio había sido fraguado al abrigo de las estrellas y la historia que envolvía la magnífica vida de Oriente Medio.

Ella lo miró con una sonrisa.

—Mucho —dijo rodeando el cuello de Amir con sus brazos—, pero feliz de saberte mío.

—Desde que te vi fui tuyo, Molly.

—¿Aunque me dejaste de lado a la merced del destino?

—Algo de lo que siempre me arrepentiré.

Molly hizo una negación con la cabeza.

—Nada de lo que ocurre a nuestro alrededor tiene un despropósito. Cualquiera que haya sido la intención de las energías que pululan en este cosmos, me alegra que nos permitieran estar juntos.

—Somos los dueños de nuestro destino, princesa Molly Al-Muhabitti.

—Eso suena muy extraño —replicó riéndose.

Amir frotó su pelvis contra su flamante esposa para que sintiera hasta dónde era él dueño de sus pasiones por ella.

—¿Sabes qué es más extraño, esposa?

—Ilumíname —dijo con sarcasmo, y los dos soltaron una carcajada.

—Haré algo mejor que eso —murmuró el príncipe. Finalmente había hallado paz y una mujer con quien podía dar rienda suelta a su verdadero ser sin creerse juzgado o criticado. Molly era un bálsamo de paz para su vida, y al mismo tiempo su talón de Aquiles y por quien estaba dispuesto a todo.

—No me digas, ¿qué sería eso?

Amir la tomó en brazos y la llevó hasta la habitación que habían preparado para ellos con antelación. Molly llevaba un vestido precioso, sencillo, que una de las hijas del jefe Kabrah había ordenado que le obsequiaran.

—Te lo demostraré, porque los actos son más elocuentes que las palabras.

—Vayamos despacio.

—Será la primera vez de un nuevo comienzo. Un inicio sincero —dijo Amir, mientras se quitaba la camisa, y contemplaba —arrobado— a su hermosa esposa.

Al calor de las velas y cobijados bajo el embrujo más potente para avivar las llamas del erotismo fueron desnudándose poco a poco. Arrodillados, uno frente a otro en igualdad de condiciones, sobre el colchón, se quedaron desnudos. Sus almas y sus cuerpos eran uno solo.

Amir la recostó con suavidad y la miró pidiéndole permiso para tomar sus muñecas y colocarlas por encima de la cabeza de suaves cabellos. Ella, asintió. Amir dejó que su boca descendiera por el cuello hasta la clavícula, y luego llegó hasta las cumbres de los pechos femeninos. Degustó con placer y avaricia los pezones erectos. Los chupó con ansias, como si estuviese bebiendo del agua más pura, y así era porque Molly representaba para él lo mejor que podía haberle pasado en la vida. Era caos y sosiego al mismo tiempo. Con su lengua ardiente acarició y succionó, los sonidos de placer y el contoneo de esas caderas redondeadas empezaban a enloquecerlo, pero no quería apresurarse. Esa noche, tan especial para ambos, quería que durase.

Hubiera sido una tortura innecesaria, aunque por haber sido tan ciego de seguro habría constituido un buen castigo, ignorar esos rosados y orgullosos pezones que parecían suplicar que los tomara. Él los atendió con mimo, mientras su miembro duro y erecto se frotaba contra la cadera de Molly.

—Oh, Amir… Jamás, nadie, me ha tocado como lo haces tú.

—Nadie volverá a hacerte daño, porque ahora eres mía, Molly —susurró con amor, mientras dejaba los orondos pechos para besarla con ímpetu.

—Lo sé, mi amor… Lo sé —murmuró perdida en el calor de la piel de Amir. «Mi esposo», se repitió en la mente sin poder creérselo.

Después de la ceremonia él le dijo que, a pesar de que era válido el matrimonio, por su condición como príncipe tendría que hacerse también de forma oficial. Ella no pudo negarse, porque hubiera sido renegar del origen y esencia del hombre que amaba. Habría sido egoísta. A su lado, Amir tan solo era un hombre inteligente y sensual que la amaba, pero para el resto del mundo seguiría siendo el príncipe y jeque de Azhat, Amir Al-Muhabitti. Ella amaba ambos lados de Amir.

El calor húmedo que sintió Molly era la urgencia de tener a Amir en su interior, de sentirlo profundamente, anclado en ella física y emocionalmente. Era ambiciosa. En su vida había perdido mucho, y ahora que lo tenía a él, lo deseaba todo de Amir. Cada beso, cada caricia, cada roce de su sexo en su interior, y su amor.

Amir fue descendiendo sobre el cuerpo curvilíneo de suaves rincones, besando el vientre plano, el ombligo perfecto, y las caderas. Aspiró su aroma, tan único, femenino. Con destreza le separó las piernas poco a poco, sin apartar su mirada de Molly, y recorrió los pliegues de delicada y húmeda piel empapados del fluido que expresaba con elocuencia el anhelo de aplacar la necesidad del éxtasis. Introdujo un dedo entre los pliegues de Molly, ella se arqueó y gimió para él, rozó el suave capullo con el pulgar mientras su dedo medio imitaba las penetraciones de su miembro y que pronto reemplazarían sus hábiles manos.

—Amir, no me hagas esperar más, por favor —pidió mientras enroscaba las piernas alrededor de las caderas masculinas instándolo a entrar en ella.

Con una sonrisa pícara, Amir tentó la entrada de Molly sin deslizarse en su interior. Ella gimoteó y le clavó las uñas en la piel de los hombros.

—Qué impaciente… —dijo posicionándose y entrando en ella de un solo embate. Sus movimientos conseguían estimular el clítoris a la vez que entraban en el húmedo canal, logrando crear la mayor cantidad de placer en ella.

—Oh, Dios.

—Me gusta que pienses eso de mí, pero solo soy un príncipe —dijo bromeando, con la piel perlada de sudor, y sus manos entrelazadas con las de Molly, mirándose, amándose, y fundiéndose el uno con el otro del modo más primitivo y básico en que podían hacerlo dos seres humanos.

Empujó con fuerza, acelerando y desacelerando según iba sintiendo la respuesta de Molly, hasta que su propio cuerpo le gritaba que no quedaría más tiempo para retener el placer. Observó cómo los ojos de Molly se velaron, su espalda se arqueó y ella dejó escapar un gemido que dejaba claro que estaba envuelta en una vorágine de placer. Entonces Amir dejó de contenerse, empujó varias veces más, y sintió cómo llegaba junto a Molly a un orgasmo que trascendía cualquier otra experiencia sensual que hubiera vivido.

Horas más tarde, después de haber experimentado más de un viaje de placer, yacían abrazados. Él contemplaba el techo de la lujosa tienda, mientras acariciaba el brazo de Molly quien dormitaba acurrucada a su lado.

—¿Amir…? ¿Por qué sigues pensando?

Él sonrió.

—Solo creo que soy un hombre afortunado de tenerte.

—¿De haberme raptado para que no pudiera rehusar casarme contigo?

Amir soltó una risa ronca y le dio un cachete a Molly en el trasero.

—Eso también —comentó.

—Aún hay muchos cabos sueltos… No quiero preocuparme ahora, Amir.

—Entonces, no lo hagas. Yo creo que ya has dormitado suficiente, señora Al-Muhabitti. Necesitas empezar a olvidar el pasado.

Ella lo miró.

—¿Conoces alguna fórmula para borrar los malos recuerdos?

—¿Además del amor? —replicó tomando a Molly y colocándola sobre él.

—Sí…

—Quisiera que trataras de poner en práctica una teoría.

—No me digas —murmuró ella descendiendo sensualmente sobre el miembro erecto de Amir—. ¿Te parece que he empezado bien?

Él no podía pensar en una mujer más guapa que la que estaba ante él, poseyéndolo con desenfado y confianza. Ella era una mujer por la que valía la pena luchar y arriesgarlo todo. Porque Molly era su compañera perfecta.

—Creo que podríamos intentarlo con un poco más de ímpetu, digo… ¿Algún movimiento adicional que quisieras incorporar? —preguntó con picardía y elevando las caderas para anclarse más profundamente, si acaso era posible, en ella.

—No perdemos nada con intentar —replicó ella riéndose antes de que Amir obrara magia con sus dedos y su boca, mientras ella cabalgaba en una aventura sensual que estaba marcada por el amor que, a pesar de las tristezas, había llegado para quedarse y sanar las heridas para siempre.

EPÍLOGO

Cinco años después.

Después de una ceremonia televisada, dos meses después de haberse casado en el desierto, Amir y Molly, se casaron ante el pueblo de Azhat con la bendición del rey Bashah y la presencia del príncipe Tahír. Contaron su historia, previamente ensayada con los asesores del palacio real, ante los medios de comunicación británicos. Aquella fue la forma en que, tal como Amir había prometido a la prensa para que dejaran de acosar a Molly después del escándalo que él mismo armó con Leroy, el príncipe los compensó.

Antes de mudarse por completo a Azhat, la parte más difícil para Molly fue aceptar que, para tener un cierre completo, tenía que ver a su padre. El hombre que debió protegerla, pero no lo hizo. La conversación fue dura. Hubo lágrimas y recriminaciones, pero ella se sorprendió de que la única palabra que salió de boca de su padre, tan habituado a la violencia, fue decirle que la amaba y que en la cárcel estaba pagando el mayor crimen: no haberla amado ni cuidado como debió.

Después de ese encuentro con Richard, a Molly le tomó

días recuperar su buen ánimo. Pero al menos había cerrado esa herida. Aunque las cicatrices persistirían, al menos recordar no le causaría el mismo dolor. El amor tenía el poder de cambiar, y también de destruir. Molly solo deseaba continuar con su vida, y ver a su padre fue un paso necesario para ello.

Terminó su carrera universitaria a distancia, y al final vendió la casa en Londres. Aquella era la última conexión con su pasado, y aunque le tenía gran cariño, era consciente de que no se podía abrazar el futuro ni disfrutar el presente, si el pasado no había sido puesto de lado de forma definitiva.

Lamentablemente, Theo no aprendió su lección y volvió al camino equivocado. Lo habían asesinado en una lucha de bandas en Río de Janeiro, una ciudad a la que viajó para estudiar el idioma. Ella imaginaba que la fuerza de voluntad de su hermano era demasiado débil. El hecho de que hubieran dado treinta años de cárcel a Morantte y sus compinches no pareció hacer mella en Theo.

Aquel período fue muy duro, pero ella no estuvo sola, tuvo a su nueva familia a su lado: los Al-Muhabitti. Las esposas de Bashah y Tahír, Adara y Bea, eran comprensivas y habían forjado una amistad sólida reforzada por el cariño que surgió con el paso de los años. Aunque era reservada, le intrigaba la capacidad de Bea para predecir ciertos acontecimientos que habían salvado más de una ocasión a Tahír de decisiones que hubieran podido costar muchas vidas en su intento de proteger militarmente a Azhat. La capacidad de clarividencia de Bea era un don, sí, pero era un gran secreto que solo los príncipes y sus esposas conocían. Formar parte de un círculo tan especial hacía que Molly se sintiera cada día más afortunada. Por si fuera poco, Amir la apoyaba siempre, sus gestos y acciones eran siempre muy elocuentes.

A lo largo de su vida, Molly había cometido muchos errores, pero si de una buena decisión podía jactarse era el hecho de haber dejado su orgullo de lado y permitir que la coraza que rodeaba su corazón se resquebrajase. El amor de

Amir había logrado sanarla, y su amor por él le había devuelto la capacidad de volver a creer en las posibilidades de alcanzar la felicidad. Cada día era un nuevo aprendizaje.

Después de una intensa campaña de lobby por parte de Amir y sus hermanos, la economía de Azhat había mejorado. El costo de la vida se niveló después de nuevas alianzas que forjó Amir con otros países, además de Phautaja.

No era fácil la vida de matrimonio cuando Amir viajaba tanto, y Molly —al menos en los últimos cinco meses— no podía acompañarlo debido al delicado estado de su embarazo. Era una gestación riesgosa, así que la tenían más que cuidada. Ella protestaba, pero Amir no quería saber de razones.

Ser una princesa podía sonar bonito en los cuentos de hadas e incluso en las elucubraciones de la prensa rosa, pero resultaba toda una batalla procurar encajar, agradar y pretender cuando a veces se llevaba un dolor difícil de asimilar, como había ocurrido durante el periodo que siguió a la muerte de Theo. Pero ahora, Molly tenía una nueva vida creciendo en su interior y por quien estaba dispuesta a dar lo mejor.

—Alteza, la cena está lista —anunció Qalina. La muchacha había sido asignada para acompañar a Molly todo el tiempo, y además gestionaba la librería que, muy orgullosamente, la esposa de Amir había inaugurado y administraba para que los niños de escasos recursos tuvieran acceso gratuito a la literatura.

—¿El príncipe Amir?

—Aquí mismo, cariño —dijo Amir sorprendiendo a ambas mujeres.

Con discreción, Qalina se apartó y desapareció entre los pasillos del palacio.

Amir acababa de llegar de un largo viaje. Observó a Molly. Llevaba un vestido materno en tono verde agua. Estaba preciosa y tenía un brillo especial en la mirada. El milagro de la vida crecía dentro de ella, y él era más feliz de lo que pudo alguna vez llegar a pensar.

—¿Cómo estás, Molly? —le preguntó abrazándola con ternura. Ella apoyó el rostro contra el hombro de Amir.

—Extrañándote como siempre.

Él colocó la mano sobre el vientre ligeramente abultado. La idea de ser padre le hacía mucha ilusión, en especial porque sus descendientes compartirían experiencias, risas, y momentos de desafíos, en el proceso de crecimiento con sus primos: los hijos de Bashah y Tahír. Eran una gran familia que había logrado desafiar los obstáculos del pasado. Ahora, juntos, abrazaban un futuro prometedor.

—Quizá no podamos vernos con la frecuencia que deseamos, pero te debo unas largas vacaciones e intentaré compensarte, Molly. No importa la distancia, ni tampoco cuán complicadas sean las situaciones a las que me enfrente, si cada vez que vuelvo a casa puedo perderme en tu mirada y ver reflejado mi amor por ti en tus ojos.

—Dices las cosas más bonitas…

—Las más sinceras —replicó—. ¿Estás lista para darles la noticia a mis hermanos y mis cuñadas?

Ella sonrió y colocó su mano sobre la que Amir tenía en su vientre.

—Se volverán locos cuando sepan que tendremos gemelos. ¿Quién lo iba a pensar…?

—Lo mejor de la vida nos llega cuando menos lo esperamos —expresó recordando una noche, lejana, en Barcelona.

Kristel Ralston

SOBRE LA AUTORA

Escritora ecuatoriana de novela romántica y ávida lectora del género, a Kristel Ralston le apasionan las historias que transcurren entre palacios y castillos de Europa. Aunque le gustaba su profesión como periodista, decidió dar otro enfoque a su carrera e ir al viejo continente para estudiar un máster en Relaciones Públicas. Fue durante su estancia en Europa cuando leyó varias novelas románticas que la cautivaron e impulsaron a escribir su primer manuscrito. Desde entonces, ni en su variopinta biblioteca personal ni en su agenda semanal faltan libros de este género literario.

En el 2014, Kristel dejó su trabajo de oficina con horario regular en una importante compañía de Ecuador, en la que ejercía como directora de comunicación y relaciones públicas, para dedicarse por completo a la escritura. Desde entonces ya tiene publicados diecinueve títulos, y ese número promete continuar en ascenso. La autora ecuatoriana no solo trabaja de forma independiente en la plataforma de Amazon, KDP, sino que posee también contratos con editoriales como Grupo Editorial Planeta (España y Ecuador), HarperCollins Ibérica (con su sello romántico, HQÑ), y Nova Casa Editorial.

Su novela "Lazos de Cristal", fue uno de los cinco manuscritos finalistas anunciados en el II Concurso Literario de Autores Indies (2015), auspiciado por Amazon, Diario El

Mundo, Audible y Esfera de Libros. Este concurso recibió más de 1.200 manuscritos de diferentes géneros literarios de 37 países de habla hispana. Kristel fue la única latinoamericana y la única escritora de novela romántica entre los finalistas. La autora también fue finalista del concurso de novela romántica Leer y Leer 2013, organizado por la Editorial Vestales de Argentina, y el blog literario Escribe Romántica.

Kristel Ralston ha publicado varias novelas como Estaba escrito en las estrellas, Entre las arenas del tiempo, Brillo de luna, Mientras no estabas, Punto de quiebre, La venganza equivocada, El precio del pasado, Un acuerdo inconveniente, Lazos de cristal, Bajo tus condiciones, El último riesgo, Regresar a ti, Un capricho del destino, Desafiando al corazón, Más allá del ocaso, entre otras. Las novelas de la autora también pueden encontrarse en varios idiomas tales como inglés, francés, italiano, alemán y portugués.

La autora fue nominada por una reconocida publicación de Ecuador, Revista Hogar, como una de las mujeres del año 2015 por su destacado trabajo literario. En el mismo año, participó en la Feria Internacional del Libro de Guadalajara, en el estand de Amazon, como una de las escritoras de novela romántica más vendidas de la plataforma y en calidad de finalista del II Concurso Literario de Autores Indies. Repitió la experiencia, compartiendo su testimonio como escritora de éxito de Amazon KDP en español, en marzo del 2016, recorriendo varias universidades de la Ciudad de México, y Monterrey.

Kristel es la primera escritora ecuatoriana de novela romántica reconocida nacional e internacionalmente. Ella ha fijado su residencia temporal en Guayaquil, Ecuador, y cree con firmeza que los sueños sí se hacen realidad. La autora disfruta viajando por el mundo y escribiendo novelas que inviten a los lectores a no dejar de soñar con los finales felices.

Redes sociales de la autora

Twitter e Instagram: @KristelRalston
Facebook: KristelRalston,Books
Web: www.kristel-ralston.com

Kristel Ralston

Made in United States
Orlando, FL
17 October 2022

23556075R00143